極甘マリアージュ
～桜井家三女の結婚事情～

有允ひろみ
Hiromi Yuuin

Eternity

EB
エタニティ文庫

目次

極甘マリアージュ

～桜井家三女の結婚事情～

四月の青空に真っ白な鳩が羽ばたく。

今日は桜井《さくらい》家三姉妹の二女・早紀《さき》の結婚式。三女である花《はな》は、純白のウェディングドレスを着た姉を眩《まぶ》しそうに見つめる。

「ほら、花。もっと前に行きなさいよ」

長女のまどかが花に耳打ちをした。教会の入り口前に立つ早紀の手には、花嫁のブーケが握られている。式が終わり、今まさにブーケトスが行《おこな》われようとしていた。

「えっ……私はいいよ。ブーケなら、他にほしい人がいっぱいいるだろうし——」

早紀の前には、美しく着飾った女性達がずらりと並んでいた。彼女達の背中からは、ただならぬ気迫が感じられる。

「なーに言ってんの！　だからこそでしょ。このままじゃ、けが人が出るかもしれないわよ。妹であるあんたがキャッチすれば、あとあと揉める事もないんだから」

まどかに背中を押されて、花はつんのめるようにして前に出た。それでもまだ女性達の列には届かず、花は青々とした芝生《しばふ》の真ん中で一人立ち尽くす格好になる。

「いくわよ～！」

早紀がうしろ向きになり、ブーケを持ったまま低く身構える。

「私の次に花嫁になるラッキーガールは、だ～れだ！」

花嫁の澄んだ声が聞こえると同時に、白薔薇《しろばら》のブーケが空高く舞い上がった。何本もの腕がブーケに向かって伸び、ハイヒールの踵《かかと》が芝生《しばふ》を蹴る。

しかし、ブーケは緩《ゆる》いカーブを描きながら彼女達の頭上を通り過ぎた。

「あ～！」

女性達が声を上げながら、うしろを振り返る。彼女達が見守る中、ブーケは花の手の中に落ちた。その瞬間、早紀が花に向かって大きく手を振る。

「みなさ～ん、次の幸せな花嫁は私の妹の花で～す！」

早紀の言葉を合図に、周りの人達が一斉に拍手をする。ブーケを逃した女性達も、妹なら仕方がないといった顔でそれに倣《なら》う。

「花、よかったね」

まどかが近寄ってきて、花の肩に手を置いた。すでに結婚して家を出ているまどかは、今や二児の母だ。彼女の背後には、商社マンである夫が子供達と手を繋ぎながら微笑んでいる。

「花～！　お姉ちゃ～ん！」

早紀が駆け寄ってきて花達と合流する。二人の姉に囲まれ、ふいに花の目から涙が零れ落ちた。

「あら、どうしたのよ」

早紀が驚いた顔で花の背中をさすった。その掌《てのひら》の優しさに、花の視界はますます涙で歪《ゆが》んでいく。

「だ……だって……」

この上なく嬉しくて、同時にちょっとだけ寂しい。

「嬉しいけど、お姉ちゃんがそばにいなくなるのが寂しいってとこかな？」

「……は、隼人《はやと》お兄ちゃん……」

優しいテノールの声が聞こえて、花は涙に濡れた顔を上げ瞬《まばた》きをした。姉達の間に立ったスーツ姿の彼は、桜井家の隣人である東条《とうじょう》家の一人息子だ。

「あーあ、こんなに大泣きして」

隼人の顔に、困ったような微笑みが浮かぶ。

どこから見ても完璧な彼の立ち姿に、花の視線が一瞬にして釘付けになった。

「ほら、涙拭いて。せっかくのメイクが台無しになっているぞ」

そう言われても、一度流れ出した涙は容易には止まってくれない。花は差し出されたハンカチを受け取り、目の下を拭《ぬぐ》った。マスカラのせいで、生地《きじ》が焦げ茶色に染まる。

「あ……ごめん、ハンカチが汚れちゃった」

「そんなの気にしなくていいよ。まったく、花はいつまでたっても泣き虫だなぁ」

伸びてきた腕が花の身体をやんわりと包み込む。それと同時に、大きな掌《てのひら》が頭を撫でてくれる。

まだ子供だった頃、隼人はよくこうして泣いている花の頭を撫でて慰《なぐさ》めてくれた。だけど、それは今から十年も前――花が小学六年生までの話だ。

（は、隼人お兄ちゃんっ……）

スーツの生地《きじ》を通して、彼の硬い腕の筋肉を感じる。

昔よりも確実に逞《たくま》しくなっている彼の身体からは、何かとてもいい香りがする。

まさか、こんな夢みたいなひと時が訪れるなんて――

泣くのも忘れて花が夢心地になっていると、早紀がひょい、と顔を覗き込んできた。

「花、次に幸せになるのはあんたよ」

まどかの顔が早紀の横に並んだ。

「そうよ、花。あんたと隼人、今日から〝許嫁《いいなずけ》〟になったんだからね。あとは、二人のタイミングで進めればいいわ」

花の顔が、みるみるうちに赤く火照《ほて》り出す。

「い、いいな……ずけ？」

「うん。お姉ちゃん、早く花のウェディングドレス姿が見たいなぁ。ぜったい可愛いと思うんだよね。あぁ、今から楽しみ～」

早紀が花の頬を突っつき、満面の笑みを浮かべる。

「隼人、花をよろしくね。この子、まだまだお子ちゃまなところあるから――」

〝花をよろしく〟

そう言われた隼人が、一体どんな表情を浮かべているのか気になる。

だけど、その時の花には顔を上げる余裕なんか欠片《かけら》ほどもなかったのだった。


東京郊外にある「チェリーブロッサム」は、創業五十六年の純英国スタイルのティーサロンだ。

開店時間は日曜祝日を除く平日の午前十一時から午後七時まで。店内の一角では自家製の焼き菓子や紅茶の販売もしており、ポプラの木に囲まれたウッドデッキもついている。

建物は明治時代に建てられた商館で、廃ビルになっていたのを花の祖父母が買い取って改築し、祖母の長年の夢だったティーサロンを開店させ、今に至る。

現在のオーナーは、亡き祖母のあとを継いだ花の母である恵《めぐみ》だ。

高校生の時から店の手伝いをしてきた花は、今年の春、四年制の専門学校を卒業し、四月から正社員として正式にこの店で働いている。

花が取得した管理栄養士の免許証は、恵のものと一緒に店のバックルームの壁に飾られていた。

「さて。これでよし、と」

結婚式の次の日、花は「チェリーブロッサム」のキッチンで焼き菓子を焼いていた。

それを取り分けてショーケースに並べながら、昨日の出来事を思い出して頬を染める。

（まさか、こんな事になるなんて……）

桜井家と東条家は祖父の代からの付き合いであり、父親同士が幼馴染《おさななじみ》の両親の代になってからは特に親しく交流するようになった。互いの家の長子は性別こそ違うものの、同じ年の同月生まれ。

まどかと隼人の二人は高校まで同じ学校に通い、双方ともバスケットボール部に所属してキャプテンを務めた。

それもあって、「チェリーブロッサム」は自然と男女バスケットボール部の溜まり場になり、おのずと家族ぐるみの付き合いも深まっていった。

『仲がいいんだし、どうせなら許嫁《いいなずけ》としてこのまま結婚したらいいのに』

両家の間でそんな話が出たのは、二人が中学校を卒業する頃だったらしい。

しかし、そんな両親達の思惑をよそに、まどかは六年前に商社マンと社内結婚をして家を出た。

『せっかくだから、許嫁《いいなずけ》は繰り下げ制にしよう』

両親達の話し合いにより、二女の早紀が隼人の二人目の許嫁《いいなずけ》になった。

けれど、早紀は仕事の縁でアパレル会社社長と出会い、昨日めでたく嫁いでいった。

それにより、隼人の許嫁《いいなずけ》が三女・花に繰り下がってきたわけだが——

（これって、本当の事？）

許嫁《いいなずけ》の話が出た時、花はまだ幼稚園に通っていた。五歳児の花の目には、十五歳の隼人がまるで王子さまのように映った。彼がカフェに来ると、花は子猫みたいに彼の膝に飛び乗ったものだ。

隼人は一緒にいるチームメンバーと話しながらも、花の頭を撫でて時折下を向いて微笑んでくれた。今考えてみれば、かなり邪魔な存在だったと思う。けれど、隼人は花を迷惑がる事なく、いつも膝上を占拠するのを許してくれた。

むろん、その時はまだ〝許嫁《いいなずけ》〟という言葉を理解していなかったし、ただただ優しくてかっこいい隼人のそばにいたいという欲求だけで行動していたように思う。

事あるごとに『花は隼人お兄ちゃんと結婚する』などと吹聴《ふいちょう》して回り、周りはそれを微笑ましく見守ってくれていた。

しかし、小学校に進学して〝許嫁《いいなずけ》〟の意味を理解した花は、隼人が将来上の姉と結婚するのだと知りショックを受ける。だけど、小学生の花に何かができるわけもなく、それを受け入れたまま卒業式を迎えた。

その頃には、はっきりと彼に対する恋心を自覚していたけれど、彼はまどかの許嫁《いいなずけ》だ。所詮、叶わない恋。そう諦めていたのに、ある日突然、まどかが隼人ではない男性と結婚する事になった。さすがに衝撃を受けるが、〝許嫁《いいなずけ》〟は自動的に次姉の早紀に繰り下がり、花は傍観者の立場を守り続けた。

それなのに、早紀が選んだのも隼人ではない別の男性で――

予想外の展開に、花は一人パニックに陥《おちい》る。

まさか自分に順番が回ってくるなんて思ってもみなかった。姉達より見劣りする自分が、彼の許嫁《いいなずけ》になるなんて妥当とは思えない。

（だって私はちんちくりんだし。せめて、お姉ちゃん達の半分でもスタイルがよくて美人だったらよかったのに……）

姉達はすらりとして背が高く、目鼻立ちがはっきりした美人だ。それに比べて、花は身長一五四センチ、体重五十二キロ。顔にこぢんまりと収まった目鼻は、それなりに整ってはいるものの子供っぽくて化粧映えしない。

二十二歳にして寸胴《ずんどう》で脚も太く、バストはＡカップ以下。華やかな姉達の妹とは思えないほど地味で貧相な外見をしている。唯一勝っているものといえば、愛想のよさくらいだろう。

隼人は花の初恋の人であり、以来変わる事なく想いを寄せ続けている相手だ。

あんなに優しくてかっこいい男性は、他にいない。抜群に頭がよくて努力家の上に、誰もが認める真面目人間。おまけにパイロットだ。

だから、彼の許嫁《いいなずけ》になれた事は、世界に向けて叫びたいほど嬉しい！

それなのに手放しで喜べないのは、隼人に対して申し訳ない気持ちが先に立ってしまうからだ。

花は基本、細かい事は気にしないし性格も明るい。しかし、隼人の事に関してだけは、自分でもおかしくなるくらい弱腰になってしまうのだ。

（どう考えても不釣り合いだよね……。そもそも、隼人お兄ちゃんはどう思ってるんだろう？）

ただでさえモテる彼の事だ。花嫁候補なんて掃いて捨てるほどいるだろう。

もしかしたら――いや、もしかしなくても、隼人にはとっくに恋人がいて、その人と結婚の約束をしているかもしれない。いや、そう考えたほうが自然だ。

（そうよ、隼人お兄ちゃんがフリーなわけないじゃない）

花は、一人店のキッチンで落ち込む。

〝許嫁《いいなずけ》〟になったからといって、このまま棚ぼた式に隼人と結婚できるはずがない。

（やっぱり、変に期待するのはやめよう……。そうじゃないと、あとで死ぬほどがっかりして、立ち直れなくなりそうだもの……）

花はようやくひとつの結論に辿《たど》り着いて、がっくりと肩を落とす。

そして、やりかけの洗い物を片づけながら、その日一番の深いため息を吐くのだった。

◇◇◇

隼人は空港にほど近いタワーマンションにある自宅で、物思いに耽《ふけ》っていた。地上二十五階から見るパノラマの景色は、まるで精巧にできたジオラマのようだ。

「あれは、札幌発の国内便だな」

遥《はる》か上空を飛ぶ飛行機の灯火《ともしび》が目に留まり、隼人は無意識に独り言を言った。

パイロットという職業柄、おおよそのフライトスケジュールは把握している。

都内の大学を卒業後、親の経営する「東条エアウェイ」に入社した。自社養成パイロットとして訓練を積み、今は機長として世界中を飛び回る生活を送っている。業務スケジュールは月によって変動があるが、もらえる年間休日は、ひと月当たりおよそ十日から十四日程度。土日は出勤になる事がほとんどだが、日数で考えれば一般企業よりはいくぶん多いくらいだ。

昨日ロサンゼルスから戻り、今日は丸一日休みだった。

日中は下の階にあるスポーツクラブで汗を流し、そのあといきつけのレストランで友人とディナーをともにして、さっき自宅に帰り着いたところだ。

風呂上がりの喉元を、冷えたミネラルウォーターが通り過ぎる。

ペットボトルの中をぜんぶ飲み干すと、隼人は飛び去っていく飛行機から目を逸《そ》らした。

このタワーマンションに住みはじめたのは、ちょうど二年前。売り出されて早々に購入を決め、ほぼ身ひとつの状態で引っ越してきた。

現在三十二歳になる隼人は、独身の一人暮らし。恋人と呼べる人はいない。

言い寄ってくる女性は多くいるし、これまで何人かの女性と付き合ってきた。しかし、なぜか常に一歩引いたような関係しか結べず、結局は短期間で別れる事になってしまう。

おそらく、自分は恋愛に対して淡白なのだろう。きっと結婚にも向かない。

そう思ってからは、以前にも増して恋愛や結婚というものに関心がなくなった。

そんな自分が、四日前の土曜日、とある結婚式に出席した。

お隣さんであり幼馴染《おさななじみ》でもある桜井家三姉妹の二女・早紀の式だ。

久しぶりに見る彼女達は、相変わらずの仲のよさで、見ているだけで気持ちが和《なご》んでくる。

桜井家とは昔から親しく、家族同然の付き合いをしていた。一人っ子である自分にとっては、桜井家の三姉妹はめったに顔を合わせない従兄妹《いとこ》よりも親しい存在といえる。

仲のいい自分達を見て、双方の両親は長子同士を許嫁《いいなずけ》にしようなどと言い出した。

もちろん、そんなのはただの戯言《ざれごと》であり四人とも本気で言ったわけではない。

現に、三姉妹の上二人は自分とは別の相手と結婚した。〝許嫁《いいなずけ》〟なんて、口約束にもならない、ただの軽口だと、両家の全員が理解している――そう思っていた。

だが、実際は少し違っていたみたいだ。

式のあと、隼人は花の姉達に呼び出され、こう言われた。

『花は〝許嫁《いいなずけ》〟を本気にしてる』

当然、「冗談だろ？」と言って一笑に付そうとした。

けれど、よくよく考えてみれば、ありえない話ではない。花は、昔から人の話を無条件に信じてしまう性質《たち》で、エイプリルフールの嘘すらも本気にする事が多々あった。

『でも、アリでしょ？　花との結婚』

まどかにそう言われたのをきっかけに、改めて花の事を考えるようになった。

すると、今までまったく意識していなかった花の美点があれこれと見えてきて、少しばかり驚いてしまった。

自分と十歳違いの花は、基本的にしっかり者だけど、どこかあぶなっかしい。明るく単純で、よく笑いよく食べる女の子。一見何も考えていないように見えるが、意外と繊細で結構な泣き虫。

そんな花が、いつの間にか大人の女性になっていて、そこはかとない色気を醸《かも》し出していたのだ。

早紀の結婚式の時、泣きじゃくる花を無意識のうちに抱き寄せ、頭を撫でていた。それは、ただ単に昔よくそうしていたからであり、意図した行動ではなかったはずだ。だけど、気がつけば胸がじんわりと熱くなり、腕の中にいる花をこのままずっと抱きしめていたいと思った。

強《し》いて言えば、独占欲とでもいうのだろうか。

もともと自分にとって守るべき妹的な立ち位置にいた花が、結婚式を機にそれまでとは明らかに違う存在になった。

『花は昔から今に至るまで、本気で隼人の事を想ってる』

花が自分に対して好意を持っている事には、前々から気づいていた。それほど花の態度はわかりやすかったし、その気持ちを嬉しく思わないでもなかった。

しかし、花の好意は、あくまで兄に近い存在に対する、憧れから生じたものだと思っていたのだが……

（花との結婚か……）

それを自分がさほど嫌だと思っていないところをみると、まんざらでもないのでは——と考えるようになった。

花はいい子だ。

素直だし「好き」か「嫌い」かで答えるなら、全面的に「好き」と答える。

普段、友人知人から聞かされる女性に関する愚痴《ぐち》も、きっと花には当てはまらない。

それに、同僚の男性が言うところの嫁姑《よめしゅうとめ》問題など無縁だろう。

浮気問題もしかりだ。もし万が一そんな事があれば、自分の腕の中に閉じ込めて一切外の世界に触れさせないようにするつもりだ——

そこではた、と気づき、隼人は自分自身を訝《いぶか》しんだ。

「……俺は一体、何を考えているんだ？」

ただの想像に、いつの間にか本気でむかついて眉間に縦皺《たてじわ》を寄せていた。

「馬鹿馬鹿しい。花がそんな不実な真似をするわけがないだろう？　俺だってそうだ」

年齢も生活スタイルもまるで違うかに思える自分達だが、馬鹿がつくほど真面目なところは似ているような気がする。

どこかしら似ている点があるというのは、一生をともにする相手に望む条件のひとつにしていいのかもしれない。

「ふむ……」

隼人は、あの時抱き寄せた頼りなげな花を思い返した。

『アリでしょ?』

まどかの声が、今一度頭の中で再生される。そして、自分がいつの間にかにこやかな笑みを浮かべている事に気づいた。

「うん、『アリ』だな」

隼人は、そう呟くと、空《から》になったペットボトルをダストボックスに放り込んだ。

◇◇◇

隼人の母親である東条礼子《れいこ》は、毎日のように「チェリーブロッサム」にやって来る。彼女は店が開くと同時にやって来てランチを食べ、午後からは自《みずか》らが開くフラワーアレンジメントの教室に赴《おもむ》く。人生の半分を海外で過ごしてきたという彼女は、上品な物腰ながらとても気さくな性格をしていた。

礼子がカウンター席に座ると、花の母親である恵がメニューを片手に彼女に近づいていく。

「礼子さん、おはよう。今日のサンドイッチはサーモンとアボカド。ベーグルサンドは、ベーコンと玉子よ。スープはミネストローネかヴィシソワーズです」

恵が澄ました声音《こわね》でランチの案内をする。

「おはよう、恵さん。では、ベーグルとヴィシソワーズをお願いするわ。あと、お薦めの紅茶を」

礼子もそれに合わせて、やや気取った様子で答えた。注文のやり取りを終えると、二人はクスクスと笑いながら雑談をはじめる。

子供達もそうだが、それぞれの両親もまた兄弟姉妹のように仲がいい。ひとしきり話をすると、恵がキッチンに戻ってくる。

その時、ドアベルが鳴り、二人組の女性客が来店した。店内にはカウンターの他にテーブル席があり、一度に三十六人のお客さまを受け入れる事ができる。

花はメニューを持って彼女達を窓際の席に案内した。窓から見える庭は、ちょうど蔓《つる》性のイングリッシュローズが見頃だ。

しばらくしてランチの準備ができると、花はトレイを持って礼子のもとへ行く。

「お待たせしました」

「ありがとう。今日の紅茶は特別にいい香りがするわね」

「そうでしょう？　一口飲んでみて」

花に勧められて、礼子がティーカップに口をつける。

「あら？　これ、とっても美味《おい》しい」

礼子が目を丸くすると、花は彼女の前に小さな皿を置いた。中に入れられているのは、ピンクと黄色の花びら入りの茶葉だ。

「実はこれ、礼子おばさんのためにブレンドした紅茶なの。礼子おばさんの好きなアールグレイに、薔薇《ばら》とキンセンカの花びらを入れてるんだけど、香りがいいでしょう？」

「ほんと、とっても香り高いわね。これ、花ちゃんがブレンドしてくれたの？」

「うん、気に入ってくれた？」

「もちろん、と〜っても気に入ったわよ。ありがとう。花ちゃんって、本当に優しくて気配り上手ね。……その優しさにつけ込むようで悪いんだけど、今度の土曜日、隼人のマンションまでお使いをお願いできないかしら」

「は、隼人お兄ちゃんのマンションに？」

突然のお願いに、花は少なからずたじろいで顔をこわばらせた。

大学卒業を機に実家を出て一人暮らしをはじめた隼人だが、二年前メインパイロットに昇格したタイミングでマンションを購入したと聞いている。だが花は、これまで隼人の住まいに一度として行った事がない。

「もちろん、お店が終わってからでいいんだけど。これ、うちで昔から使ってる岩塩なの。隼人の家のものがそろそろ切れそうなのに、この間、持っていくのを忘れちゃって」

礼子がバッグから岩塩入りの小瓶を取り出した。花の手にそれを握らせた彼女は、にっこりと微笑む。

「隼人には、土曜日の夜七時には家にいるよう言っておくから。これ、ミネラルたっぷりで身体にとってもいいのよ。隼人の健康のためにも、ね。頼まれてくれる？」

礼子が両方の眉尻を下げながら、花の顔を見る。

「わかりました。ドンッと頼まれちゃいます」

花は岩塩を持った拳《こぶし》で、自分の胸をポンと叩いた。

こんなに熱心に頼まれたら、さすがに断るなんてできない。それに、隼人が実家を出てからめったに会う機会がなくなっている今、彼のマンションを訪ねられるなんて願ってもない事だ。

その日、店が終わった花は、ふと思い立って近所のドラッグストアに向かった。

そして、陳列棚とにらめっこをしながら、今の自分に必要な商品を買い物かごの中に入れていく。

ぷるぷる肌になるというフェイスパックや、上質なベルガモットの香りで可憐な女性らしさを演出するというヘアケア商品。

せっかく隼人に会うなら、できるだけいい印象を与えたい。

少しでも綺麗になったと思ってもらえるよう、できる限りの事をしておきたかったのだ。

「うん？　どうしたの、この顔パック。それに、シャンプーなら買い置きがまだあるのに――ああ、そっか。今度の土曜日〝許嫁《いいなずけ》〟の隼人くんのとこにお使いに行くんだったわねぇ～」

帰宅した花が持っていた買い物袋を覗いた恵が、訳知り顔でにんまりと笑う。

「べ、別に、そんなんじゃないし！　たまには、いいかなって思って買っただけだから！」

花が必死に言い訳をすればするほど、恵はニヤニヤと頷くばかりだ。

花は自室に逃げ込み、掌《てのひら》で両方の頬を覆《おお》った。

テーブルの上に置いた鏡に映っているのは、頬を赤くした丸く子供っぽい自分の顔だ。

「なんなのよ、もう……」

早紀の結婚式以来、気のせいか、双方の母親がやたらと隼人の名前を出してくるようになった。

花が変に期待しないようにしているというのに、意味もなく〝許嫁《いいなずけ》〟の件を話題にするものだから反応に困ってしまう。

花は、岩塩入りの小瓶を目の前にかざした。そして、軽く振って中の岩塩がサラサラと動く様《さま》を見つめる。

（今度の土曜日、か。ちょうど半月ぶりだよね、隼人お兄ちゃんに会うの……）

いくら冷やかされようと、やっぱり会えるのは嬉しかった。

今から当日が待ち遠しくて仕方がない。

花は自分でも気づかないうちに、にっこりと微笑み、岩塩の小瓶を大切に胸に抱えるのだった。

◇　◇　◇

土曜日は、朝から雨だった。

今日明日と休みが取れた隼人は、前から行きたいと思っていた美術館に足を運んだ。そのあと古くからの友人に会い、久しぶりに馬鹿話をして大いに楽しい時を過ごした。

（雨脚がひどくなってきたな）

車のフロントガラスに雨風が吹き付ける中、隼人はガラス越しに真っ暗な空を見上げた。

天気予報によれば、今夜から明日にかけて雷を伴う大雨になるらしい。

（横風も強いし、視界も悪い。これだと、離着陸に相当神経を使うだろうな）

隼人の左眉が、ぐっと上がる。

仕事柄、常に天気の事は気にかけていた。今現在飛んでいる同僚達を思い、やむ気配のない雨を恨めしく思う。

パイロットは、多くの人命を預かって空を飛ぶ。当然、かなりのプレッシャーとストレスを感じながら日々を過ごしており、労働環境は過酷だ。

パイロットとして働き続けようと思うなら、心身ともに健康でなければならない。

だからこそ、休みの日には可能な限りストレスフリーを心掛けているし、無理のない程度にジムへ通い身体を鍛《きた》えている。

(それにしても、あれは一体なんだったんだ?)

隼人は、一昨日《おととい》の夜かかってきた母からの電話の事を思い出す。

今度の土日って、休みでしょ——からはじまり、帰宅時間は何時なのか、どんな料理が好きか、など普段聞いてこない事を根掘り葉掘り聞かれた。

『じゃ、土曜日は遅くても夜の七時には家に帰っておいてね。——え? なんでかって? もう、いいから、そうしてちょうだい。わかったわね?』

一方的にまくし立てられ、通話が切れた。

そして今。時計は午後七時少し前だ。どうせ早めに帰るつもりだったし、特に問題はない。わざわざ念押しをしてきたところをみると、何かしら理由があっての事なのだろう。

(荷物でも届くのかな?)

母は地方の名産品を取り寄せるのが好きで、時折おすそ分けと言って、直接荷物を送りつけてくる事があった。

　空を見ると、さっきよりも雨が強くなっている。隼人はラジオの天気予報に耳を傾けながら、マンションの駐車場に向かって建物の前を横切った。

「ん？」

　視界の端に小さな人影を映しながら、速度を落としてマンションの敷地内に入る。人影は、おそらく若い女性。緑色の傘をさしてマンションの入り口に佇《たたず》んでいた。

（まさか、あれは……）

　隼人は注意深くハンドルを切り、車を駐車場に滑り込ませる。そして、急いで車から出ると、建物の中を通ってエントランスに向かった。入り口の自動ドアを開けて外に飛び出す。

　緑色の傘の前に回り込み、持ち主の顔を覗き込んだ。

「やっぱり！　花、こんなところで何をしているんだ？」

「あ、隼人お兄ちゃん。よかった、帰ってきてくれて」

　まるで雨の日に捨てられた子猫のような姿で、花が微笑んだ。

（これだから、放ってはおけないんだ）

　矢も盾もたまらず、隼人は大きく腕を広げ、花を抱きしめた。そして、花の頭を自分の胸に押し付け、濡れた髪に唇を寄せるのだった。

◇◇◇

「はっくしゅん！」

「おいおい、大丈夫か？　ほら、早く風呂に入らないと風邪を引くぞ」

「うん。ごめん、じゃあちょっと行ってくるね」

「ああ、ちゃんと温まってから出てくるんだぞ」

隼人に促《うなが》されて、花は急ぎ足でバスルームに向かった。

脱衣所で濡れた服を脱ぎながら、洗面台の鏡を見る。

（うわぁ、私ったらこんなにみっともない姿になってたの？）

髪の毛は濡れてペタンコになっているし、目尻に入れたアイライナーが滲《にじ》んでパンダみたいな顔になっている。

こんな事なら、メイクなんかしなければよかった。

（やり慣れないメイクなんかするから、こんな事になるんだよね）

普段申し訳程度にしかメイクをしない花は、アイライナーなどめったに手にする事はなかった。まともにメイクをしたのは早紀の結婚式以来だし、その時もまどかに手伝ってもらったくらいだ。

いい年をして、ろくにメイクもできないなんて、我ながら情けない。

張り付いた衣類を脱ぎ終え、花はバスルームのドアを開けた。

中は石鹸《せっけん》のいい香りが立ち込めており、花は大きく息を吸い込んで深呼吸をする。

(ああ、暖かい。……それに、素敵なバスルームだなぁ)

花は中を見回しながら、冷えた身体にお湯をかけた。

さっきスイッチを入れたばかりなのに、バスタブにはもうたっぷりとお湯が張られている。

さすが、新築のタワーマンション。何もかもピカピカで、設備も最新式のものが使われているみたいだ。

花は湯船に入り、ぐっと脚を伸ばす。

「おぉ〜っ」

思わず唸《うな》り声が出るほど気持ちがいい。バスタブはかなり広く、伸ばしたつま先が向こうがわに届かないくらいだ。

「すごいなぁ。こういうの、スタイリッシュって言うのかな?」

マンションの中も外も、持ち主と同じで見るからにかっこいい。

「はぁ〜快適、快適……っとと。うわっ!」

うっかり手足を伸ばしすぎて、お尻が湯の中で浮いてしまった。

とっさにバスタブを掴もうとした指が空《くう》を切り、そのままトプンと頭が水没する。一瞬溺《おぼ》れたようになり、花は驚いて手足をばたつかせた。

よほど大きな音がしたのだろう。

花が湯の中から顔を出したところで、あわてて駆けつけてきたらしい隼人の声がドアの向こうから聞こえてきた。

「花、どうした？　大丈夫か？」

「う、うん！　大丈夫！　ちょっとバスタブの中で滑っちゃって」

大きく出した声が、バスルームの中に響き渡る。

「……そうか。着替え、適当に持ってきたから、ここに置いておくぞ」

「ありがとう！」

ドアのすりガラス越しに去っていく隼人の姿を見送り、花は濡れた顔を掌《てのひら》でごしごしとこすった。

(何やってんのよ、私！)

花は自分のドジっぷりに、心底がっかりする。

礼子にお使いを頼まれてからの五日間、花は毎日フェイスパックをして、パーマっ気のない肩までの髪の毛を丹念にトリートメントし続けた。そのおかげか、肌は以前よりぷるぷるになったし、髪の艶《つや》も増したように思う。

だけど、雨に濡れたせいで、せっかくのヘアケア効果は台無しになってしまった。

花は湯気の中で大きなため息を吐く。

思い返してみれば、隼人と二人きりで話すなんて、小学校の卒業式以来だ。あの時、彼は大学を卒業して実家を出る準備をしていた。

『卒業おめでとう』

そう言って頭をよしよしと撫でてもらい、そのあと少しだけ彼と話した。

(あの時だって、せっかく隼人お兄ちゃんが話しかけてくれていたのに、ろくな返事ができなくって……)

花は昔から、隼人に関する事だけは、いろいろと空回《から》りする傾向にあった。

好きすぎて気持ちを制御できず、トンチンカンな対応をしたり、挙動不審になったり。

そもそも、彼は花が恋をしてはいけない相手だった。それが二転三転したあげく、今は彼の〝許嫁《いいなずけ》〟という立場になっていて――

(隼人お兄ちゃんは、私の〝許嫁《いいなずけ》〟になった事をどう思ってるんだろう……)

肩までお湯に浸《つ》かりながら、花は極力避けてきた疑念について考える。

もしかして、「冗談じゃない!」とか思っているのではないだろうか?

繰り下がってきた花なんて、とんでもないと思っていたら?

自分で考えた事に、自分で落ち込んでしまう。

「……っと、のぼせちゃう！」

花は、ハッとして湯船から立ち上がる。

隼人の事になると、つい時を忘れてしまうのは花の悪い癖だった。しかも今は、彼のマンションにお邪魔して、お風呂に入らせてもらっている状況だ。

（落ち着いて、花！）

片想いの期間が長すぎて、どうにも頭がテンパってしまっている。

手早く身体を洗い、簡単にバスルームの掃除をした。

外に出ると、洗面台の上にバスタオルが置かれている。急いで身体を拭き、用意してもらった白いTシャツと、スウェットの上下を着た。

（これ、隼人お兄ちゃんのだよね。……く……くぅ～っ……）

そう思うだけで、胸がキュンとなって息が苦しくなる。

Tシャツに顔を埋《うず》め、大きく深呼吸をした。すっきりとした洗剤の香りの他に、隼人自身の匂いがするような気がしたのは、いくらなんでも気のせいだろう。

（やだ……。私ったら、ちょっと変態チック）

そんな事を思いながら、花はスウェットの生地《きじ》を掌《てのひら》で撫でた。そこでふと、鏡に映る自分を見て唖然とする。鏡に映るのは、当然スッピンの自分だ。

花は自分の無計画ぶりを思い知る。

最低限のメイク道具はバッグの中に入っているが、そのバッグをリビングに置いてきてしまった。

（仕方ないか。いつもだって、ほぼスッピンみたいなものだしね……）

せめてもの救いは、フェイスパックで仕上げたぷるぷるの肌だろう。

ダブダブのスウェットの袖《そで》と裾《すそ》を折った花は、メイクを諦め髪の毛を乾かす事に専念する。さすがに、ボサボサ頭のまま隼人の前に出るのだけは避けたい。

精一杯の身支度を済ませると、花は脱衣所を出てリビングに向かった。

「ああ、上がった？」

隼人に声をかけられ、花は頷いておずおずと部屋の中に入る。

着替えを済ませたらしい彼は、キッチンでお茶を淹《い》れていたみたいだ。

「お風呂ありがとう。……なんか、ごめんね。まさか、こんなに土砂降りになるとは思わなかったし、ちょっと早く来すぎちゃった」

そう言いながら、花は部屋の中に歩を進める。

なんだかものすごく居たたまれない気分だ。ダブダブのスウェット姿は、隼人の目には、一体どんなふうに映っているのだろう。

我ながら色気も何もあったものではないと思うし、実際にそうだという事もわかっている。

「今の時期は気候が不安定だし、低気圧が急激に発達して台風並みの荒天になったりするからね。それより、ちゃんと温まってきたか？」

「うん」

「そうか。あ、それと、花の家に電話して今日はうちに泊めるって言っておいたから」

「えっ!?　と、泊めっ……」

花の顔に驚きの表情が浮かぶ。隼人がそれを見て、軽く笑い声を上げた。

「だって、風邪でも引いたら大変だろう？　このあと、もっと雨がひどくなるぞ。せっかく風呂に入ったんだし、今夜はここに泊まるのが得策だと思うよ。それとも、何か問題でもあるか？」

「あ……ううん、ないです！　問題なんて、まったくありません……ハイ」

花は、あわてて首を横に振り、その場にかしこまった。

予想だにしなかった事態に、花は動揺を隠せない。さっきの話しぶりからして、恵の許可はあっさり得られたのだろう。

一応二人は〝許嫁《いいなずけ》〟同士なのだし、問題はないはずだ。

「そ……それにしても、すごく広くて綺麗だね。ここ、住みはじめて二年になるんだっけ？」

花は気を取り直して、部屋をぐるりと見回した。

広々としたリビングは、少なくとも十八帖はあるだろう。白を基調とした部屋はすっきりと片づいていて、あまり生活感を感じない。

「そうだな。でも、ここにいるのはひと月の三分の一くらいだ」

「そっか。相変わらず忙しいんだね」

カップを載せたトレイを持つ隼人に促《うなが》され、花はリビングの真ん中に置かれたL字形のソファに腰かける。その横に腰を下ろした隼人は、花に湯気の立っているカップを渡してきた。

それを一口飲んだ花は、ふと頬をほころばせる。

「美味《おい》しい。これ、ハーブティー？」

「そうだよ。この間パリに行った時、買ってきたんだ」

はじめて来た隼人の自宅で、一緒にハーブティーを飲んでいる。そんな幸せすぎる状況に、自然と表情が緩《ゆる》んでくる。だけど、同時にとんでもなく緊張して、鼓動が尋常じゃなく速い。

「ふ、ふぅん。フランスにも、たくさん美味《おい》しいお茶があるんだろうなぁ」

花はなんとか平静を装《よそお》いつつ、カップから立ち上《のぼ》る香りを吸い込み、ホッと一息吐く。

「『チェリーブロッサム』で出すのは、イギリスのお茶だけか？」

「うん、一応、純英国式ティーサロンって謳《うた》ってるからね。でも、個人的にはもっといろいろな国の美味《おい》しいお茶を、お客さまに提供したいなって思ってる」

「花は昔から好奇心旺盛《おうせい》だったもんな。いい考えだと思うよ。もし店で出せなくても、趣味として楽しめばいいんだし」

そう言って、隼人はテーブルに置いたままの自分のカップを手に取る。

「こっちには、少しだけブランデーを垂らしてある。これもうまいぞ。パイロット仲間が勧めてくれた飲み方なんだけど、試してみるか？」

「うん、ぜひ！」

お茶に関する新しい知識は、大歓迎だ。

花は、ワクワクしながら隼人の手元に見入った。

トレイには、四角いブランデーの瓶が置かれている。てっきり、それを花のカップに入れてくれるのかと思いきや、彼は自分のカップをそのまま花に差し出してきた。

この位置だと隼人と同じ場所から飲む事になる。

（……こ、これって間接キスッ……）

鼓動が一段と速くなり、なんだか呼吸まで乱れてきた。チラリと隣を見ると、隼人がじっとこちらを窺っている。

自分のカップを隼人に預け、花はそろそろとカップに口をつけた。

一口飲むと、鼻腔《びくう》に上《のぼ》ってくるブランデーの芳香が、お茶のフレーバーと混じり合って、なんともいい香りだ。

「美味《おい》しい！　ブランデーを入れただけで、ぜんぜん違う感じになってる」

思わずもう一口飲んで、その香りを楽しむ。

温まった身体に、熱いお茶がじんわりと染み入ってくる。

「そうだろ？　花は、もう少しブランデーを少なくしたほうが飲みやすいかな？　あんまりお酒強くないだろ？　顔、ちょっと赤くなってる」

「そ、そう？」

指摘されて、いつの間にか熱くなっていた頬が、いっそう火照《ほて》るのを感じた。

「そういえば、今日はどうしたんだ？　何か急ぎの用事でもあったか？」

隼人に問われて、花はようやく本来の目的を思い出す。ソファの上に置いてあった自分のバッグから預かり物を取り出し、隼人の目の前に差し出した。

「礼子おばさんからお使いを頼まれたの。これ、東条家で昔から使ってる岩塩。そろそろ切れそうなんでしょう？　礼子おばさん、この間、持ってくるのを忘れちゃったって」

隼人が岩塩の小瓶を受け取り、それを目の前に掲《かか》げてしげしげと見つめる。

「そうか、なるほど……。わざわざ持ってきてくれて、ありがとう」

「ううん、どういたしまして」

花は、頼まれたお使いを済ませ、一安心する。

ふと時計を見ると、午後七時をとうに過ぎていた。

「あ、隼人お兄ちゃん、もうご飯食べた？」

「いや、まだ食べてない。今夜は適当にデリバリーで済まそうと思ってたから」

「そうなの？　じゃあ、私が何か作るよ。キッチン、使ってもいい？」

「もちろん。食材なら、冷蔵庫にいろいろ入ってると思うよ。知ってのとおり、おふくろがちょくちょく来ては、入れていくから」

「ふふっ、いいお母さんだね」

飲みかけのお茶を飲み干し、ごちそうさまを言う。

ブランデー入りのお茶を飲んだからか、身体がちょうどいい具合に温まった気がする。

花は、なんとなくうきうきとした気分で、空《から》になったカップを持ってソファから立ち上がった。隼人もそれに続き、二人はキッチンに向かう。

「おふくろ、相変わらず『チェリーブロッサム』に入り浸《びた》ってるみたいだな」

「とってもいいお客さんだよ。たまに、教室の生徒さんを連れてきてくれるし、その生徒さんが、また違うお友達を連れてきてくれたり」

キッチンに入ると、花は話しながら冷蔵庫を開けた。中には、まるでこうなる事がわかっていたように、様々な食材が入っている。

「花、俺も手伝うよ。一人じゃ大変だろ？」

「ううん、作るっていっても簡単なものだし、私一人で平気だよ。隼人お兄ちゃんは、普段激務なんだから、休日くらいゆっくり休んでて」

隼人をリビングに追い返すと、花はメニューを考えながら食材を取り出す。

まずはじめに、野菜を切り、鍋にお湯を沸かしてスープを作る準備をする。

それが済むと、取り出した豚肉に塩コショウをして、ボウルに割り入れた卵を溶く。

お店以外で彼に料理を作るのは、はじめての事だ。

若干緊張して手が震えるものの、家でも店でも、ほぼ毎日キッチンに立っている花だ。料理なら、準備から後片づけに至るまで、まったく苦にならないし、母曰《いわ》く「いつ結婚してもいいくらい料理上手」であるらしい。

生まれた時から母が「チェリーブロッサム」で働く様子を見て育ち、将来自分もそうなりたいと思うようになったのは、高校二年生の春の事。

その夢を叶えるべく専門学校に進み、今年の三月に見事管理栄養士の資格試験にも合格した。

今まで頑張ってきた成果を、隼人にも見てもらいたい。彼に美味《おい》しいと言われたい。

(料理の腕だけで結婚できるなら、こんなに悩む事もないのに……)

豚肉を調理しながら、花はふと、昨日恵に言われた言葉を思い出した。

『〝許嫁《いいなずけ》〟になったんだから、そろそろ本格的に家庭料理に取り組まないとね』

姉達の時は、そんな事はなかった気がする。なのに、花がそうなった途端、周りが色めき立っているのはなぜだろう？

『二人とも、ちょうど適齢期だし』

そんなふうに両親達は言うけれど、それなら二人の姉だってそうだった。

『その気になった時が、一番いいタイミングなのよ』

そうだとしたら、姉達の時はその気にならなかったという事だろうか。

（そういえば、お姉ちゃん達って、昔からモテモテだったしなぁ）

〝許嫁《いいなずけ》〟の件がうやむやになっていたのも、そんな事情があったからなのだろうか。

花は、中学から高校までは女子校で、専門学校も男子生徒は数えるほど。

友達は同性ばかりだし、仕事柄、ごくたまに異性と接点ができても、百パーセントの確率で恋愛関係には発展しない。

花の人生において親族を除く独身男性といえば、隼人だけだった。

自分が人より世間知らずなのは自覚している。それに、何度も諦めようとしたのに、結局は隼人への想いを捨てきれず今に至っていた。

「おっと、ジャガイモをレンチンしないと――」

うっかり考え込んでしまい、手が止まっていた。

チーン、と電子音が鳴り、花は急いで柔らかくなったジャガイモをマッシュし、調味料や他の材料と混ぜ合わせる。

そして、次の料理に取りかかるべくひき肉を混ぜながら、花はふたたび考えに耽《ふけ》る。

急な事で大いに戸惑ってはいるものの、花としてはもちろん隼人との結婚に乗り気だ。

――だけど、肝心の隼人の気持ちはどうだろう？

長く彼に片想いをし、彼を見つめ続けてきた花だ。

これまで彼が自分を、結婚相手として見た事がないのは重々わかっている。

それどころか、そもそも女性として認識されているかどうかも怪しいものだ。

（それに、もし隼人お兄ちゃんに好きな人がいたら？　結婚したいと思っている人が別にいるのに、いきなり私が〝許嫁《いいなずけ》〟になって、困ってるとしたら……）

彼は人一倍真面目で優しい。

もし本当に恋人がいるとしても〝許嫁《いいなずけ》〟になった花を無下《むげ》に突き離したりはしないだろう。

そう思うと、棚から皿を出す手が止まり、急に胸が苦しくなった。

姉達は、隼人とは別にそれぞれ最良のパートナーを見つけた。だけど自分は、恋愛経験も皆無だし、隼人以外に好きな人を見つけられるとは思えない。

もしかすると、周りはそれをわかった上で自分と隼人を結婚させようとしているのでは――

（そうだとしたら、隼人お兄ちゃんが可哀想すぎる！）

どんなに隼人が好きでも、彼の気持ちをないがしろにする事なんかできない。

こうなったら、少しでも早く隼人の気持ちを確認しなければ！

花はそう心に決めて、料理を再開した。

「おっ、うまそうだな。もう完成か？　料理を運ぶのは、俺がやるよ」

料理の仕上げをしている時、ふいにうしろからやって来た隼人が、花の肩に手をかけてきた。

いきなり触れられただけでも驚くのに、花の背丈に合わせて身を屈《かが》めている隼人の顔が、すぐ横にある。

「う……うん、あとはお皿に盛りつけて、スープの味を調《ととの》えるだけ」

「スープ？　ああ、いい匂いだ。こっちは何？」

「それは、れんこんのはさみ揚げ――あっ……」

花が見ている前で、隼人が揚げたばかりのれんこんのはさみ揚げを摘《つ》まんだ。

「熱っ！　……でも、ものすごくうまい。花はきっといい奥さんになるよ」

突然の隼人の褒《ほ》め言葉に、心臓がドキリとする。

花の肩にかかる隼人の手が、腕のほうに移動した。軽く抱き寄せられているような格好になり、花はますますドキマギして頬を引き攣《つ》らせる。

「あ、ありがとう。そのれんこん、肉厚で立派だよね。礼子おばさん、前に産地直送で野菜買ってるって言ってたし、素材がいいと出来栄えも違ってくるっていうか……」

「確かに素材も大事だけど、花の腕がいいからだろ？　それに何より、作り手の心がこもっているかどうかだよな。この味、相当心がこもってると思うけど、当たってるか？」

摘《つ》まみ食いを終えた隼人が、微笑みながら花の顔を覗き込んできた。

目が合った途端、彼の顔に浮かぶ笑みが甘やかなものに変わる。

これまでとはどこか違う隼人の雰囲気に呑まれて、花は一瞬にして息が止まりそうになった。

「あっ……当たってるよ。こっ、心、ものすごくこもってる。えっと……じゃあ、テーブルを拭いてお箸《はし》をセットしてくれる？」

ありえないほど、どもってしまい、花はあわてて隼人に用事を頼んだ。このままでいると、頭から湯気が出そうだった。

「了解」

隼人の手が離れ、花はふたたびキッチンで一人になる。

（な……何、今の……。距離が近いし、笑顔の破壊力半端ないんですけど）

こんな状態で、まともに食事ができるだろうか？

まして、彼の気持ちを確認するだなんて、あまりにハードルが高すぎる。

(ううん、そんな事言っていられないから！　せっかくのチャンスだもの。今、確認しないでいつやるのよ！)

花は小さく拳《こぶし》を握りしめ、決意を新たにする。

そして、急いで料理を完成させた。隼人に手伝ってもらいながらソファ前のテーブルに料理を運び終え、並んで腰かけていただきますを言う。

「すごいな。見た目もいいし、まるでお店で出てくる料理みたいだ」

隼人が料理に箸《はし》を伸ばし、一口食べて「うまい」と言う。

花は訊《たず》ねられるままに料理の説明をしつつ、二人して料理を平らげていく。

花が用意したのは、ワンプレートディナーだ。

お腹が空《す》いているだろうし、さほど時間のかからない調理法のものを作った。

プレートに載っているのは、豚肉のピカタとポテトサラダ。キャベツと玉ねぎのマリネと、れんこんのはさみ揚げ。それにバゲットとコンソメスープだ。

「ほんと、花は料理上手だな。店で出すランチとか、こんな感じなのか？」

「ううん。お店では種類が決まってるし、これだと純英国風っていうコンセプトにそぐわないから」

「言われてみれば、確かにそうだな。でも、普段店で食べてる料理より、確実にこっちのほうがうまいよ」

「隼人お兄ちゃんったら、ちょっと褒《ほ》めすぎだよ」

「だって、本当の事なんだから仕方ないだろう？　少なくとも俺はそう思うよ」

「そ、そっか。ありがとう。そう言ってもらえて、すごく嬉しい」

まさか、こんなにも褒《ほ》めてくれるなんて——

嬉しすぎる驚きに包まれ、ますます心拍数が上がる。

「せっかくだから、ワインを開けようか」

立ち上がった隼人が、ワインとグラスを持って帰ってくる。

「苦手だったら無理して飲まなくてもいいよ。残ったのは俺が飲むから」

隼人がグラスにワインを注《つ》いで手渡してくれた。

残ったのは俺が飲む——

隼人が言った台詞《せりふ》が、花の脳内で繰り返し響いた。

(それって、さっきとは逆パターンの間接キスだよね？)

ワインを一口飲むと、思いのほかフルーティーで飲みやすい。

「あ、美味《おい》しい……」

「そう？　よかった」

隣を見ると、隼人がニコニコ顔で料理を口に運んでいる。

好きな人のために作った料理を、目の前で美味《おい》しく食べてもらう。

それがこんなにも嬉しい事だなんて、今の今まで知らなかった。

（あぁ、本当に大好き。私、心底隼人お兄ちゃんの事が好きなんだなぁ……）

改めて自分の気持ちを自覚しつつ、花は意を決して口を開く。

「隼人お兄ちゃん。……あの、ちょっと聞いておきたい事があるんだけど」

「ん？　なんだ？」

隼人がソファに座り直すのと、花が彼のほうを向いたのが同時だった。そのため、あやうく花の鼻が彼の肩にぶつかりそうになる。

「おっと」

驚いて仰《の》け反《ぞ》った花の背中に、隼人がすばやく腕を回した。彼が支えてくれなければ、きっとそのままうしろに倒れていただろう。

「もしかして、少し酔ったか？　さっきよりも、だいぶ顔が赤いぞ」

「そ……それは……」

背中に隼人の腕を感じる。目の前には彼の顔があり、着ているのはしっくりと肌になじむ彼の私服だ。言ってみれば、花は全身を隼人に包まれているも同然の状態だった。

「それは？」

隼人が、ほんの少し首を傾《かし》げる。その視線が、なぜか花の目を離れ、鼻筋を通って唇のほうに移動した。

「それは……隼人お兄ちゃんと二人きりでいるから……。だってほら、こんなふうに二人だけで話すのって、小学校の卒業式の時以来だし」

「そう言われれば、そうだったかな」

彼が納得したように頷き、視線を花の目に戻した。

「で、俺に聞いておきたい事ってなんだ？」

「えっと……ね……」

自分から話を振りながら、なかなか言い出せないでいると、隼人の指が伸びてきて花の額《ひたい》にかかった髪の毛をそっとよけた。

指先が肌をかすめ、花の身体がピクリと反応する。隼人の掌《てのひら》はそのまま花の髪の毛を撫で下ろし、首筋を通って肩に回る。

気づくと、花は完全に隼人に抱きかかえられる格好になっていた。

（ち、近い！　それに、この状況って……）

とてつもなく恥ずかしいし、心臓がバクバクしている。

ただでさえ男性に免疫がないのに、これほど完成されたイケメンに抱き寄せられて平常心でいられるはずもなかった。

「は、隼人お兄ちゃんって、彼女いるの？」

テンパった花は自分でも意識しないうちに、そんな質問を口にしていた。

いささか唐突すぎるが、こうなったら勢いだ。

「い……いるに決まってるよね？　だって、こんなにかっこいいんだもの。女の人が放っておくわけないし」

それにしても、いくら気になっていたとはいえ、本来聞くべき質問をそっちのけで、一足飛びに恋人の有無《うむ》を訊《たず》ねるとは……

「いないよ」

さらりと答えた隼人を、花は驚いて見上げる。

いつの間にそうなったのか、こちらを見る彼の顔が、思いのほか近い位置にあった。

「えっ……い、いないの？　え……じゃあ、あの……〝許嫁《いいなずけ》〟については、どう思ってる？

もしかして、迷惑してるんじゃないかな……って思ったりするんだけど……」

言いながら、だんだんと声が小さくなる。

思い切って口にしたのはいいけれど、いざ聞いてしまうと今度は答えが怖くて仕方がない。

「迷惑してるわけないだろう？　俺は、いいと思ってるよ。両親達も乗り気だし、いろいろと条件も調《ととの》ってるしね」

「条件って？」

「お互い適齢期だし、健康も問題ない。俺もそろそろ結婚を考えなくもないし」

「け、結婚……!?」

いきなりの結婚発言に、花は目を剥《む》いて驚く。

思ってもみない展開に対応できず、花の脳内は一切の働きを停止してしまう。

「ああ。できれば子供もほしいしね。――あ、その前に、俺からも聞いておかないとな。花、今彼氏とかいるのか？」

「えっ、私っ!?　わ、私だっていないよ！　てっ……ていうか、今までいたためしないもの」

花は、ほとんどパニックに陥《おちい》りながら返事をした。それもあって、つい余計な事まで言ってしまった気がする。

「そうか。よかった」

返事を聞いた隼人が、思いがけずホッとしたような表情を浮かべた。

「って事は、デートとかキスもまだか？　こんなふうに、男と抱き合った事は？」

肩に回された手に力が入り、さらに距離を縮められた。

花は、どうにか平常心を保とうとしながら、必死になって受け答えをする。

「なっ……ない、です……」

見つめてくる彼の視線や声のトーンが、明らかにいつもとは違っていた。そもそも、話している内容が花のキャパシティを大きく超えている。

「ふぅん……。花は、俺が思っている以上にまっさらで清らかなんだな……」

隼人の唇が、額《ひたい》の生え際に触れた。

抱き寄せてくる力がますます強くなるし、いつの間にかもう片方の手も花の腰に回っている。

結婚……子供……デート……キス……

ポンポンと飛び出す具体的な単語に、花は顔だけでなく耳朶《じだ》の先まで真っ赤になる。

「じゃあ、当然セックスもまだなんだな？　つまり、花はまだ誰にも抱かれた事がない？

俺が花の、はじめての男になるんだな？」

「……は……はいっ……」

いつもは馬鹿がつくほど真面目な隼人が、いきなりセクシャルな話題を持ち出してきている。

それだけならまだしも、今の彼はまるで別人のように色っぽいオーラを放っているのだ。

ただでさえ刺激的すぎる話にテンパっているのに、隼人の唇は花の髪に触れたままだった。

「は……隼人お兄ちゃ……」

花はのぼせそうになりながら、戸惑った視線で隼人を見上げる。

「どうした？　〝許嫁《いいなずけ》〟っていうのは、つまりそういう事だろう？　結婚して、ベッドをともにする。そして、もし子供を授かったら一緒に生まれた子を育てる――」

隼人の言葉を聞く花の心臓が、限界に達しそうになる。

だけど、このままオーバーヒートするわけにはいかない。

花は大きく息を吸い込み、最後の力を振り絞って隼人の顔を直視する。

「本当にいいの？　私は繰り下がりの〝許嫁《いいなずけ》〟だよ？」

「まったく問題ない」

「で、でも、私はお姉ちゃん達みたいに綺麗でも頭が切れるわけでもないんだよ？　むしろ、おマヌケで何かとずっこけてるし、スタイルだってよくないし。胸だって、この年になっても、まな板みたいにつるつるのぺったんこで――」

つい勢いに任せて、またしても言わなくてもいい事まで口にしてしまった。

「どれ――」

そう言って、隼人が抱き寄せていた腕を緩《ゆる》め、花の胸元に視線を移動させた。

「うわあああ、ダメッ！　みっ……見ないで！」

花はあわてて胸の前で腕を交差させる。

「どうして？」

「ど、どうしてもっ！」

「そう言われると、逆に見たくなるな。それに、胸は大きければいいってもんじゃないぞ。むしろ、小さくて慎《つつ》ましいほうが俺の好みだ」

「う……嘘っ！」

「いや、嘘じゃない」

隼人の手が、花の両方の手首を掴んだ。そして、駄々をこねる子供をあやすような顔をしながら花の腕を開かせた。隼人の視線が、改めて花の胸元に注《そそ》がれる。

かつて、自分の〝つるつるのぺったんこ〟な胸が、これほど注目を浴びた事があっただろうか？

いや、ない。

胸に注《そそ》がれる彼の視線が、花の肌をじんわりと粟立《あわだ》たせる。

「やっ……やっぱり、ダメッ！　こんなの見ても、がっかりするだけだし――んっ……」

突然、隼人の顔が近づいてきて、唇の上に柔らかなものを感じた。

隙間から入ってくる温かくてなめらかなもの。微かに聞こえてくる水音は、一体……

「花は、本当に可愛いな。可愛すぎて、このまま食べてしまいたいくらいだ」

「へっ？」

とんでもなく間の抜けた声が出たあと、また唇に圧迫を感じた。

目の前に迫る隼人の瞳が綺麗だ。

そこでようやく、キスされていると気づいた。

信じられない事だけれど、自分は今、隼人と唇を重ねている――

「俺は、もっと花とこうしていたいと思う。花は？」

隼人が、低い声で花に囁《ささや》きかける。こんな彼を見るのははじめてだ。花には、どう対応すればいいのかわからない。

彼は、ますますセクシーな雰囲気を身にまとい、溶けるほど熱い視線を花に向けてくる。

「は……ぁっ……。ん……ふ……」

あっという間に脳天に血が上《のぼ》り、全身から力が抜けてしまった。はじめてのキスに、心が熱く震えている。

「花？」

知らないうちに、呼吸が止まっていたみたいだ。

緩《ゆる》く肩を揺すられて、ハッとして大きく息を吸い込む。

「はあっ……、ふぅ」

「大丈夫か？　ごめん……いきなりで、びっくりしたよな。花が可愛くて、止められなかった」

そう話す隼人の視線が、またしても花の唇に下りていく。

またキスされる？

そんな期待が胸の中で膨らみ、身体のあちこちがチクチクと疼《うず》きはじめる。

「隼人お兄ちゃ……」

言い終わる前にキスをされ、そのまま舌を絡《から》め取られる。舌の裏をなぞられ、思わず腰が浮いた。

「キス、嫌か？」

キスの合間に訊《たず》ねられ、即座に首を横に振って否定する。

「花……これからの事、ちゃんと話さないとな」

「ん……」

花は小刻みに首を縦に振り、なんとか同意を伝えた。

「その前に、俺の気持ちをきちんと花に伝えておく。きっと花は、いろいろ不安に思ってるだろうから」

自分の心を見透かされて、花は驚いて大きく目を見開いた。

「図星か？」

「うん」

即答する花を見て、隼人がゆったりと笑った。

「花が俺の〝許嫁《いいなずけ》〟になってから、改めて花の事を考えてみたんだ。花は俺にとって、昔からずっと妹みたいな存在だった。だけど、いつの間にか大人になって、ただの可愛い妹じゃなくなってた」

　隼人の唇が、花の左頬に移動する。その次は、右目の下。

　そっと目を閉じると、彼のキスが舞い落ちる花びらのように花の顔中に降ってくる。

「考えれば考えるほど、花の存在が俺の中で大きくなっていった。花が俺以外の男のものになるなんて、我慢ならないと思った。花を誰にも渡したくない。花……俺は花が好きだ。もちろん、妹としてじゃなく、一人の女性として」

（隼人お兄ちゃんが、私を好き……？）

　にわかには信じられない隼人の言葉に、花は閉じていた目蓋《まぶた》を上げて彼の目をまっすぐに見た。

　もしかしてぜんぶ夢なんじゃないか――そんなふうに思えてきて、これが現実なのかそうでないのかわからなくなる。

「私は、もうずっと前から隼人お兄ちゃんの事が好きだった……。隼人お兄ちゃんは、私の初恋の人なの……」

　隼人が花を見て、嬉しそうに微笑みを浮かべた。今までずっと諦めて我慢してきたのに、一度口にしたら、もう気持ちを抑えられなくなってしまう。

「隼人お兄ちゃんはお姉ちゃんの〝許嫁《いいなずけ》〟だし、ぜったいに恋をしちゃいけないってわかってたのに、どうしても気持ちを抑えられなかった。だって、好きなんだもの……。

好きで好きでたまらなくて——ひぁっ……」

花の腰を抱いていた隼人の手が、スウェットの裾《すそ》をめくり中に入ってきた。

「は……隼人お兄ちゃん……？」

思ってもみない状況に、花は狼狽《うろた》えて目を瞬《またた》かせる。

「花……ありがとう、すごく嬉しい。花にずっと好きでいてもらえた俺は、本当に幸せ者だと思う」

隼人の手が、花のあばら骨の下に触れた。そこから少しずつ上に移動し、胸の十センチほど下で止まる。

「俺は、花の事を、もっといろいろ知りたい。普段、ぜったいに人に見せないようなところも、ぜんぶ……。花の胸、見ていいか？」

「ダ……ダメッ！」

花は激しく頭《かぶり》を振る。

キスだけでも脳味噌が弾け飛びそうになっているのに、ペタンコの胸まで見られたら恥ずかしくて頭がどうにかなってしまいそうだ。

「ほんとに？　どうしてダメ？」

「だ、だって、言ったでしょ？　私の胸、本っ当にないの。ぺったんこなの。まな板真っ青の、地球最強の貧乳なんだってば！」

自分がいかにペチャパイか力説していると、またキスで唇を塞《ふさ》がれてしまう。

「そんなのぜんぜん構わない。それに、言っただろう？　俺は小さくて慎《つつ》ましい胸のほうが好みだって」

唇を触れさせたままそう言われて、ついうっとりと目を閉じてしまった。

「それに、まな板真っ青だろうが、花の胸なら愛おしいよ。地球最強の貧乳ってフレーズ、すごく気に入ったし、ますます見たくなった」

「で……でも……ひあっ……！」

身じろぎをすると同時に、花の胸の先を隼人の掌《てのひら》がかすめた。瞬時に目が潤《うる》み、ぎゅっとつま先を丸める。呼吸が乱れ、全力疾走をしたあとのように息が苦しくなった。

「さ……触っちゃ……ダメッ……」

「俺からは触ってないよ。花が俺の掌《てのひら》に押し付けてきてるんだ」

「え……？」

言われている事が理解できず、花は自分の胸元に視線を移した。息をするのに合わせて、大きく胸が上下しているのが見える。

「な？　俺が言ったとおりだろ？」

「あっ……やっ……そんなぁ……」

呼吸のたびに、胸の先が隼人の掌《てのひら》に繰り返し当たっていた。はじめての刺激に戸惑っているうちに、なぜか身体がゾワゾワとしてくる。じっとしていられなくなり、思わず腰を浮かせ身体を仰《の》け反《ぞ》らせた。

身体の奥に今まで感じた事のない熱を感じて、花は我知らずかすれた声を上げる。

「ほら、まただ。花、そういう事をされると、いくら俺でも我慢できなくなるんだけどな」

「やっ……あ、ああんっ！」

痺《しび》れるような熱を胸の先に感じて、花はぱっちりと目を開けて隼人と視線を合わせた。

「花がそんな声を出すとは、知らなかったな」

隼人は口元に笑みを浮かべ、舌先で唇の縁をなぞった。その様子がものすごくエロティックで、花は大きく口を開けて喘《あえ》いだ。

「はぁっ……」

思いのほか大きな声が出てしまい、花はあわてて口を閉じて唇を噛む。息苦しくて、胸の動きがいっそう激しくなる。そのたびに、胸の先が彼の掌《てのひら》で刺激されるからたまらない。

「いゃあんっ……」

ついつい甘えたような声を出してしまい、花は顔を真っ赤にしてそっぽを向く。

「すごく、可愛いよ。なあ、花……声、我慢せずに、もっと聞かせてくれないか」

そんなふうに言われて、余計呼吸が荒くなる。気がつけば、花の左胸は隼人の手の中にすっぽりと包み込まれていた。

（ああ、もう、終わり……万事休《ばんじきゅう》すだ）

いくら隼人が優しくても、これほどペタンコだとは思わなかったはずだ。

けれど彼は、なぜかいっそう熱っぽい目つきで花を見つめてくる。

その瞳の奥に、獰猛《どうもう》な獣《けもの》が宿ったような気がした。

隼人の手が一気にスウェットを肩の位置までたくし上げる。

あっという間に平らな胸があらわになり、花は目を剥《む》いて声にならない悲鳴を上げた。

身体を仰《の》け反《ぞ》らせているせいか、いつにも増してペタンコになっている。

情けなさのあまり、花の目にうっすらと涙が浮かんだ。

しかし次の瞬間、胸に熱い衝撃が走り、浮かんでいた涙が、快楽のそれに変わった。

「あんっ！　あ、あああっ……あっ、あ……」

胸の先に感じる、ぬらりとした温もりに、全身が熱く総毛立ち目の前がぼんやりと霞《かす》んできた。

花は熱に浮かされつつ、下を向いた。すると、花の胸の先に口づけている隼人が見える。

たちまち花の目が、自分の胸元に釘付けになった。

彼は花の乳先を口の中に含み、ちゅくちゅくと音を立てながら吸い付いている。見られている気配を感じたのか、隼人が胸に口づけたまま花を見上げてきた。

視線が合い、自然と唇が震える。

どうしていいかわからない。

何か言おうにも言葉が見つからなかった。

そうこうする間に、ちゅぷん、と音を立てて、隼人の唇が花の乳先を解放する。見ると、普段は平らな乳暈《にゅううん》が、ぷっくりと膨らんでいた。

しっとりと濡れた乳先は、見た事がないくらい鮮やかなピンク色をしている。正直に言って、ものすごくエロティックだ。

「花」

小さく名前を呼ばれて、花はドキリとして瞬《まばた》きをする。

「胸に、もっとキスしていいか？」

訊《たず》ねられ、無意識に頷く。それを見た隼人が、床に片方の膝をついた。そして、花を腕の中に抱え直し、おもむろに立ち上がる。

「ここじゃ狭すぎるから、もっと広いところに移動しよう」

そう言って、ゆっくりと歩き出した彼はリビングを突っ切り、半開きになっていたドアを背中で押し開いた。

まず目に入ったのは、キングサイズのベッド。部屋に入ると、暗かった室内がパッと明るくなる。

どこをどう調整したのか、花がベッドに横たえられる頃には、部屋の灯りは薄暗くなっていた。

隼人は、仰向けになった花の腰の位置に馬乗りになり、ゆっくりと服を脱ぎはじめる。

厚い胸板に隆起した腕の筋肉。

思っていた以上に逞《たくま》しい身体を前に、花は半ば呆けたように目を見開く。

そのうち隼人が、花の隣にごろりと横になった。

すぐ近くにある彼の顔を見つめていると、ジーンズが床に落ちる音が聞こえてくる。

片ひじをついて横向きになった彼が、花のこめかみに唇を寄せた。

「口、開けて舌を出して」

言われたとおりにすると、隼人が舌の先にキスをしてきた。そのまま緩《ゆる》く吸い付き、舌を絡《から》めてくる。

身体の先がじぃんと痺《しび》れるのを感じて、花はうっすらと目を閉じて恍惚《こうこつ》の表情を浮かべた。

「花は、自分が思っているより可愛いよ。セクシーだし、びっくりするほど色っぽい」

花の頬にキスをしながら、隼人が低い声で囁《ささや》いた。

「で……でも、胸……小さいでしょ？　……あんっ！」

話している途中で、ふたたび隼人が花の上着をたくし上げ胸の先を指で摘《つ》まんだ。

「こういう言い方をすると語弊があるけど、俺はこれほど綺麗な胸を見た事がないよ。確かに大きくはないし、どちらかと言えば膨らみも慎《つつ》ましい。だけど、とても魅力的だと思う……もっとわかりやすく言えば、ものすごくエッチだ」

「あんっ！」

隼人のキスが花の胸に降り注《そそ》ぎ、たくし上げられたスウェットが、Tシャツとともにベッドの下に落ちた。

続いて腰に移動した彼の手が、花の下腹を捏《こ》ねるように撫で上げる。

花は、もう隼人のなすがままだ。

ふたたびスウェットの縁を掴まれ、止める間もなく足先まで引き下げられてしまった。

彼の唇が、胸を離れ腰のほうへ下りていく。

その時になって、ようやく花は自分が全裸になっている事に気づいた。ハッとして腰を捻《ひね》ろうとしたけれど、一瞬早く隼人の手に押さえられてしまう。

「花、どうして隠そうとする？　俺は胸だけじゃなくて、花のぜんぶが見たいんだ」

「でも……恥ずかしいっ……。それに、私……胸はないのにお尻だけはおっきくって……。だから、お願い……」

蚊の鳴くような声で抵抗するが、隼人は手を放そうとしなかった。

強い視線に晒《さら》されて、呼吸は速くなる一方だし、身体中が熱く疼《うず》いて、じっとしていられない。

花は全身をもじもじと動かし、できる限り隼人から身体を隠そうとした。

「せっかく好きって言ってもらえたのに……こんなアンバランスな身体を見られたら、嫌われちゃう……」

恥ずかしさが頂点に達し、花の視界が涙で滲《にじ》んでくる。

「……だから、ダメなの。お……お願いだから、見ないで……」

荒い息遣いの合間に、花は隼人に懇願した。

その間も、彼は花の腰骨を舌先でなぞり、下腹にまんべんなくキスの雨を降らせてきた。

「花……」

隼人の手が、花の太ももを撫で上げる。

花に触れる彼の唇が優しくて、だんだんと拒《こば》む気持ちが薄れていく。乱れ切った呼吸が、いつの間にか甘い吐息に変わっていた。

一体、何がどうなっているのか。身体全体が今まで経験した事のない高揚感に包まれている。

「ごめん、花。さっきから自分の中の理性を総動員させようとしてるんだけど……ちょっと、自分でも戸惑うくらい歯止めが利かない。花に触れば触るほど、もっと触らずにはいられなくなってる」

げる。

「……ぁっ……隼人お兄ちゃん……」

隼人のキスが、とうとう花の和毛《にこげ》の縁に達した。同時に彼の手が、花の左脚を抱え上げる。

声を上げる隙もないまま、花のふくらはぎが隼人の右肩にのせられた。

そうして、隼人が花の秘裂を舌で舐《な》め上げる。

息を呑んだ次の瞬間、凄まじい衝撃が全身を襲った。だけど、そんなのはまだ序の口に過ぎないとばかりに、彼の舌はさらに秘裂の奥を目指し、花の蜜窟の縁をゆっくりとなぞりはじめる。

「ひ……ぁ……」

花は大きく息を吸い込み、込み上げてくる快楽の波に全身をゆだねた。まさかの急展開に驚きつつも、身体は彼の行為を受け入れている。

痛いほど心臓が脈打ち、息をするのもやっとだ。はじめての愛撫《あいぶ》なのに、信じられないくらい気持ちいい。

柔らかな桃を食《は》むようなキスに、湧き出る蜜をすくい上げる舌の動き。

花は夢心地のまま、大きく脚を広げた格好で身を仰《の》け反《ぞ》らせた。

「花、好きだよ。花のすべてが愛おしくてたまらない」

隼人の甘い囁《ささや》きが、花の心だけでなく身体もとろけさせる。

「好き……私も、隼人お兄ちゃんの事――あぁっ……！」

隼人の舌が、蜜窟の中に浅く沈んだ。まるで、きつく閉じたそこをほぐすみたいに愛《あい》撫《ぶ》され、花は小さく呻《うめ》きながらシーツをきつく握りしめた。

「花……花さえよければ、このまま抱きたい。頭がどうにかなりそうなくらい、花がほしい」

身を起こした隼人が、花の上に覆《おお》いかぶさってくる。彼の舌で熱くなった秘裂が、新たに触れてきた硬い指を歓迎して戦《わな》慄《な》く。

「うん」

無意識に即答して、花は自分を見る隼人の目を見つめ返す。

「怖かったり、無理だと思ったら、すぐに言うんだぞ？　ぜったいに無理強《じ》いはしない。花が俺を受け入れてくれるように、少しずつ、時間をかけてここをほぐしていくから――」

隼人の指が花の蜜窟の中に、ほんの少し沈んだ。

途端に花のそこがキュンと窄《すぼ》み、彼の指をきつく締め付ける。全身が緊張して、どうしていいのかわからなくなった。

「は……隼人お兄ちゃ……んっ……」

「大丈夫だ。俺は、ずっと花のそばにいるよ」

唇にそっとキスをされて、ホッと息を吐くと同時に身体から力が抜けた。指が少しずつ奥を目指し、ゆっくりと行きつ戻りつを繰り返しはじめる。

まるで、身体の芯を指で絡《から》め取られているみたいだ。ゆるゆると捏《こ》ねられながら時折捩《よじ》られて、またもとに戻されては、奥をとろとろととろかされていくような……

「んっ……あっ……、あぁんっ……」

これまでとは違った種類の声が出て、花はとっさに唇を噛んで声を抑えた。だけど、すぐに堪《こら》えきれなくなり、声を上げてしまう。

「もっと奥まで入れても大丈夫か？」

花が頷くと同時に、隼人の指が蜜窟の深い部分に押し入ってきた。少しずつ指の動きが速くなり、身体が内側から熱くなる。

「指、もう一本増やしてみようか？」

「うんっ……」

若干前のめりになって返事をすると、すぐに二本の指が蜜窟の中に入ってきた。それぞれの指が別々の角度で、違う動きをする。

たまらなくなった花は、隼人の身体にしがみつき、感じるままに声を上げた。

「……俺の可愛い花。俺の愛しい〝許嫁《いいなずけ》〟」

唇を触れ合わせながらそう言われて、花は悦《よろこ》びに身を震わせる。

隼人とこうして触れ合っているだけで、天にも昇る気持ちだ。

「好きだよ、花。花のぜんぶ……残らず俺のものにしたい」

いつの間にか、花の蜜窟の入り口に避妊具を着けた隼人の屹立《きつりつ》があてがわれる。彼の切っ先を感じたそこが、ピクンと痙攣《けいれん》した。

「痛くないように、ゆっくり入れるよ。俺の大事な花……俺だけの花……」

「ああっ！　あ、あああっ！」

今まで味わった事のない強い圧迫感に、花は顎《あご》を上向けて声を上げた。身体の中心を押し広げ、こじ開けるみたいに、彼の屹立《きつりつ》が少しずつ隘路《あいろ》の奥を目指していく。

「痛くないか？」

溶けるほど優しい声で訊《たず》ねられて、花は小さく首を横に振った。下腹を熱くする熱の塊《かたまり》が、一気に膨らんで大きくなる。

「……ちっ……とも……。あっ……あああんっ！」

隼人に、身体の内側から侵食される。

甘く侵《おか》され、とろとろに中をかき混ぜられて、彼とひとつに混じり合う――

花はピンク色に肌を染めて、強く唇を噛んだ。

やがて隼人の腰が、ゆるゆると抽送《ちゅうそう》をはじめた。彼に身体を揺さぶられながら、花は吐息を漏らし嬌声《きょうせい》を上げ続ける。

「花」

唇にキスをされ、彼の指の間に膨らんだ乳暈《にゅううん》を挟み込まれる。そこを捏《こ》ねるように愛《あい》撫《ぶ》されて、思わず甘ったるい声を出してしまった。

「気持ちいいのか？　じゃあ、もっと感じさせてあげるよ」

「ふぁっ……あ、ああっ……！」

隼人がもう片方の乳暈《にゅううん》にキスをして、そこを強く吸い上げる。それと同時に、屹立《きつりつ》で中を執拗《しつよう》にかき混ぜ、指で花芽を撫で回してきた。

硬く敏感になったそこをコリコリと指先でなぶられ、花の背中がベッドから浮き上がった。

「隼人お兄……あ、あっ……ああああっ！」

感じるところを一度に攻められ、身体中に熱い衝撃が走り抜ける。蜜窟がビクビクと震えると同時に、内奥で隼人の屹立《きつりつ》が繰り返し脈打つ。

えも言われぬ幸福感に包み込まれて、花は我知らず目に涙を溢《あふ》れさせた。

「花……大好きだよ」

優しく見つめてくる彼の顔が、涙で歪《ゆが》んだ。花が瞬《まばた》きをすると、隼人がこめかみを伝う涙を掌《てのひら》で拭《ぬぐ》ってくれた。

「私も……。私も、隼人お兄ちゃんの事が、大好き……」

隼人の腕の中で、花は彼に対する想いが込み上げてくるのを感じる。その感情のまま自分から彼にキスをして、たまらず赤くなった顔を彼の胸に埋《うず》めるのだった。

◇　◇　◇

花と夜をともに過ごした次の日、隼人は一足先に目を覚ました。

隣で眠る花の顔を心ゆくまで眺めたあと、その頬に唇を寄せる。そして、彼女を起こさないようそっとベッドから抜け出し、コーヒーを淹《い》れるべく忍び足でキッチンに向かった。

まさか自分が、あれほど強い欲望を持っていたとは――

昨夜は、完全に自分を見失ってしまった。

年上の余裕なんか一ミリもなかった。どうにか最低限の理性を保てたのは、ひとえにセックスがはじめての花を傷つけたくなかったからだ。

昨日、マンションの入り口でずぶ濡れの花を見た時、痛いほど胸が締め付けられた。

そして、はっきりと自覚した、花が愛おしいという気持ち。

花を庇護《ひご》し、とことん慈《いつく》しみたい。そう思った自分が、獲物に食らいつく野獣のような真似をするわけにはいかなかった。

それにしても、花の思いがけない色気には、心底驚かされた。

彼女が気にしていたように、確かにボディラインは平坦なほうだろう。

しかし、はじめて目にした彼女の小さな膨らみは、どこまでも慎《つつ》ましく清楚でありながら、同時にこの上なくエロティックだった。

恥じらって薄い腰を捻《ひね》る姿に、驚くほど性欲を掻き立てられる。スレンダーな身体にそぐわないたっぷりとしたヒップラインも、たまらなく扇情的《せんじょうてき》でそそられた。

普段は、色気などまったく感じさせない花が、実はとてつもない魅力を秘めていたと知る。

気がつけば、キスをして押し倒し、柄にもない甘い言葉を囁《ささや》きつつ、全力で彼女を口《く》説《ど》き落としていた。長年、花の兄的な立場でいた自分が、彼女を女性として意識した途端、信じられないほど強い独占欲に支配されてしまったのだ。

彼女を誰にも渡さず、夫として一生そばにいて守り続けたい。

そう願う気持ちが高じて、込み上げる思いのまま、はじめて夜をともにした日にヴァージンまで奪ってしまった。

（いい大人が、一体何をやってるんだ……）

もっとゆっくり時間をかけて、親密な関係になろうと思っていた。だけど、彼女に触れた瞬間、理性が完全に振り切れてしまったのだ。

思えば、よくもまあこれまで彼女の魅力に無関心でいられたものだと思う。

（だからといって、いきなりぜんぶ奪うか？）

隼人はさすがに猛省《もうせい》しつつも、頭の中で今後すべき事を冷静にリストアップしていった。

まずは、双方の両親に結婚についての明確な意思表示をする。そして、花と二人で相談しながら、結婚までのスケジュールを決め、それをこなしていく。

（指輪と式場の手配と……。入籍はどのタイミングでするかな。その前に、一緒に住んだほうがいいか？）

頭の中に花の笑った顔を思い浮かべ、隼人は自然と口元をほころばせる。

半ば上《うわ》の空でコーヒーを淹《い》れると、隼人はカップを載せたトレイを持ってベッドルームに引き返した。

ベッドの中では、花がさっきと同じ格好ですやすやと眠っている。

隼人は、コーヒーのトレイをベッドサイドのテーブルの上に置き、花の顔を覗き込んだ。

『明日は少し早起きして、ここに置いておく花の服を買いに行こうか？』

昨夜、眠る直前に、そんな提案をしてみた。花は真っ赤になって恥じらい、それでも嬉しそうに笑って頷いてくれた。

しかし、思えば花は昨夜はじめてキスをされ、抱かれたのだ。そのあと一時間近くイチャついていたし、相当疲れているのだと思う。

（まだ早いし、もう少し寝かせておくか）

隼人はそう思い直すと、ふたたび花の隣に潜り込み、うしろからそっと彼女の身体を抱き寄せるのだった。

◇◇◇

隼人のマンションではじめて結ばれた二日後の月曜日。

花は、いつもより一時間早く「チェリーブロッサム」に出勤した。

店の掃除をしたあと、制服の白いシャツと薄茶色のカフェエプロンに着替えて仕込みをはじめる。

若干身体が痛いのは、普段使っていない筋肉を酷使したせいだろう。うっかり一昨日《おととい》の夜の事が頭に思い浮かびそうになり、花はあわてて気持ちを切り替えた。

今はそれを思い出して赤くなっている暇はない。午後から団体客の予約が入っていて、普段よりも忙しくなるはずだからだ。

「おはよう～」

なんとかすべての準備が整った午前十時。入り口のドアベルが鳴ると同時に、朗《ほが》らかな声が聞こえてきた。

「あ、早紀お姉ちゃん。おはよう」

ポニーテールに紺色のワンピース姿の早紀が、手を振りながら、座り慣れた窓際のテーブルに着く。

今朝、花が朝食の後片づけをしている時に、彼女から連絡が入った。

学生時代からモデルをしている早紀は、時々「チェリーブロッサム」でファッション誌の撮影をする事がある。その効果もあって新規客が増えたし、そのうちの何人かは店を気に入って常連になってくれていた。

今朝の電話も撮影に関する依頼で、花はその打ち合わせをするためにいつもより早く出勤してきたのだ。

「急にごめんね」

「ううん。大丈夫だよ。早紀お姉ちゃん、何か飲む？」

「じゃあ、花特製のモーニングミルクティーをもらおうかな」

早紀が、近づいてきた花のお尻をポンと叩く。

「了解」

花は頷いて、キッチンに向かった。

「早紀お姉ちゃん、先週出た『ＬＡＤＹ　ＬＩＦＥ』見たよ。表紙、すごく綺麗に写ってたね」

花は、キッチンから大きな声を出して早紀に話しかける。「LADY　LIFE」とは、働く女性をターゲットにしたファッション誌だ。

「ふふっ、ありがとう。カメラマンが昔からの知り合いだったし、結構ノリノリで撮れたのがよかったみたい」

美人でありながら、どこか親しみを感じさせる早紀は、モデルになってすぐに同性からの支持を得て、今や所属事務所きっての稼ぎ頭《がしら》だ。

花は、手早く紅茶を淹《い》れて早紀のもとに向かう。そして、トレイを置いて彼女の左側に腰かけた。

「これ、事務所からの依頼書。あとで目を通しておいてね」

早紀がテーブルの上に書類を置く。

「うん、わかった。今度は、どんな雑誌？」

「新しく刊行されるライフスタイル誌。たぶん、庭での撮影がメインになると思う」

「へえ、すごいね！　庭の掃除、念入りにしとかないと——」

「おっはよう～！」

ふたたびドアベルが鳴り、入り口からよく通る声が聞こえてきた。

「あっ、まどかお姉ちゃん、おはよう。あれっ？　会社は？」

店のドアをロックしたのち、パンツスーツ姿のまどかが、こちらに向かって歩いてくる。

「今日はフレックス制で、午後からの出社なの」

重そうなビジネスバッグを肩から下ろすと、まどかが花の左隣に座った。緩《ゆる》いウェーブのショートカットがよく似合う彼女は、いつ見ても颯爽《さっそう》として綺麗だ。

「まどかお姉ちゃんも何か飲む？」

「ううん、私はあとでもらうから今はいいわ」

花が見ている前で、姉達が顔を合わせるなり、にんまりと笑い合う。

「何？　何かあるの？」

姉達の様子に気づいた花が、せわしなく左右に視線を泳がせる。

「そういえば、まどかお姉ちゃんは、何か用があってここに来たの？」

「何かって、そりゃあもちろん、花の『脱・ヴァージン』の話を聞くために決まってるでしょ」

まどかが言うと、早紀も訳知り顔で頷く。

「えっ!?　ちょっ……お、お姉ちゃん達、なんでそれを――」

「なんでって、あんた土曜日は隼人くんの家にお泊まりだったんでしょ？　一昨夜、お母さんに撮影の件で電話した時、そう聞いたわ。って事は、もしかしてそういう事になったんじゃないかと思って、まどかお姉ちゃんに招集をかけたってわけ。案の定、そうだったみたいだし……ねえ、花？」

早紀が花の顔を覗き込んでくる。

まどかもまた、花のほうに身を乗り出してきた。その顔には、有無《うむ》を言わせない年上の迫力が宿っている。

「さ、花。ぜんぶ素直に白状なさい。お姉ちゃん達、そのためにわざわざここに来たんだから」

まどかに言われ、花は肩を縮こめる。

「そうよ。私達に隠し事をしようったって無駄なのは、わかってるよね?」

早紀が言い、花は肩をすくめたまま顔を下に向けた。

年が六つ以上離れている姉達に、花は小さい頃からいろいろと面倒をみてもらっている。

オムツ替えはもちろん、幼稚園のお迎えや習い事の付き添い。宿題を手伝ってもらったり、勉強を教わったり。それもあって、花は昔から姉達には頭が上がらない。

隠し事などもってのほかだし、それ以前に花が何か隠そうとしても、利発な姉達には一発で見破られるのが常だった。

(そうだった……。すっかり忘れてた)

三姉妹は仲がよく、基本的に三人の間で隠し事はしない。何か問題が起きれば、それを共有して三人で解決する。もっとも、花はもっぱら解決してもらうほうだったけれど……

まどかが下を向く花の顔を指先で上向かせる。

「桜井花。君は土曜日、東条隼人のマンションに行った。そして、一晩彼とともに過ごした——それに間違いないね？」

まるで、鬼刑事のようなそぶりを見せているのは、子供の頃に姉妹でよくやった刑事ごっこの名残《なごり》だ。

しかめっ面《つら》のまどかに詰め寄られ、観念した花は「はい」と、首を縦に振った。すると、今度は早紀が花の顎《あご》をすくい、自分のほうへ引き寄せる。

「なるほど。二人は〝許嫁《いいなずけ》〟であり、そうなってしかるべき関係だ。当然、マンションでキスをして、セックスに及んだ、と思っていいんだな？」

「正直に言わないと、後々面倒な事になるぞ？」

早紀に加勢して、まどかがテーブルをバン、と叩く。

二人から尋問され、花はなすすべもなく顔を真っ赤にして、こっくりと頷いた。

「おおおお〜！」

花の答えに、姉達が一斉に叫び声を上げた。二人の顔には、この上なく嬉しそうな笑みが浮かんでいる。

「花！　おめでとう！　お姉ちゃん、嬉しい！」

早紀が立ち上がって花に抱きつく。

「やったわね、花！　あんた、初恋を実らせたのね！」

まどかが、寄り添っている二人を、丸ごと腕に抱え込んだ。そのまま、グラグラと揺すられ、あやうく椅子から転げ落ちそうになる。

「ちょっ……は、初恋って……。まどかお姉ちゃん、なんで私の初恋が隼人お兄ちゃんだって知ってるの？」

花は姉達に抱きつかれたまま、素《す》っ頓狂《とんきょう》な声を上げた。

姉達を見ると、ニコニコと笑いながらまた二人で顔を見合わせている。

「なんでって、花が隼人を好きな事なんて、昔から誰が見ても明らかだったじゃないの」

まどかが当然のようにそう言うと、早紀も同意して頷く。

「え……そんな……。誰が見ても？　じゃあ、もしかしてお父さんとお母さんも？」

「そうよ。ついでに言えば、隼人んちの公一《こういち》おじさんと礼子おばさんもね。もしかして、自覚なかった？　小さい時は、さんざん隼人にまとわりついていたじゃない。でも、小学校四年生あたりから恥ずかしがって目も合わせられなくなってたよね。もう、顔に『私は東条隼人が大好きです！』って書いてあるようだったわよ」

「そうそう。本人がいないところでも丸わかりでね。隼人くんの話をするたびに、赤くなったりむきになったり。あれで、気がつかないってほうが無理だと思うけどな」

姉達が思い出話で盛り上がる中、花は一人右へ左へと忙しく視線を移動させる。

桜井家はおろか、東条家の人達にまでバレバレだったなんて……

まったく自覚がなかったし、むしろ上手《うま》く隠せていると思っていた。

「……えええぇ……」

情けない声を出して、花は力尽きたようにぺったりと椅子に座り直す。

やはり、自分ごときが姉達に秘密を持ち続けるなんて無理な話だった。

「あの……ひとつ聞いていい？　二人とも、もう結婚してるし、今さら聞くのも変なんだけど……二人は隼人お兄ちゃんの事をどう思ってたの？　だって、最初はまどかお姉ちゃん、次は早紀お姉ちゃんが〝許嫁《いいなずけ》〟だったでしょ？　二人とも、隼人お兄ちゃんと結婚したいと思わなかったの？」

花は姉達を交互に見ながら、思い切ってそう問いかけた。

問われた姉達のほうは、揃って花の顔をまじまじと見つめている。そして、ほぼ同時にプッと噴き出し、ひとしきり笑ったあとで口を開いた。

「そりゃあ、私と隼人は同い年だし、幼稚園から高校まで、ずっと同じ学校に通ってたわよ。だけど私は、一度だって隼人を恋愛対象として見た事なんかなかったから。隼人って、昔からイケメンだったけど、堅物すぎるのよね。友達だと気にならないけど、彼氏とかぜったい無理。ま、向こうもそうだろうけど」

まどかが指でバツ印を作る。

「私もそう。確かに隼人くんはかっこいいし抜群に頭もいいけど、私のタイプじゃないんだよね」

早紀も、まどかを真似て顔の前でバツ印を作った。

「…………じゃ、じゃあ、二人とも、はじめからその気はなかったって事?」

花は、まどかの顔を見上げた。

「そういう事。ちょうどいいから、ついでに言っておくと、〝許嫁《いいなずけ》〟なんてただの戯言《ざれごと》だから。言い出した双方の両親はもちろん、花以外は誰一人本気にしてなかったのよ」

「ええっ!?」

まどかの話を聞いて、花は弾《はじ》かれたように椅子から立ち上がった。

「ちょっ……嘘でしょ? だって、みんなよく〝許嫁《いいなずけ》〟の話で盛り上がったりしてたじゃない。二人の結婚が決まった時や、それ以前も……」

「だって、花の隼人くんに対する気持ちって、すごくひたむきで本気の想いだったでしょう? みんなそれを知ってたから、もし〝許嫁《いいなずけ》〟を花に引き継いだら、戯言《ざれごと》が本当になるかもしれないって思ってたんだよね。ね? お姉ちゃん」

微笑んでそう言う早紀に、まどかが同意する。

「そうね、そんな感じ。結婚式で、隼人に『花をよろしく』って言った時、まんざらでもない顔してたから、これはいけるって思ったのよ。こういうのもひとつの縁だしね」

さらりと言われて、花は呆然とその場に立ち尽くした。

「そうだったんだ……」

「そういう事。だから、隼人くんとの事は安心して進めていいんだよ。よかったね」

早紀がふたたび花のお尻をポンと叩いた時、店の裏手から恵が顔を出した。

「あら、お姉ちゃん達、来てたの？　花、もう開店の時間よ。店の入り口を開けてちょうだい」

「あ、うん――」

話し込んでいるうちに、いつの間にか開店時刻五分前になっていた。

「ほんとだ！　私、もう行かないと遅刻しちゃう！　みんな、またね」

まどかがあわてた様子で席を立ち、傍《かたわ》らに置いていたビジネスバッグを手に取る。

「私も、これから撮影が入ってるの。お母さんも、依頼書に目を通しておいてね」

早紀がテーブルの上の書類を指さす。

花は急いで入り口に行って、ドアの鍵を開けた。

「花、わかったわね？　隼人との事は何も心配しなくていいから」

まどかが花に耳打ちをする。続いてやって来た早紀が、花に向かってにっこりと笑った。

二人が足早に歩み去った反対側の道から、常連の女性客が連れ立って歩いて来るのが見える。

「いらっしゃいませ！」

花は、いつもどおり笑顔で挨拶《あいさつ》をした。彼女達もまた、笑顔で花に手を振ってくれる。

「花ちゃん、いつもいい笑顔ね」

「ほんとに。でも、今日は特別ニコニコじゃない？　さては、何かいい事でもあったわね？」

ズバリと指摘され、花は驚くとともにいっそう笑顔になる。

「ふふっ、わかりますか？　さあ、中にどうぞ！」

常連客は、笑いながらいつも座っているお気に入りの席に向かっていった。

空は雲一つない晴天だ。

花は降り注《そそ》ぐ陽の光を眩《まぶ》しげに見上げた。そして、小さく鼻歌を歌いながら「OPEN」の吊り看板をドアにかけるのだった。


隼人とはじめて結ばれた日から、今日で一カ月が過ぎた。

一日の仕事を終えた花は、自室で一人物思いに耽《ふけ》っている。

彼は、あのあとフライトでロンドンに向かい、帰国した金曜日の夜に、花の自宅に挨《あい》拶《さつ》をしに訪れた。

『花さんと結婚を前提にお付き合いをさせてください』

隼人が真剣な面持《おもも》ちでそう言い、花の両親に深々と頭を下げた。

両親は諸手《もろて》を挙げて喜び、恵から連絡を受けてやって来た東条家の二人に、花も急遽挨拶《あいさつ》をしたのだった。

姉達が言っていたとおり、双方の両親ともに花の気持ちにはとっくに気がついていたという。なんとも恥ずかしい思いをした花だったけれど、改めて皆から隼人との事を祝福されて、嬉しさのあまり泣いてしまったのだった。

（……隼人お兄ちゃん、どうしてるかな？）

昨日シドニーに向かった隼人は、三日後に帰国する予定だ。

一昨日《おととい》の日曜日。花は、彼のマンションに行った。一緒にいられたのはほんの三時間ほどだったけれど、ともに用意した夕食を食べ、少しだけイチャイチャした。

隼人はとても優しい。常に一歩先を行く気遣いをしてくれるし、いつ何時もレディファーストで紳士的だ。

普段フライトで忙しい隼人だけれど、連絡は密に取ってくれるし、久しぶりに会った時などはしばらくの間くっついたまま離れようとしない。

デートをすれば常に手を繋いでくれるし、すれ違う女性にはまったく目もくれず、花だけを見て微笑みかけてくれる。

隼人との別れ際のキスは、決して一回では終わらない。一度は名残惜《なごりお》しそうに唇を離すけれど、結局は二度三度と唇を合わせてくる。

一昨日《おととい》会った時は、夜遅くなってしまい車で自宅まで送ってもらった。

桜井家はカフェの裏手にあり、前の道は車両侵入禁止区域になっている。花が大丈夫だと言うのに、隼人は、わざわざ近くのコインパーキングに車を停め、徒歩一分の距離を一緒に歩いてくれた。そして、家のすぐ横の暗がりに花を誘い込み、長々と別れのキスをする。

キスが終わったあと、隼人は花の耳たぶに唇を寄せながら「また抱きたい」と囁《ささや》いてきた。

それを思い出すたびに、顔が赤くなり全身が火照《ほて》ってくる。

こんなに幸せでいいのだろうか？

花は丸テーブルの上に置いてある、スタンド式の鏡を見た。

そこには、いつもどおりスッピンの丸顔が映っている。

（私って、ぜったいにお父さん似だよね）

父の修三《しゅうぞう》は、現在六十二歳。母の恵より五つ年上の彼は、彼女より身長が低い。丸顔でいかにも温厚そうな外見は、幼児に大人気のキャラクターに似ている。

対する恵は、かつて他薦で出場したミスコンテストで優勝したほどの美人だ。スラリとして手足が長いのは、何代か前にいるというイギリス人の先祖の影響だろうか。

姉達は、間違いなく母から美形の遺伝子を受け継いでいる。

父の事は大好きだが、できれば自分も母似の顔になりたかったな、と思う。

童顔なら、いつまでも老けなくていいわね――などと言われたりもするけれど、スッピンが幼すぎて化粧映えしない事が今の花の大きな悩みだ。

結婚式を挙げる時のためにも、きちんとメイクの仕方を勉強しよう。

そう思った花は、参考になりそうな雑誌を買いに、近くのコンビニエンスストアに急ぐのだった。


隼人がシドニーから帰ってきた。

日曜日である今日、花は仕事が終わったあと隼人のマンションで待ち合わせをしていた。

軽く夕食を済ませ、自転車で彼のマンションに向かう。

車だと十分かかるそこは、自転車では最短距離で十五分とかからない。

「よいしょっと」

タワーマンションの駐輪場に桜色の自転車を停め、花はパネルを操作してエレベーターで上階を目指す。鍵を開けて中に入ると、ほのかに石鹸《せっけん》の香りがした。

「いらっしゃい。……あれ？　花、もしかしてメイクしてる？」

リビングに入るなり、出迎えてくれた隼人が花の顔を見て驚いたような表情を浮かべる。

「うん。実は、ここに来る前に、ちょっと駅前のコスメショップに寄ってきたの。それで、お店の人にメイクしてもらったんだけど……変かな？」

家では基本ノーメイク。店でもファンデーションとカラーリップで済ませている花だ。思い立ってメイクの勉強をはじめたけれど、独学だとどうにも上手《うま》くいかない。姉達に相談しようにも、それぞれに忙しく日程が合わなかった。

六日ぶりに隼人に会える――

少しでも彼に綺麗だと思ってほしくて、花は意を決し、買い物がてらコスメショップの店員に相談しに行ったのだ。

「いや、変じゃない」

隼人が、思いのほか素早く返事をした。

ホッとした花だったが、なんとなく隼人の表情がこわばっているように思える。

もしかすると、優しい彼は、花にはっきり「変だ」と言えないのかもしれない。

だけど真面目だから、それが表情に出てしまっている――といったところではないだろうか。

花は隼人の優しさに感謝しつつも、複雑な表情でその場に立ち尽くしてしまう。

それを見た隼人が、ついと近づいてきて花を胸に抱き寄せた。

「ぜんぜん変じゃない。だけど、花は普段、あまりメイクをしないだろう？　だから、少し驚いたって言うか……」

いつも明快な話し方をする隼人が、珍しく言いよどんでいる。

「はは、そうだよね。実は私も、慣れないから落ち着かなくて。落としてくるから、ちょっと洗面所借りるね」

花は、にっこりと笑いながら、リビングを出て洗面所に急いだ。

（はぁ……やっぱりダメか）

実のところ、仕上がりを見た時点でなんとなく失敗だとわかってはいた。

でも、それは決してメイクをしてくれた店員のせいではない。

彼女は、花が持参した写真を参考にメイクしてくれただけだった。

それは、そのコスメメーカーが雑誌に掲載した宣伝写真で、モデルは花と同い年の人気女優だ。

（これと同じ感じで――って言われて、お店の人も困っただろうな）

輪郭から顔面のパーツに至るまで、人気女優と花とでは違いがありすぎる。

落ち着いて考えればわかりそうなものだが、少々気負っていた事もあり、完全にモデルの人選を誤ってしまったみたいだ。

花は手早くメイクを落とし、スッピンに戻った。

見慣れた童顔が、まっすぐにこちらを見つめている。

「花？」

花がちょうどメイクを落とし終えた時、隼人が洗面所のドアをノックしてきた。ドアを開け、隼人を迎え入れる。彼の顔には、こちらの様子を窺うような表情が浮かんでいる。

「お店の人に悪い事したなぁ。ちょっとお願いの仕方を間違えちゃったみたい」

花は、ポケットに入れていた宣伝写真を胸の前に広げた。そして、店員とのやり取りをおおまかに説明する。

「そうだったのか。確かに、この女優さんと花では、イメージが違うかもしれないな」

隼人が花と宣伝写真を見比べながら、言った。

「そうでしょ？　今頃それに気づくとか、私ったらちょっとマヌケすぎるよね」

花が笑うと、隼人が身を屈《かが》めて花の顔を正面から覗き込んできた。

「だけど、俺は断然花のほうが可愛いと思うよ」

「えっ？」

驚いてまごつく花の唇に、隼人が音を立ててキスをする。そして、そのまま花の腰を抱き上げると、洗面台の上に座らせた。

「輪郭も、目も鼻も口も、この女優さんより、花のほうが可愛い」

隼人がやや前屈《まえかが》みになって、座っている花の両脇に手をつく。

彼の顔が、花の目線より低い位置にある。花は自分を見上げてくる彼の目を見つめ、おずおずと口を開いた。

「で……でも、この女優さん、顔面人気ランキングで、男女問わずトップなんだよ」

花がクシャクシャになった宣伝写真を広げると、隼人がそれを受け取って洗面台の隅に置いた。

「まあ、確かに美人だし、目鼻立ちも整ってるな。でも、特に何も感じない。綺麗なんだろうけど、ただそれだけだ。でも、花は違う。こうして間近で顔を合わせるだろう……そうすると、自然とキスしたくなって、実際にしてしまうんだ」

隼人が花の目を見ながら、そっと唇を合わせてきた。

見つめ合ったまま何度もキスをされ、花は早くも頬を赤らめて息を荒くする。唇が離れ、間近で見つめ合う。

「花、まだここにちょっとメイクが残ってるぞ」

伸びてきた隼人の指が、花の唇の縁をこすった。

「うん、取れた」

「ありがとう」

花が微笑むと、隼人がにっこりと笑って眉尻を下げた。そして、掌《てのひら》で花の顔の輪郭をなぞる。

「花が、いろいろと努力してるのはわかってる。そんな花を見ていると、いじらしくて一晩中抱きしめて甘やかしてやりたくなる。可愛いよ、花……。俺は花の顔が大好きだ。俺にとっては、この顔が一番なんだよ。それだけは忘れないで」

「あ……ありがとう。隼人お兄ちゃん……すごく褒《ほ》め上手だね」

そう言って照れる花の身体を、隼人がゆったりと抱き寄せてきた。

「言っておくけど、花はメイクしなくても十分に可愛いよ。肌だって、いつもしっとりしてるし、ちゃんと手入れしてるんだなってわかるよ。褒《ほ》めるのは、本当にそう思っているからだ」

隼人が花の頭のてっぺんにキスをした。花は、彼の唇の余韻に酔いしれ、幸せな気分になる。

「それに、今日は洋服もいつもと違うね。すごく似合ってるし、とてもエレガントだ」

「ありがとう！　嬉しいな……。これ、ちょっと前に新しく買ったやつなの」

何も言ってないのに、隼人は花が肌の手入れをしたり、おしゃれしている事にちゃんと気づいてくれていた。メイクは失敗したけれど、その他の努力が報われてよかったと思う。

花は安堵のため息を漏らし、隼人の胸に身を寄せる。

「花、会いたかったよ……。シドニーに着いて復路便に乗るまで、ずっと花の事ばかり考えてた。会えない間、花も少しは、俺の事を考えたりしてたか？」

隼人の顔に、ほんの少し心配そうな表情が浮かんだ。まるで飼い主を前にした忠犬のような視線を向けられ、花は一瞬にして心臓を鷲掴《わしづか》みにされる。

「してた！　私だって、隼人お兄ちゃんの事、ずっと考えてた。私も、会いたかった。夢に見ちゃうくらい、会いたくてたまらなかった……んっ……」

両方の頬を掌《てのひら》で包み込まれ、唇に長いキスをされる。

「そうだ。シドニーで買ってきた物があるんだ。同乗した副操縦士が新婚さんでね。彼が奥さんから頼まれたっていうのに、便乗させてもらったんだ」

隼人が、背後のラックからレース仕立てのラッピング袋を取り出した。

「ここの製品は、ぜんぶオーガニックでフィット感も抜群らしい。店に入るのにちょっと躊躇《ちゅうちょ》したけど、結構俺達みたいにパートナー用に買い求める男性がいて助かったよ」

隼人が花の膝の上にラッピング袋をのせた。

「これっ……もしかして、下着？」

「そうだよ。似合いそうなのをいろいろ買ってきたんだけど、どうかな？」

ここで着るための洋服やパジャマは、先月デートをした時に隼人の意見を聞きながら十分な枚数を買いそろえた。しかし、さすがに下着だけは一緒に選ぶわけにもいかず、花は一人でさんざん迷ったあげく、たったワンセット購入しただけで店を出てしまったのだ。

隼人を見ると、嬉しそうな——それでいてやや心配そうな表情を浮かべて微笑んでいる。

花は白いリボンをほどき、そろそろと中身を取り出した。

出てきたのは、柔らかくて、ふわふわとしたランジェリーだ。ほとんど重さを感じないくらい軽い。

「うわぁ、素敵……」

花は膝の上にランジェリーを広げてみた。

ブラジャーやショーツの他に、キャミソールとそれとペアになったボクサー型のフレアパンツもある。色は白がメインだが、中には水色や薄いピンク、ラベンダー色など優しい色合いのものも交じっている。

「……これ……」

花は、袋の一番奥に入っていたベビードールを手にした。真っ白なシルク製のそれは、胸元に細いリボンがついており、セクシーでありながらどこか清楚でとても可愛らしい。

花は思わず自分の身体にそれを当ててみた。

見た目以上に柔らかな生地《きじ》が、肌に心地よい。今まで手にした事がないような凝《こ》ったデザインと質感に、花はすっかり感じ入って微笑みを浮かべる。

「可愛い……」

花は、はにかみながら顔を上げて、自分を見つめる隼人と視線を合わせた。

「似合う？」

「もちろん。花にぴったりだと思って買ってきたんだ。気に入ってくれた？」

「うん、とっても。ほんと、可愛い。日本では、こういう色合いやデザインって、見た事がないかも」

「そうか。よかった」

隼人が、にっこりと笑いながら花の唇にキスをした。そして、膝の上に載ったランジェリーをかき分けるようにして、花の太ももに掌《てのひら》を這《は》わせてくる。

「これを着て見せてくれる時が楽しみだよ。だけど、今はまず、これを脱がしたいな」

口の中に舌が滑り込んでくると同時に、彼の手がブラウスのボタンを外しはじめる。いつになく性急な動きで、花の胸元を寛《くつろ》げブラジャーのホックを外してきた。

早くも硬くなりはじめた胸の先が、隼人の指先によって転がされる。

脱げたブラウスとブラジャーが、洗面台の横に置かれた。隼人は執拗《しつよう》にキスを続けながら、着ていたコットンシャツを床の上に投げ置く。

「花……」

隼人の唇が花の胸元に移動する。

「は……隼人お兄ちゃんっ……。ここ、明るすぎて恥ずかし……あんっ！」

隼人が花の左胸に唇を寄せ、乳先を舌の上で転がした。左手で腰を持ち上げられ、下着ごとスカートを脱がされる。あっという間に生まれたままの姿にされ、改めて洗面台の縁に座らされる。

「だって、六日ぶりだぞ？　やっと、花と触れ合えるんだ。花をもっと見たい……。次のフライトでまた離ればなれになる前に、花の身体をしっかりと目に焼き付けておきたいんだ」

隼人の手が、花の両膝に触れた。止める間もなく、脚を左右に大きく広げられる。

「ダメッ……。こんな身体、目に焼き付けても……ん、んっ……」

広げられた脚の間に、隼人が身体を割り込ませてきた。そして、唇を合わせながら花の双臀をゆっくりと撫で回しはじめる。

「俺にとって花の顔が一番なのと同じで、身体だって花のが一番なんだ」

「で……でもっ……。胸……小さくて、男の子みたいだし……」

「そんな事はない。十分女らしいよ。俺には、この控え目な膨らみがたまらなく魅力的だ」

「ひゃんっ！」

隼人が花の乳先を甘噛みした。

そして、愛おしそうにそこに鼻面《づら》をこすりつけてくる。

「お尻だってそうだ。柔らかいのに弾力があって、ずっと触っていたくなるほど肌触りがいい。俺は、花の顔も身体も大好きだよ。恥じらって顔を真っ赤にしてる花が、すごく愛おしい。俺は、花がいいんだ。花でなきゃダメだし、花が一番可愛くてセクシーで、清らかでエロティックで……」

言いながら、隼人のキスがだんだんと花の身体を下がっていく。

花は彼の唇が肌に触れるたびに声を上げ、肌を熱くざわめかせる。目の前の光景を見るうちに、頬が熱くなり、思考がだんだんとぼやけてきた。

「隼人お兄ちゃん……」

喘《あえ》ぐたびに、花の身体がビクリと震える。

彼が時折、上目遣いに視線を合わせてくるのがたまらない。

花の脚の間に跪《ひざまず》いた隼人が、蜜を湛《たた》えた花房に顔を近づける。そして、ふっくらとしたそこを、そろそろと舌先で割った。

「あっ……やぁあんっ！」

硬くなった花芽を、ちゅっと吸われ、とろりとした蜜を舌で舐《な》め取られる。

隼人の舌が秘裂の中を泳ぎ、蜜窟に浅く入ってきた。そして、そのままゆっくりと抽《ちゅう》送《そう》をはじめる。

突然与えられた刺激に耐えられず、花は身体を仰《の》け反《ぞ》らせて頭を鏡面にこすりつけた。

「隼人おに……ちゃ……。あ……ああっ……！」

冷たい洗面台の上にいるのに、身体が燃えるように熱い。聞こえていた水音が途切れ、隼人が起き上がりざまに花の乳先にキスをした。

ベルトを外す音が聞こえたあと、洗面台の上に、からっぽになった避妊具の袋が置かれる。それを見た花は、このあとに起きる事を想像して身体をぶるりと震わせた。

「どうした？　もしかして、待ちきれなくなってる？」

避妊具を着けた隼人が、口元に笑みを浮かべながら花の腰を掴んだ。

「ち……」

「ん？　違うのか？」

「……ううん、違わない……。んっ……」

屈《かが》み込んだ隼人が、花の唇を塞《ふさ》いでくる
洗面台に座ったまま、腰を前に引っ張られた。薄く開けた目蓋《まぶた》の向こうに、こちらを見つめる隼人の微笑んだ顔が見える。

「そうか。いい子だ」

隼人の屹立《きつりつ》が、花の蜜窟の中に沈んできた。ゆっくりと奥を目指し、最奥《さいおう》に届く前にその動きが止まる。

「花……俺のものが、花の中に入ってるぞ……。大きくなって、どんどん硬くなっていくのがわかるか？」

花は即座に頷き、かすれた声で「うん」と言った。

確認されるまでもなく、隼人のものが花の中で大きく質量を増してきている。

「辛くない？」

強引に開かれている感じはするけれど、辛くなんかない。花は首を横に振った。

「……うん、平気」

「じゃあ、どんな感じだ？」

そう問われると同時に、屹立《きつりつ》がさらに蜜窟の奥へと進んだ。ぐっと奥を突かれて、花は思わず叫び声を上げる。

「ああっ！　……き……もち、い……」

問われるまま素直に答えてしまったのは、本当にそう感じているから。

あとになってそんな自分を恥ずかしく思うのに、今は何も考えられず夢中で隼人を感じ、奥から蜜を垂らし続ける。

「ふぅん、花はいやらしい子だね」

「い、いやらしくなんか……あんっ！」

隼人が花の耳に唇を寄せる。耳朶《じだ》を甘噛みされ、蜜窟の中がギュッと窄《すぼ》んだ。

「ん……」

耳元で隼人の呻《うめ》き声が聞こえる。次の瞬間、蜜窟の中から屹立《きつりつ》を引き抜かれ、身体が反転した。鏡のほうを向かされ、裸の自分を目《ま》の当たりにする。

ペタンコの胸に薄い両肩。ノーメイクの丸顔に、ほとんどいじらないままの太い眉毛。

花はあわてて向きを変えようとした。だけど、隼人がうしろから身体をぴったりと押し付けてきたせいで、身動きが取れなくなってしまう。

「隼人お兄ちゃん……」

俯《うつむ》きながら名前を呼ぶと、うしろから伸びてきた彼の手が、花芽を捕らえ、押しつぶすように捏《こ》ね回してくる。

「ひぁっ……！　あ、ああんっ！」

浮き上がった腰をすくわれ、うしろから深く屹立《きつりつ》を挿入される。ぐん、と下から突き上げられ、身体が前に傾く。花はとっさに鏡面に手をつき、顎《あご》を上向けて喘《あえ》ぎ声を漏らした。

「はや……お兄ちゃ……、あんっ……ああ、あああぁっ……！」

蜜壁をこすり上げるように腰を動かされ、うしろに突き出した双臀を鷲掴《わしづか》みにされる。

「花……」

首筋に口づけた隼人が、そこを強く吸った。

お尻の肉に食い込んだ彼の指を感じて、思わず腰をくねらせて子猫のように甘えた声を上げる。

「上手だな、花……。まだ数えるほどしかしてないのに、もう俺のものを締め付けてきてる。それに、すごく色っぽい……。見てるだけでイキそうになって困るくらいだ」

「う……嘘っ……」

花は唇を噛みしめながら、首を横に振った。

「どうしてそんな事を言うの？　私が色っぽいわけないのに……」

それくらい見ればわかるし、自分の身体がどう転んでも色っぽくならないのは重々わかっている。

「ん、あっ……」

つい、拗《す》ねて唇を強く噛んでいると、ふいに激しく腰を振られて、全身に熱い衝撃が走る。鏡面についていた手が離れ、洗面台にうつぶせになった。続けざまに襲ってくる快楽に身を任せていると、隼人が両方の肩をそっと引き上げてきた。

緩《ゆる》く羽交い締めにされたような姿勢で、鏡の中の自分と対面する。

「花こそ、どうしてそんな事を言う？　よく見るんだ。ほら――」

「やぁんっ……あっ……」

耶ずかしすぎて、前を向いていられない。とっさに顔を背《そむ》けて抵抗を試《こころ》みたけれど、耳朶《じだ》を食《は》まれて、あっさり陥落する。片手で顔を固定され、もう一方の手で腰を抱え込まれた。

その状態で下腹の内側をこすり上げられ、たちまちこれまでにない強い悦《よろこ》びを感じる。

「あ……いやぁ……、んっ……ああああっ！」

つま先が床を蹴り、浮き上がった身体を隼人の腕に支えられる。

見開いた目に、自分達の痴態が飛び込んできた。

「花、見えるだろう？　花のここ――何が入っているか、わかるな？」

隼人の手に導かれて、花は掌《てのひら》を自分の下腹部に置いた。

平らなはずのそこが、隼人の屹立《きつりつ》のせいでぽっこりと盛り上がっている。

「隼人……お兄ちゃ……入っ……」

出した声がかすれ、途切れ途切れになって聞こえなくなる。

花の掌《てのひら》に、屹立《きつりつ》が動く様子が伝わってきた。それは、ゆっくりと蜜壁を愛撫《あいぶ》して、花を淫欲《いんよく》の渦《うず》の中に引きずり込もうとする。

隼人の指が、花の指に絡《から》んできた。掌《てのひら》が下腹を離れ、胸元に移動する。彼が花の掌《てのひら》を、胸の先に導く。花の爪の先が、ふっくらとした乳暈《にゅううん》に触れた。

「んあっ……」

花は、これまで意識的に自分の胸に触れた事などなかった。

平坦な胸は、ただそこにあるだけでなんの役にも立たない。間違っても誰かを惹きつける事などないだろうと思っていたのに――

「花の胸は、最高に魅惑的だ」

隼人が呟き、静かに嘆息する音が聞こえてきた。

「花がなんと言おうと、俺にとっては、この胸が一番だ。最高に愛おしい」

「はうっ……ん、あ……あああんっ！」

絡《から》み合ったままの指先が、敏感な乳先を挟み込んだ。身体中の皮膚が一気に燃え上がり、蜜窟の中がヒクヒクと蠢《うごめ》き出す。立っている事もままならなくなり、花は隼人の胸に身体をもたれさせる。彼の手が花の右脚を抱え上げ、踵《かかと》を洗面台の上に置いた。

「花……ほら――」

鏡に映る隼人が、花の下腹に視線を移した。つられてそこを見た花は、自分の中に彼が深々と入り込んでいるのを目《ま》の当たりにする。

花が言葉もなく息を呑んでいると、隼人がゆっくりと腰を動かしてきた。

うっとりとそれに見入っているうちに、じわじわと痺《しび》れるような快楽に全身を包み込まれる。

「ほら……やっぱり、いやらしくて色っぽいだろう？」

耳元で囁《ささや》かれると同時に、激しく中を突き上げられて、頭の中に閃光《せんこう》が走り抜けた。蜜窟が収縮し、身体が続けざまにビクビクと跳ね上がる。締め付けられた屹立《きつりつ》が、花の中で脈動した。

隼人にキスを求められて、繋がったまま繰り返し唇を重ね合わせる。

まさか自分が、こんなふうになるなんて、思ってもみなかった。

花はさざ波のように押し寄せる快楽の余波に浸《ひた》りながら、隼人とひとつになっている今の幸せを心に刻み込むのだった。

梅雨《つゆ》になり、ここのところ小雨《こさめ》が続いている。

「チェリーブロッサム」では、雨の日に来店してくれたお客さまに、ちょっとしたプレゼントを渡している。それは、日によって多少違うものの、たいていは店主の手作りクッキーなど紅茶を飲みながら摘《つ》まんでもらえるお茶菓子だ。

そのおかげか、多少の雨であれば客足が落ちる事はない。それどころか、雨が降ると必ず来てくれる近隣のお客さまもいるくらいだ。

最近の花は、連日隼人とSNSを使って連絡を取り合っている。

時間は決まっていないし、返信も互いの都合がいい時に返すという緩《ゆる》いやり取りだ。

けれど、そのほうが時間を気にする事なく気軽にメッセージを送れる。

隼人とは、先日一緒に夜を過ごして以来会えていない。だけど、ＳＮＳで渡航先の様子を教えてもらうたびに、彼の姿や見た事のない海外の景色に思いを馳せて楽しんでいる。

そんな六月最初の土曜日。

花はアフタヌーンティーを楽しみにやって来た二人組の女性客の対応をしていた。

二人分のティースタンドをテーブルの真ん中に置き、ポットに入った紅茶をそれぞれの横に置く。

リクエストに応《こた》えてカップに紅茶を注《つ》ごうとした時、隣のテーブルから若い女性グループのお喋《しゃべ》りが聞こえてきた。

「それでね、彼の元カノっていうのが、いろいろ難のある人だったらしいの。特にベッドでは完全な『マグロ女』だったんだって」

「へぇ～。それじゃ、捨てられても仕方ないわね」

「でしょ？　なんの努力もしないで、いい男を繋ぎ留めておくなんて無理に決まってるでしょ」

（えっ⁉）

女性達の話す内容に、花の耳が敏感に反応した。

「だよね～。私だって、ただ寝っ転がってるだけの男なんて嫌だもん」

「それピンポン！　だから私、『マグロ女』なんて思われないように、いろんな努力をしてるの」

「えら～い！　で、具体的にはどんなテクニックを使ってるの？」

意識を手元に集中させながらも、花はつい女性達の会話に聞き耳を立ててしまう。

二人の給仕を終え、花は後ろ髪を引かれながらも、その場を離れた。

その日の仕事が終わり、花は自宅で入浴をしている。

仕事中は無理矢理頭の中から締め出していたけれど、あの時聞いた女性達の話がずっと気になっていた。

湯船に浸《つ》かりつつ、花はスマートフォンで「マグロ女」と検索する。

（〝マグロ女とは、セックスの時に終始受け身で、無反応な女性を指す〟）

花は改めて、隼人とベッドで愛し合っている時の自分を振り返ってみた。

（えっ……。もしかして私、「マグロ女」だったりする？）

思い返してみると、ロストヴァージンから今に至るまで、自分はひたすら隼人の愛撫《あいぶ》を受けるばかりだった。

彼にキスをされ愛撫《あいぶ》でとろかされて、挿入から最後まで、隼人ばかりが動いている。

一度だって花から隼人へ何かした事はなかった。

（どうしよう！　このままじゃ隼人お兄ちゃんに捨てられちゃう！）

花は大いに焦り、どうすればいいのか考えを巡《めぐ》らせる。

あの女性達が言うには、『なんの努力もしないで、いい男を繋ぎ留めておくなんて無理に決まってる』らしい。つまり、隼人に捨てられないためには、これまでの自分の行動を改める必要があるという事だ。

いくら、この間までヴァージンだったとはいえ、ちゃんと努力しないといけないのだ。

だけど、一体、何をどうすればいいのだろう……

（あぁ～！　こんな事なら、お水のお代わりを持っていって、具体的なテクニックを聞いておけばよかった……）

花は湯船の中で頭を抱える。

さすがにこんな事を、姉達には相談しにくい。だからといって、内容が内容だけに、誰彼構わず聞くわけにもいかなかった。第一、聞いたところですぐに実行に移せるとは思えない。

（そうだ。映画ならラブシーンの宝庫だし、映像だからイメージもしやすいはず）

だけど、膨大な量の恋愛映画から、ピンポイントで参考になる作品を選び出すのは一苦労だ。

「あっ！」

花の頭の中に、ある女性が思い浮かぶ。

きっと彼女なら、親身になって相談に乗ってくれるだろう。

活路を見出《みいだ》した花は、ようやく心が軽くなって鼻歌交じりに入浴を続けるのだった。


次の日の日曜日。昼食を食べ終えた花は、出かけるべく自転車に乗った。目的地は、駅前にある行きつけのインターネットカフェ「まったり空間」だ。老舗《しにせ》チェーン店のそこは、女性専用のエリアがある。掃除が行き届いていて清潔だし、新作のコミックやDVDの入荷も早い。

入り口のドアを通り抜けて、カウンターに向かう。そこに立っているのは、倉本《くらもと》香苗《かなえ》という女性アルバイトだ。

「香苗ちゃん、こんにちは」

「花さん、こんにちは。お久しぶりです」

黒縁のメガネに、肩までのおかっぱヘア。花よりも二つ年下の彼女は、都内有名女子大学に通っている。彼女は高校生の時からここでアルバイトをしており、花との付き合いも四年目に突入した。

「ほんと、ご無沙汰しちゃったよね。姉の結婚があったり、なんだかんだで忙しくしてて。……ねえ、香苗ちゃんって映画とか詳しいよね？」

「はい、割と詳しいほうだと思いますけど」

「よかった。実は、香苗ちゃんに相談に乗ってほしい事があるんだけど」

「いいですよ。喜んで相談に乗ります！　だって、私が今こうしていられるのも、花さんのおかげなんですから」

香苗が鼻息を荒くする。自称・コミュ障で人間嫌いだった彼女は、一時期学校やアルバイト先での人間関係に悩まされていた。そんな時、花は彼女の悩みを親身になって聞き、いろいろとアドバイスをしていたという経緯がある。

「ありがとう！　助かる！」

休憩時間に声をかけてもらう約束をして、花は女性専用のエリアに向かった。通りすがりに、以前から読みたいと思っていたコミックを見つけ、それを持って個室に入る。

「は～、ここに来ると、なんだか落ち着くよね～」

座椅子に腰を落ち着けると、花は小さく独り言を言う。そして、香苗が来るのを待ちながら、持ち込んだコミックを読みはじめる。それから一時間ほど経った頃、香苗がドアをノックする音が聞こえた。

香苗を部屋に招き入れると、花は彼女に相談をするにあたり、自分と隼人の関係を簡単に説明した。じっと話を聞いていた香苗は、聞き終わった途端、立ち上がって拍手する。

「花さん、すごいです！　それって、夢のシンデレラストーリーじゃないですか～！」

「ちょっ……香苗ちゃん、しーっ！　声、大きいよ」

花はあわてて香苗を床に引き戻した。興奮冷めやらぬ様子の彼女は、花の顔を満面の笑みで見つめている。

「すみません、つい興奮して……。でも、本当に快挙ですね、花さん。婚約おめでとうございます。よかったら、私も結婚式に呼んでくださいね」

「ありがとう。もちろん、招待させてもらうよ——って、香苗ちゃん、ちょっと気が早いって」

花が顔を赤くすると、香苗がクスクスと忍び笑いをする。

「ところで、相談ってなんですか？　さっき、映画がどうとか言ってましたよね？」

「そ、それなんだけど……」

花は、思い切って香苗に先日耳にした「マグロ女」の事を話した。

そして、おそらく自分もそうである事、「マグロ女」から脱却すべく努力する事、そして映画のラブシーンを見て学ぼうと思うに至った事を順に伝える。

「だけど、一体どの作品を見たらいいのかがわからなくて。香苗ちゃんだったら、映画に詳しいから、そういうのを知ってるんじゃないかな、と思ったの」

「なるほど。それなら、今思いついただけでも、いくつかお薦めの作品があります」

「ほんとに？　あと、インターネットで情報を調べようとしたんだけど、普段あまりパソコンを使わないから、上手《うま》く検索できなくて……」

「パソコンなら任せてください。二、三日中には、的確な資料を集めて、お薦めのDVDと一緒にお渡しできると思います」

「ありがとう。ほんっと、頼りになる友達がいてよかったぁ」

花が声を潜《ひそ》めたまま大喜びすると、香苗が照れたような笑みを浮かべた。

「花さんのためなら、協力は惜しみませんよ。それに、その心がけ、素晴らしいと思います。彼氏さん、幸せ者ですね。きっと、彼氏さんにも花さんが努力しているのが伝わりますよ。じゃあ、この件に関しては大船に乗ったつもりで待っていてください」

自信たっぷりにそう言うと、香苗が仕事に戻るべく部屋を出ていく。花はドアの前に立って、去っていく彼女のうしろ姿を見送った。

(香苗ちゃんに相談してよかった)

花は、個室の中で大きく伸びをする。そして、足取りも軽く個室を出て、読み終えたコミックを棚に戻しに行くのだった。

それから二日後の火曜日。

香苗が頼んでいた資料を持って「チェリーブロッサム」にやって来た。

「一応、いろいろな分野から集めてみました。参考になればいいんですが」

そう言った香苗は、資料を手渡すなり、用事があると言って、そそくさと帰って行ってしまった。

受け取った紙袋をカウンターの隅に隠していると、それを母親に見咎《みとが》められてしまう。

「あら、今来たの香苗ちゃん？　何をもらったの？」

「えっ？　な、な、なんでもないっ！」

花は、あわてて荷物を別の場所に移動させ、知らん顔を決め込む。

店を閉め、やるべき事をすべて終えた午後九時。

花は自室に入り、紙袋の中に入っているＤＶＤをテーブルに並べた。ざっと見ただけで、二十枚はある。どれも知らない映画ばかりだが、パッケージを見ただけで内容が官能的なものである事がわかる。

さらにそのうちの何枚かは、かなり濃厚で過激なものらしい。

花はゴクリと唾を飲み込む。

「これぜんぶ見るのに、何日かかるかな？」

ＤＶＤの他にも、香苗は花のために役に立ちそうなインターネットサイトのページをプリントアウトして、わかりやすくまとめてくれていた。

花はクリアファイルに入れられた資料を開く。中はテーマごとに分かれており、各ページの横には色分けしたラベルが張られていた。

「『エロい女はモテ女』？　『彼をメロメロにするキス』『映画に見る極上の愛の営み』『実

録・彼氏を虜《とりこ》にするエッチ技』……う……うわぁ……」

資料に目を通していくにつれ、花の顔がだんだんと引き攣《つ》ってくる。大きく目を見開き、放心したように口が半開きになっていく。

「こ……これ、ほんとに？　これをすると男の人が悦《よろこ》ぶの？」

はじめて知る内容に、花は少なからず及び腰になる。

「ううん、これくらいでひるんでどうするの、私！　脱『マグロ女』のために、頑張らないと！」

花は自分自身を鼓舞《こぶ》し、手近にあったＤＶＤをプレイヤーにセットした。

映画がはじまってすぐに、婀娜《あだ》っぽい声が聞こえてきて、花はあわててヘッドフォンを装着する。

出てきた女優は息を呑むほど官能的で、繰り広げられる濃厚なラブシーンは芸術的ですらあった。

花は夢中で画面に見入り、瞬《まばた》きをするのも忘れる勢いで映像に集中する。

「すごい……。みんな、こういうふうにして彼氏を……」

気がつけば連続で三作品を観終わっていた。

すでに脳味噌がパンパンになってしまっているけれど、学習意欲は一向に衰《おとろ》えない。

しかし、あともう一本――と、ＤＶＤに手を伸ばしたところで、花はぱったりとテーブルに突っ伏して深い眠りに落ちてしまった。


それから四日後の土曜日の夜。

花は店のドアを閉めて外から鍵をかけると、予約しておいたタクシーに乗り込む。

明日が休みの花は、隼人のマンションに泊まりに行く事になっていた。

隼人も明日明後日《あさって》は休みと言っていたから、久しぶりにゆっくりしたデートができる。

今夜、花はこの四日間で学んだ事を、隼人に実践するつもりでいた。資料は熟読したし、ポイントも押さえてある。

あとは、その時を迎えた時に、いかに落ち着いて実行に移せるか、だ。

(せっかく頑張ったんだもの。ぜったいに「マグロ女」から脱却しなくちゃ)

花は決意を新たに、シートの上に置いているバッグの中を覗いた。中には店で仕込んできた食材入りのタッパーがたくさん入っている。

(うん、忘れ物、なし)

満足そうに頷くと、花は膝の上に乗せたトートバッグを大事そうに胸に抱え込む。その中には、香苗からもらった資料のファイルが入っている。

マンションの前でタクシーを降り、両肩にバッグをかけてエントランスに向かう。渡されている合鍵で中に入ると、ひとりでに玄関の灯りが点《つ》く。室内の照明は、すべて人感センサーがついているから、両手が塞《ふさ》がっていても立ち止まらないでキッチンまで辿《たど》り着けた。

「は〜、さすがに重かったぁ」

花はさっそくバッグの中のタッパーを仕分けして、夕食の準備に取りかかる。それが済むと、洗面所で洋服を着替えて、リビングのソファに腰を下ろした。

じわじわと高まってくる緊張感をやり過ごそうと、窓から見える風景を眺める。

（もうそろそろ帰ってくる頃かな？）

傍《かたわ》らに置いたトートバッグから、香苗にもらった資料を取り出す。ページを繰《く》り、付《ふ》箋《せん》をつけた個所を開く。蛍光ペンで線を引いたところを読み返し、頭の中でシミュレーションをする。

「ふぅ！　大丈夫、準備はバッチリ！」

花は大きく息を吐き、自分に気合を入れる。少々頭でっかちになってしまった気がするものの、とりあえず必要な知識は頭の中に入れてきた。

今日は、自分から動いて隼人に悦《よろこ》んでもらうのだ。

もっとも、そこにいくまでのプロセスに、若干不安が残っているわけだが……。

（やる前から、弱気になっちゃダメでしょ！）

おさらいのつもりでページをめくっていると、膝の上に置いたスマートフォンに隼人からのメッセージが届いた。

『あと五分で着く』

それを見た花は、緊張の面持《おもも》ちでソファから立ち上がった。

そして、壁際に据えられている大型のスタンドミラーに映る自分を見て、おかしなところがないかチェックする。

今、花が着ているのは、大きめの白Tシャツに、同じく白で裾《すそ》がフリンジになったデニムのショートパンツだ。

今日のコーディネートを選ぶにあたり、花は早紀に相談をした。早紀は、花の様子から何かを察したようで、室内デートをする時の、ちょっとしたアドバイスまで授けてくれた。

『男ウケを狙うなら、断然白。特に花は、清潔なエロを目指せば間違いないから』

早紀はそう言って、花のために今着ている洋服を買いそろえてくれた。Tシャツはブカブカで、腰骨の下あたりまでの長さ。ショートパンツは股下三センチしかなくて、穿《は》くのにかなり勇気が必要だった。

だけど、早紀曰《いわ》く『チラ見えするヒップラインが大事』であるらしい。

さすが現役モデルは言う事が違う。

しかし、体形の割に大きすぎるヒップは、花の悩みの種でもある。

（大丈夫！　早紀お姉ちゃんを信じよう！）

再度気合を入れ直し、花は急いで玄関に向かい、隼人の到着を待つ。

ほどなくしてドアが開き、隼人が中に入ってきた。

「お、おかえりなさい！」

「ああ、花。ただいま」

ちょっと驚いたような顔をした彼が、靴を脱いでこちらに歩いてくる。そして、持っていたフライトバッグを床に置こうとした。

花は、一歩前に出て隼人の手からフライトバッグを受け取ろうとする。しかし、思いのほか重量があり、前につんのめってしまう。

「うわっ！」

まるでタックルするように隼人の胸に飛び込んだ花を、彼がしっかりと抱き留めてくれた。

「ご、ごめっ……ん、っ……」

そのまま顎《あご》を上に向けられ、キスをされる。

予定では、自分から抱きついてキスをする流れになっていた。それなのに、ついテンパって手順とは違う状況を招いてしまっている。

「花、出迎えてくれてありがとう。今着てる洋服、すごく似合ってるね」

くっついていた身体が離れ、隼人が花の全身をじっと見つめてくる。

「そ……そう？　ありがとう」

花は、恥じらいつつも隼人の目を見つめ返す。

「すごく可愛い。……なんて言うか……とにかく、ものすごくいい感じだ。ちょっと、クルッて回ってみてくれる？」

隼人に促《うなが》されて、花はクルリとその場で一回転をした。

「おお……」

花を見ていた隼人が、感じ入ったような声を上げる。そして、ふたたび花を胸に抱き寄せ、激しく唇を合わせてきた。

「んっ……、ぷわっ……は、隼人お兄ちゃん……んっ……ん……」

隼人の右手が、花の尻肉を掴んだ。そして、緩《ゆる》く捏《こ》ねながら、さらに唇を重ねてくる。

いつになく荒い息遣いで、隼人が花のショートパンツのボタンに指をかけた。

花は展開の早さに驚き、思わず身を捩《よじ》る。けれど、彼の手は止まらない。

あっという間にジッパーを下ろされ、下着もろとも脱がされてしまう。

続けてTシャツの中に隼人の手が入ってきて、ブラジャーのホックを外された。そのまま、すぐに胸をまさぐられる。

「ぁんっ……隼人おに……ちゃ……待っ……」

屈《かが》み込んだ彼に、胸の先を食《は》まれた。ぢゅっ、と音を立てて吸われ、乳暈《にゅううん》を歯でこそげられる。

下から見上げてきた隼人の目に、淫猥《いんわい》な欲望の色が浮かんでいる。それを目《ま》の当たりにした花は、身体中の血が沸き立ったような気がした。

「花……挿《い》れていいか？」

隼人が、どこからか避妊具の袋を取り出した。その縁を口に咥《くわ》え、噛み切るようにして封を開ける。

「ちょっと、我慢できない。……花、その格好は反則だ」

「えっ？　反則って……」

強い視線に見据えられて、花は一瞬で身動きが取れなくなる。

背中を壁に押し付けられ、右脚の膝裏を彼の腕に抱えられた。あらわになった蜜窟の入り口に、硬くなった屹立《きつりつ》の先があてがわれる。

「花……今日の花は、すごくエロい……無茶苦茶、抱きたい……。抱きたくて、どうにかなりそうにエロいよ——」

濡れた秘裂を屹立《きつりつ》の先で捏《こ》ね回すと、隼人がやすやすと花の中に入ってきた。

花はとっさに隼人の肩に腕を回し、かろうじて床についていた左脚を、彼の腰に絡《から》みつける。

一気に挿入が深くなり、屹立《きつりつ》の先が蜜窟の最奥《さいおう》を突いた。

「あンッ……」

まるで身体を射貫かれているみたいだ。花は、涙目になって隼人の目を見る。

「は……やと……お兄ちゃ……。気持ちいい……すごく、気持ちいいの……どうしよう……やああんっ！」

「花っ……」

隼人が花の両方の太ももを抱える。そして、上体を仰《の》け反《ぞ》らせ、花を弾ませるように身体を縦に揺すった。たちまち絶頂へと導かれ、花は震えながら嬌声《きょうせい》を上げる。

「あぁ……もう……イっちゃ……ぅ」

蜜窟が収縮し、屹立《きつりつ》を食《は》むように痙攣《けいれん》した。花は強すぎる快楽を感じると同時に、大きく息を吸い込んで、深い官能の海に沈んでいくのだった。


「花——」

すぐ近くで、隼人が自分を呼んでいる。

「ん……？」

花は、パチパチと瞬《まばた》きをする。ふと気がつけば、いつの間にかリビングに移動しており、花はソファに座った隼人の腕の中に包まれていた。ハッとして確認すると、彼が着せてくれたのか、脱がされたはずの服をきちんと身に着けている。

「大丈夫か？　ごめん、ちょっと激しくしすぎたな。帰ってきていきなりとか、いくらなんでもがっつきすぎた。本当にごめん」

隼人の掌《てのひら》が、花の額《ひたい》をそっと撫でる。どうやら、いきなり快楽に浸《ひた》りすぎて、軽い酸欠状態になったみたいだ。

なんという失態――

思惑どおり服装を褒《ほ》めてもらったのはいいが、こちらからアクションを起こす前に絶頂を迎え、あげくの果てに気を失ってしまうなんて……

「わ、私こそごめんね！　今日は、ちょっとその……いつもより緊張していたっていうか……」

「緊張？　なんでだ？」

隼人が訝《いぶか》しそうな表情を浮かべる。

「う……ううん！　別に大した事じゃないの。さ、お腹空《す》いたよね？　晩ご飯食べよう」

花はあわてて取り繕《つくろ》い、隼人の膝の上から立ち上がった。

「おいおい、急に動いて平気か？」

「うん、平気。お皿を運ぶ時に手伝ってもらうから、隼人お兄ちゃんはテーブルの準備をお願いね」

キッチンに向かい、持参した料理を皿に移しかえる。

今日のメニューは、定番の鶏のから揚げと肉じゃが。具だくさんのお味噌汁と、しらすと温泉卵ののっけ丼だ。これに我が家自慢の糠漬《ぬかづ》けを添える。

すべて隼人の好物だし、好みの味付けは母親経由で探りを入れてもらった。こんな時、家族ぐるみの付き合いをしてきたメリットを感じる。

から揚げ用の肉は昨日から下味をしみ込ませてあるし、お味噌汁は豆腐と旬の野菜入りだ。

(美味《おい》しく食べてくれるといいな)

隼人を呼び、窓際のダイニングテーブルに運ぶのを手伝ってもらう。

香苗に協力を頼む傍《かたわ》ら、花は自分でも恋人との付き合い方について調べていた。

ある雑誌の恋愛コラムによると『気を使って何もしてもらわないよりも、一緒にする形で手伝ってもらうほうがいい』らしい。

なるほど。確かに、一人で運ぶより早く準備ができるし、皿を運ぶ隼人も心なしか機嫌よさそうな顔をしている。ちょっとした手ごたえを感じつつ、向かい合わせになってテーブルに着き、いただきますを言う。

よほどお腹が空《す》いていたのか、隼人が大きな口を開けて、から揚げにかぶりつく。

「うまいっ……!」

「ほんと？」

「うん、本当にうまい。これ、お店で食べるよりも、美味《おい》しいよ。下味はニンニク？　ショウガか？　とにかくうまい。花って、料理にかけては超一流だな」

「ありがとう。下味はニンニクとショウガ。あとは、たっぷりの愛情かな。なーんて……」

自分で言って、照れて赤くなる。

『好きなら好き、愛情表現は、わかりやすいほうがいいに決まっている』

同じくコラムに書いてあったフレーズが、頭に思い浮かぶ。

隼人が、にっこりと笑った。

「花の愛情、すごく伝わってるよ」

彼は、ふいに立ち上がると、大きく身を乗り出して花にキスをしてきた。唇が離れ、じっと見つめられる。から揚げ味のキスが数回続き、花は椅子に座りながら腰砕けになってしまう。

「花、好きだよ。晩ご飯を食べ終わったら、また花をゆっくりと食べさせてくれるか？」

「……ふぇっ……？」

ポーッとなるあまり、何を言われているのかよく理解できなかった。首を傾《かし》げていると、隼人が小さく笑い声を漏らし、花の耳朶《じだ》に唇を寄せる。

「これを食べ終えたら、今度は花を食べたい。さっきみたいに、すぐ挿《い》れたりしないで、たっぷりと時間をかけて花とセックスしたい。いいか？」

「……はっ……ぁ、はいっ」

ストレートに言われ、花はアワアワとあわてながら、首を縦に振る。

耳の縁を舌で舐《な》められ、胸の先がキュンとなった。

自然と呼吸が速くなる。また酸欠状態になったらたまらないと、花は大きく肩を上げ下げしながら深呼吸をした。

「よかった。OKしてくれて」

隼人が何事もなかったような顔で席に着き、ふたたび晩ご飯を食べはじめる。隼人が先に食べ終わり、冷蔵庫から二人分のデザートを持ってきてくれた。

「それ、家の庭で採れたビワ。ちょうど食べ頃だから持ってきたの」

「そうか。桜井家のビワを食べると、ああ、夏も近いんだなぁ……って思うよ」

隼人が器用にビワの皮を剥《む》き、口に入れる。

「花のも剥《む》いてやるよ。……ほら、あーん」

「え？　あ、あーん……むぐっ」

隼人が剥《む》いたビワを持って、食べさせてくれた。かなり大きな一口だったから、一生懸命口を動かさなければならない。

ようやく噛み終えて呑み込むと同時に、隼人がクスクスと笑い出した。

「花、ほっぺたが膨らんで、リスみたいだったぞ」

「リ……リスって……。それって、喜んでいいのかどうかわかりづらい……。どっちにしろ、隼人お兄ちゃんが、食べさせてきたんでしょっ！」

少々膨れっ面《つら》になりながらも、花はさっきから火照《ほて》りっぱなしの頬を掌《てのひら》で覆《おお》った。

「喜んでいいよ。可愛い、ってニュアンスで言ったんだから。あ、そういえば、花にお土産《みやげ》を買ってきたよ。あとで渡すから、覚えといて」

「ほんと？　ありがとう、嬉しいな」

たった今膨れっ面《つら》をしていたのに、花は嬉しくて、ついはしゃいだ声を出す。

「まだ何を買ってきたかわからないのに？　もしかして、ぜんぜん嬉しくないものかもしれないぞ」

隼人が声を上げて笑う。

「そんな事ないよ。隼人お兄ちゃんがくれるものなら、なんだって嬉しいに決まってるし」

そう言って、唇を尖らせると、またしても隼人に笑われてしまった。

「花は可愛い。……本当に可愛いよ。今日の格好はものすごく似合ってるし、着けている下着もエッチでいい」

「えっ⁉　エ、エッチって……」

花の狼狽《ろうばい》をよそに、隼人は残っていた料理をすべて平らげて、ごちそうさまを言う。

「すごく美味《おい》しかった。花、ありがとう。これで、フライトの疲れも吹き飛んだよ。後片づけは俺に任せて。お腹いっぱいだろうし、花は少しゆっくりしといで」

隼人が立ち上がり、テキパキと片づけをはじめる。

ソファに追いやられた花は、隼人を目で追えるようにスタンドミラーに面した座面に腰を下ろした。

(はぁ～、かっこいい……。隼人お兄ちゃんって、どうしてあんなに外見も中身もかっこいいの)

そんな花の視線に気づいたのか、皿を運びながら隼人がにっこりと微笑む。

何はともあれ、今日のコーディネートは大正解だったようだ。

早紀は、洋服だけではなく中に着ているものにも細心の注意を払えと言って、下着まで用意してくれた。今度早紀に会ったら、お礼を言おう。

(それにしても、下着もエッチって、どういう事だろう?)

着る前にチェックしてみたけれど、言うほどエッチではなかったような気がするが……

そんな事を思いながら、花はTシャツの裾《すそ》を太ももの真ん中まで引き下げてみた。

なるほど、こうするとショートパンツが見えなくなり、まるでTシャツ一枚しか着ていないように見える。

ペチャパイの花だけど、ヒップだけではなく、太ももももちょっと太い。

花は自分の太ももを掌《てのひら》で叩き、肉を摘《つ》まむ。

ダイエットしようにも、そこだけというのはかなり難しい。

これまで、特に文句は言われていない――むしろ、可愛いなどと言って褒《ほ》めてくれる隼人だけど、本当のところはどうなのだろう？

（やっぱり、男の人ってキュッと細い腰とか、スラッとした長い脚とかが好きなんじゃないのかな……）

残念ながら、花はそれらを持っていない。それについては、もうどうしようもないが、それならそれで違う面でフォローすべきだ。

花は、ふと思い立ってソファの上に置いたままになっていたバッグを手に取る。うしろを振り返り、隼人がまだキッチンにいる事を確認した。

そして、香苗にもらった資料を取り出して、もう一度中を確認する。

出だしは失敗してしまったが、なんとか挽回したい。隼人を悦《よろこ》ばせたい――その一心で、借りたＤＶＤをすべて鑑賞し、資料を熟読して今日という日を迎えたのだから……

「花、何を見てるんだ？」

「きゃあぁっ！」

突然背後から声をかけられ、花はびっくりして飛び上がる。うしろを振り返った拍子《ひょうし》に、膝の上から資料入りのクリアファイルが落ちた。中から資料の一部が飛び出し、宙を舞う。

「ん？　これは……？」

隼人が自分の足元に落ちてきた紙を拾い上げる。それは、花が一番多く付箋《ふせん》をつけていた資料だ。

「わあぁっ！　……それ、見なくていいっ……なんでもない！　ただの資料だから――」

突如、大声を出して突進してくる花を、隼人があっさりと腕に抱えた。そして、ジタバタと暴れる花をいなしながら、ソファにどっかりと腰をかける。

「『実録・彼氏を虜《とりこ》にするエッチ技』……？　なるほど……」

万事休《ばんじきゅう》す――

ストレートな表題を見ただけで、内容は推して知るべしだ。

見ると、隼人は資料のページをめくりながら、やけに難しい顔をしている。いくらベッドでは豹変するとはいえ、もともとは堅物で超がつくほどの真面目人間の隼人だ。

ぜったいに、軽蔑された――

ここから逃げ出したい。

死んだふりでピンチを切り抜けられる動物がうらやましい！

花は心の底からそう思い、ソファの上に倒れ込んで動かなくなった。そんな花をよそに、隼人は一定の速さでページをめくり続けている。

「ふむ……なあ、花。……ん？　どうして狸寝入《たぬきねい》りなんかしているんだ？」

突然脇腹を突《つつ》かれ、花はふたたび飛び上がって声を上げる。

「た、狸《たぬき》寝入りじゃなくて、死んだふり！　狸《たぬき》とか……せめて、もうちょっと可愛い動物にしてくれたらいいのに――」

花の抗議を聞いて、隼人がプッと噴き出した。

「そっか。……そうだな、じゃあ、ハムスターってとこかな？」

「きゃっ……！」

首だけもたげて横になっている花の上に、隼人がゆったりと覆《おお》いかぶさってきた。そして、Tシャツの裾《すそ》をまくり上げ、いきなりブラジャーを引き下げて胸の先をペロリと舐《な》める。

「あんっ！　は……隼人お兄ちゃん、急にどうしたの……あっ……は、うっ……」

ふっくらと盛り上がる乳暈《にゅううん》に吸い付かれ、乳先をやんわりと噛まれた。えも言われぬ愉悦《ゆえつ》を感じて、花は早々に息を荒くして声を上げる。

「ちょっ……ちょっと待って……あんっ！」

ショートパンツの中に彼の右手が忍んできた。止める暇もなくショーツだけの姿にされる。首筋を上《のぼ》ってくる隼人のキスが、花の唇の縁で止まった。

そのまま、じっと瞳を見つめられて、意味ありげに微笑まれる。その間も、彼の左手は花の乳房の上に留《とど》まり、乳先を捏《こ》ねたり捻《ひね》ったりしていて――

（ちょっ……ダ……ダメだってば！）

あまりの気持ちよさに、花はふたたび隼人の愛撫《あいぶ》に溺《おぼ》れそうになってしまった。

このまま彼のなすがままになってしまえば、いつもと同じだ。せっかく寝る間も惜しんでいろいろと学んだのだから、ちゃんと自分からも動いて「マグロ女」を脱却しなければならない。

花はソファの背もたれを蹴って横に逃げた。座面から上半身がずり落ちた格好になり、なんとか身体を捻《ひね》ってラグの上に両手をつく。そのまま床を這《は》いずって逃げ出そうとしたのに、うつぶせになった下半身を隼人の腕に抱き込まれそうになってしまう。

「ダメッ……隼人お兄ちゃん、ダメなの――」

小さく叫びながら逃げ続け、リビングを突っ切って廊下に出た。我ながら、すばしっこいカメみたいだ――そう思った矢先に、上から両腋《わき》を掴まれて背を向けた状態のまま彼の胸に抱きかかえられてしまった。

「花、四つん這《ば》いで逃げるより、二本足で逃げたほうが速いと思うよ？」

まるで仰《の》け反《ぞ》ってバンザイをする猫のような姿勢だ。その様がスタンドミラーにバッチリ映っている。隼人が、見せつけるみたいにピンと尖る乳先を指で弄《もてあそ》びはじめた。

「ああっ、ふぁっ……やっ……いやぁぁあんっ……」

またしても愉悦《ゆえつ》の波にさらわれてしまいそうになり、花は隼人の腕の中でもがいた。

「花……さっきからどうした？　なんで嫌？　もしかして、俺の事嫌いになった？」

「ふぇっ？」

隼人の言葉に、花はびっくりしてピタリと動きを止める。そして、クルリと首をうしろに向けて隼人を見上げた。

「そっ……そんなわけないでしょう？　……私が隼人お兄ちゃんを嫌いになるとか……そんなのありえない。天地がひっくり返ったってありえないよ！」

目を見開いて力説する花を見て、隼人が真剣な面持《おもも》ちで質問を投げかける。

「じゃあ、俺の事、好きか？」

訊《たず》ねられて、花は何度も首を縦に振る。

「もちろん！　好きだよ。大好き……私の愛情、伝わってるって言ってくれたでしょう？」

「じゃあ、なんで俺から逃げようとするんだ？」

「……そ……それは……」

花は、にわかに不安になった。

隼人を悦《よろこ》ばせようと決意して努力してきたのに、このままだと誤解されたあげく、彼に嫌われてしまうのでは……

そう思った花は、身体ごと隼人のほうに向き直り、彼の腕を掴んだ。そして、必死の形相《ぎょうそう》で隼人に向かって訴えかける。

「私、隼人お兄ちゃんに悦《よろこ》んでほしいの！　だって、いつも私ばっかり気持ちよくしてもらって、私は何もしていないから……。『マグロ女』はダメなんでしょ？　私、隼人お兄ちゃんに嫌われて捨てられるのは、ぜったいに嫌だって思って、いろいろと勉強して、今日ここに来たの」

しどろもどろだし、自分でもわかるくらい声が震えている。

こちらを見る隼人の顔は、驚くほど無表情だ。

もしかして、とんでもない失敗をやらかしてしまったのかもしれない。

よかれと思ってした事が、結局は最悪の事態を招いてしまったのだろうか。

「隼人お兄ちゃん、ごめんなさい！　私——」

「っぷっ……花、お前ってやつは……」

隼人が、突然噴き出して愉快そうに笑い出す。そして、花の双臂の下を抱え上げて、ゆらゆらと揺さぶってきた。

「きゃっ！　は、隼人お兄ちゃん？」

いきなり身体ごと持ち上げられ、目線が彼より二十センチほど高くなった。下から見上げてくる隼人の顔には、さっきとは打って変わって優しい笑みが浮かんでいる。

「あ……あの……」

「花、そんな事心配していたのか？　一体、花のどこが『マグロ女』なんだ？　俺に抱かれるたびに、いつも可愛く反応して、思いっきり感じてるって全身で表現してくれる花の、どこに嫌われて捨てられる要因があると言うんだ？」

「隼人お兄ちゃ……んっ……ん……」

隼人が首を伸ばして花にキスをする。

舌が絡《から》み合い、ぴちゃぴちゃという水音が耳の奥で響く。地上二メートルの高さで味わうキスは、いつにも増して甘く感じる。

「そうか……。花がそんな事を考えているとは知らなかった。だから、オシャレした上に、こんなにいやらしい下着を着けてきたってわけだな？」

隼人の掌《てのひら》が花の双臀を撫で回した。その手つきが妙にねっとりといやらしい。途端に全身の血が熱くざわめき、耳朶《じだ》が熱くなる。

「そ……そんな……オシャレはしてきたけど、下着はいやらしいってほどじゃないよ。色は白だし、デザインだって普通でしょ」

「花、よく見てごらん。これでもいやらしくないって言うのか？」

隼人が花を抱き上げたまま、鏡に対して身体を少しだけ横に向ける。彼に促《うなが》されて、花は鏡に映る自分を見た。

「えっ⁉」

そこに映っている自分のうしろ姿を見て、花は驚きの声を上げた。白いショーツは花のヒップをすっぽりと包み込んでいる。しかし、その生地《きじ》はレース仕立てのシースルーで、ヒップがほぼ丸見えになっているのだ。

「ひっ！　なっ……何これっ！」

まさかの露出度に、花は驚いて目を剥《む》く。これを受け取った時も、実際に穿《は》いてからも、わざわざうしろ姿を見たりしなかったから、これほど前後に差があるなんて思ってもみなかった。

これでは、以前隼人がシドニーで買ってきてくれたものより、よっぽどエロティックで淫《みだ》らだ。

「花、まさか気がついていなかったのか？」

鏡越しに見る隼人が、おかしそうに笑う。

「知らなかった！　早紀お姉ちゃんったら……まさか、こんな……」

あわてふためく花をよそに、隼人は悠然と歩き出して、ソファの前で立ち止まった。

そして、花を抱えたまま、ゆっくりと腰を下ろす。

向かい合わせで彼の膝の上に乗る格好になった花は、もじもじと身体を揺すった。

何せ、スケスケのショーツ一枚しか身に着けていないのだ。ペタンコの胸を見られまいとして、花は自分から隼人の胸に身体をすり寄せた。

「ふぅん……。だから『実録・彼氏を虜《とりこ》にするエッチ技』なんだな？　どれどれ？　ほぉ『彼をメロメロにするキス』？　『映画に見る極上の愛の営み』『エロい女はモテ女』か。へえ、いろいろ取り揃えてあるな」

隼人が床から拾い上げた資料を、パラパラとめくった。

「で？　花は今日のために、この資料でいろいろと勉強をしてきたわけか？」

隼人に問われて、花はおずおずと顔を上げた。彼が瞳を覗き込むようにして、じっと見つめてくる。花は、すっかり観念して深く頷いてみせた。

「はい、そうです」

「俺を悦《よろこ》ばせようと思って？　キスやセックスで俺をメロメロにしようと思った？」

隼人の舌が、花の上唇の縁を舐《な》める。チロチロとそこをくすぐられて、頬が熱くなった。

「はい……」

「だから、あんなに短いショートパンツ穿《は》いて、俺を煽《あお》ってきたんだな？」

「あ、煽《あお》ってなんか……あれは、早紀お姉ちゃんに薦められて……。でも、ここに来るまでは、もっと普通のワンピースを着てたよ？　とてもじゃないけど、あんな格好で外は歩けなくて」

「そうか。それを聞いて安心した。花の太ももを他の男に見られるなんて、我慢ならない……」

唇が重なり、掌《てのひら》で背中をゆっくりと愛撫《あいぶ》される。彼のぬくもりに包まれたようになり、花の身体から、徐々に力が抜けていった。

「ぁっ……ん、んっ……」

ショーツ越しに尻肉を揉まれて、花は思わず甘いため息を漏らした。静かな部屋の中で、キスをする小さな水音だけが聞こえている。

隼人が花の胸の先を指先で捏《こ》ねた。身体がビクリと跳ね、あやうくうしろに倒れそうになったところを、隼人の腕に助けられる。

「花の胸は、すごく感度がいいな。ほんの少し触っただけで、ほら……花がびしょびしょになってる音が聞こえるだろう？」

そう言われた途端、花の脚の間から小さな水音が聞こえてきた。自分でそうしようと思っているわけではなく、胸を弄《いじ》られる事で勝手に蜜窟が反応してしまうのだ。

花は顔を赤くして頷く。身も心もすっかり隼人に操縦されているようになって、花の目はとろんとして唇は半開きだ。

「花は今、俺をどうしたい？　せっかく一生懸命勉強してきたんだろう？　花の好きにしていいよ。いや、むしろ花に好き放題されたい——かな？」

隼人が花を見て、にんまりと笑う。閉じていた唇から、チラリと濡れた舌先が覗いた。

そのまま、ゆっくりと唇の内側をなぞる。

眩暈《めまい》を感じるほどセクシーなしぐさを見せつけられ、花はまるで酔ったみたいに、グラリと頭を仰《の》け反《ぞ》らせた。

「おっと」

とっさに伸びてきた隼人の腕に支えられ、胸元に引き寄せられる。

そうだ。ここでくじけてはいけない――花は自分を奮《ふる》い立たせ、彼の肩に腕を回した。

そして、自分から彼にキスをする。

最初は小刻みに、何度も。そのうち、少しずつ唇を合わせる時間を長くして、抱きつく腕に力を込めていった。

そうするうちに、たまらなく隼人の舌がほしくなり、閉じた唇の中にそろそろと舌先を滑り込ませる。あとはもう夢中で彼の舌に自分のそれを絡《から》め続けた。

もっと、彼がほしい――

そう思う気持ちが、花の指と身体を突き動かしていく。

隼人のシャツのボタンを外しつつ、彼のものが早くも硬く膨れ上がっているのに気づいた。

「隼人お兄ちゃんっ……好き……。隼人お兄ちゃんの、ぜんぶが……ものすごく、好きなの」

彼のシャツを脱がし、Tシャツの裾《すそ》をまくり上げながら、花は自然とそんな言葉を口にしていた。

「好きで好きでたまらない……。ずっと……ずっとずっと好きだったの。一日だって、隼人お兄ちゃんの事を想わない日なんて、なかった……」

話す合間に短いキスをして、たくし上げたTシャツを脱がし、ソファの背もたれに置く。

彼の肩に腕を回し、ふたたび唇を合わせた。

ショーツの生地《きじ》を通して、隼人の硬い熱の塊《かたまり》を感じる。

自然と腰が動きはじめ、膨らみに秘所をこすりつけた。

「んっ……、はぁ……っ……」

花芽の先がこすれ、脳天がビリビリと痺《しび》れる。

唇を離し隼人の顔を見ると、彼の眉間に微かな縦皺《たてじわ》が寄っているのが見えた。少しだけ息を弾ませている様子から、彼が決して怒っているわけではないとわかる。

「花……」

彼の掌《てのひら》が、花の頬に触れた。

花はそれに頬をすり寄せ、指の内側に唇を這《は》わせた。親指の内側を舐《な》め、そのまま口の中に含む。

意識してそうしたわけではなかった。

ただ、隼人のすべてがほしくて、指の先まで愛おしくて……

「んっ……ふ……ふぁやとほにぃひゃ……、ぁんっ！　あああっ！」

空《あ》いているほうの手で胸を揉まれて、花は身体をビクビクと震わせた。

乳先を爪の先で弾《はじ》かれ、腰が浮く。その隙にショーツの中に手を入れられ、秘裂を愛《あい》撫《ぶ》された。

「ああんっ！　ひゃ……やとおに……ちゃ……」

たまらずに口から指を出し、上を向いて喘《あえ》いだ。

「なんだって？」

隼人が軽く笑い声を上げる。

「〝隼人お兄ちゃん〟だと、長くて呼びにくくないか？　もうそろそろ、呼び捨てで呼んでみたらどうだ？」

隼人に提案されて、花は試しに小さな声で彼の名前を呼び捨てにしてみた。

「……は……隼人……」

「うん、もう一回」

「隼人」

「花――」

名前を呼ぶだけで、瞳が潤《うる》んでくる。花は引き寄せられるようにして隼人にキスをした。そして、そうしたいと思うままに裸の上半身を彼の胸にすり寄せる。胸の先がこすれ、思わず喘《あえ》ぎ声を漏らす。

「隼人っ……」

身体を下にずらしながら、彼の逞《たくま》しい首筋に唇を寄せた。

突出した喉ぼとけに見惚れながら、首筋を舌でなぞる。熱い胸板に頬をすり寄せ、まんべんなくキスの雨を降らせた。

頭の上のほうから、隼人が大きく深呼吸する音が聞こえてくる。

「花……」

綺麗に割れた腹筋が隆起する。それを見つめながらキスを続け、うしろ向きでソファから下りた。隼人の両脚の間に跪《ひざまず》く格好になり、上から見つめてくる彼と視線を合わせる。

あとは、もう無我夢中だった。

彼のベルトに指をかけ、スラックスの前を寛《くつろ》げる。

隼人が軽く腰を上げてくれたから、さほど苦労せずにスラックスを脱がせ、皺《しわ》にならないよう気をつけながらソファの脇に置いた。

「律儀だな」

隼人が小さく笑った。

ようやく狭いところから解放された彼のものが、ボクサーパンツの生地《きじ》を押し上げている。

花は、またしても吸い寄せられるようにしてそこに唇を寄せた。

信じられないほど魅惑的な膨らみを見つめながら、花はボクサーパンツに指をかける。

膨らみに唇を寄せながら、少しずつそれを下にずらし、どうにか隼人からすべての衣類を取り除いた。

鴇色《ときいろ》をした彼の屹立《きつりつ》を舌先でそっと舐《な》め上げる。目の前でよりいっそう硬く質量を増したそれに、両手を添えた。

頭に刻み込んだはずの細かな手順は、もうすっかり意識の外に追いやられている。

まるで飢えた子猫のように、花はただ一心に隼人のものに吸い付いていた。

「花、ストップ――」

ふいに腋《わき》の下をすくわれ、膝の上に抱き上げられる。

「隼人……でも、まだ……」

話す唇をキスで塞《ふさ》がれ、思い切り強く抱きしめられた。

「俺がもう限界なんだ。さすが、勉強を頑張っただけあるな。すごく気持ちよかったし、このままだとちょっとヤバイんだ。……だから、花。次は花がぜんぶ脱ぐ番だよ」

額《ひたい》に軽くキスをされ、立ち上がるよう促《うなが》される。ふと、恥ずかしさが戻ってきて、縮こまって胸元を隠した。

「わ……私の番？」

「そう。だって、ほら。まだ一枚残っているだろう？」

隼人の指が、花のショーツを指し示した。

「うしろはスケスケだけど、前はきっちり隠れてる。それに、脱がないとセックスがしにくい、だろ？」

はっきりとこれからする事を予告され、胸が痛いほど高鳴る。花は、思い切って隼人の膝から下りて、彼の前に立った。そして、ゆっくりと前屈《まえかが》みになって、ショーツを下ろしていく。

さすがに、恥ずかしくて前は見られない。下を向いたままショーツを脱ぎ終え、そろそろと身を起こしながら右手を胸元に置き、左手で腰の真ん中を隠した。

「……脱いだよ？」

全裸になったせいか、それまで薄れていた羞恥心《しゅうちしん》が完全に蘇《よみがえ》ってきた。隼人の視線を全身に感じて、花は視線を逸《そ》らしたまま、少しだけ腰を捻《ひね》った。

「うん。……花、綺麗だよ。まるで、ボッティチェリが描いたヴィーナスみたいだ」

隼人から手を差し伸べられ、花は一歩前に出て彼の掌《てのひら》に左手をのせた。

「あ」

うっかりショーツを持ったほうの手をのせてしまい、あわてて手を引っ込めようとした。

「ありがとう。これは預かっておくよ」

「え？　でも――きゃ……」

伸びてきた両手に腰を掴まれ、そのまま隼人の膝の上に馬乗りになる。

「うしろ、振り返ってみて？」

隼人に言われて、うしろを見た。視線の先には、大型のスタンドミラーがある。そして、今鏡に映っているのは、素っ裸になって隼人の膝に跨《またが》っている自分だ。

「花のうしろ姿、すごくエロティックだって知ってた？」

隼人の手が、花の腰を撫で回す。その手つきが官能的すぎて、目を離す事ができない。

裸のうしろ姿なら、これまでに何度も見た事がある。そのたびにアンバランスな体形を嘆き、ため息を吐いてきたのだ。

体勢のせいか、いつにも増して双臀がどっしりと大きく見える。まるで、いつか見たアニメに出てくる魔法の壺みたいだ。

「やだっ……恥ずかしいから、あんまり見ないで」

鏡の中で隼人と視線を合わせると、花は小さな声で彼に懇願した。

「無理。俺は花が大好きなんだ。花の身も心も、ぜんぶ。特に、花のここ……ものすごく感じやすくてエロい胸も、齧《かじ》りつきたくなるほど、たっぷりと肉のついたお尻も、好きで好きでたまらない」

隼人が、言いながら胸や尻を愛撫《あいぶ》してくる。

花がたまらずに声を上げ正面に向き直ると、隼人がわざとらしく音を立てて花の乳先に吸い付いてきた。淫《みだ》らな水音が、聴覚を通して身体を内側から刺激してくる。

彼が尻の肉に指を食い込ませてきた。

そのまま揉み込むようにいやらしく捏《こ》ねられ、花は言いようのない高揚感に捕らわれて早くもとろけそうになってしまう。

「花は胸だけじゃなくて、お尻も感度がいいな……。花とこうしていると、自分がとんでもないエロ男に思えてくる」

「そ……んな……」

花を見る隼人の目に、ギラギラとした欲望の炎が宿る。そんな彼の視線に晒《さら》され、花は陶酔《とうすい》したように吐息を漏らした。

「ぺったんこの胸が好きとか……大きすぎるお尻が好きとか、隼人って変なの……。ものすごく、変っ……ぁあん！」

隼人が花の胸に舌を這《は》わせ、太ももを指先で緩《ゆる》くくすぐってきた。

思わず膝立ちになって、ソファの背もたれに手をつく。そうしている間に、彼が脱いだシャツから避妊具を取り出し、すばやく装着する。

「仕方ないだろう？　花がそういう身体をしているのがいけないんだ」

「ひぁっ……あ、あっ……」

彼の舌が、微かに浮いたあばら骨を丁寧になぞる。瞬時に肌が粟立《あわだ》ち、秘裂が新しい蜜で濡れそぼった。

執拗《しつよう》に胸の先を吸われて、花はそれだけで達してしまいそうになる。このまま隼人からの愛撫《あいぶ》を受け続け、享楽に身をゆだねてしまいたい……。

だけど、今日は隼人にこそ快楽を感じてもらいたいのだ。

花は何度も愉悦《ゆえつ》の波に呑まれそうになりながらも、必死に彼の屹立《きつりつ》に手を添え、思い切って切っ先を蜜窟の中に招き入れた。

「あっ……隼人……あ、ああああっ……！」

重力に任せて腰を落とすと、隼人が蜜窟の最奥《さいおう》まで入ってくる。

花は隼人と目を合わせた。そして、映画で見た美しい人妻のように、腰を前後に振りはじめる。

「はぁ……っ……」

焦らないで、ゆっくりと、できるだけなめらかな動きで――頭ではそうしようと思っているのに、はじめてのせいか、上手《うま》く動く事ができない。

だけど、向かい合った姿勢でじっと見つめられながらする行為は、驚くほど刺激的だ。

ふと自分の下腹部に触ると、彼のものが入っている事がわかった。

隼人を見ると、薄く唇を開けて至福の表情を浮かべている。それを見た花は、唐突に多幸感に囚《とら》われ、恍惚《こうこつ》となって彼の名前を呼んだ。

「あっ……ん、はや……と……。あぁっ！」

蜜窟が収縮し、隼人のものをきつく締め付けているのがわかる。

ぎこちないながらも腰を動かし続けていると、隼人が低く呻《うめ》いた。

「花……ああ、すごくいい……。花の中で溶けてしまいそうだ――」

「ほ……ほんとに……？　んっ……ぁ、あああんっ！」

ぐっと下から突き上げられ、花は思わず腰を浮かせた。

隼人が小さく頷いて、頭をソファの背もたれに預けた。花は彼の胸板に掌《てのひら》を当て、そっとそこを撫でてみる。

日頃から鍛《きた》えている彼の身体は、硬く引き締まっていて、まるでギリシア彫刻のようだ。

目で見て、手で触るだけで身体の奥から蜜が溢《あふ》れてくる。

花は浮かせていた腰をそろそろと落とし、ゆっくりと腰を上下に動かしてみた。

屹立《きつりつ》が蜜窟の奥を突き、硬いくびれが内壁をこそげる。さっきよりも強い愉悦《ゆえつ》を感じて、花は隼人の肩に爪を立てて叫び声を上げた。

もう、資料のとおりにする余裕なんか欠片《かけら》ほども残っていない。花は、くったりと隼人に寄りかかり、頬を火照《ほて》らせて息を弾ませる。

「花、少しだけ、お尻をうしろに突き出して」

隼人の掌《てのひら》に導かれ、花は上体を倒したまま双臀を高く上げた。

「そうだ……ああ、よく見えるよ。……花の可愛いとこ――」

花の中で屹立《きつりつ》が硬さを増し、角度を変えて中を掻き回してくる。たまらず上体を捻《ひね》ると、鏡の中で自分を見る隼人と目が合った。どんな映画よりも、現実のほうが何百、何千倍もエロティックだ。

「花、好きだよ。……本当に、好きだ……。こんなに可愛くていい女は他にいないよ」

隼人が手を差し伸べ、花にキスを求めてくる。

花はそれに応じて、隼人と繰り返しキスをして、懸命に腰を揺らめかせた。

「隼人……好き……。私だって隼人のぜんぶが、大好きっ……あ、あああんっ！」

「花っ……」

甘やかな電流が全身を駆け巡《めぐ》り、花をまばゆい光の中に包み込んだ。同時に、隼人のものが蜜窟の中で爆《は》ぜる。

隼人の広い胸に倒れ込みながら、花は深く息を吐いた。

幸せすぎて、もう一ミリも動けない。

そう思いつつも、花は懸命に身を起こして、隼人の唇にキスをした。

結局、花が思い描いていたとおりにはならなかったけれど、どうにか勉強の成果は出せたと思う。

何より、お互いの気持ちをより深く確かめ合えてよかった。

花は、ほっと安堵のため息を漏らし、抱きしめてくる隼人の胸にゆったりと身体を預けるのだった。


七月に入り「チェリーブロッサム」では、夏の新メニューが発売になった。

季節ごとに期間限定で提供されるそれは、今年の春から花が担当している。

今回考えたのは〝サマーフルーツのトライフル〟

イギリスで生まれたトライフルは、器《うつわ》にスポンジケーキやカスタードクリーム、ゼリーやフルーツなどを重ねて作る、見た目も味も美味《おい》しい定番のデザートだ。

夏らしさを出すために、紅茶を使ったゼリーには白桃の果肉を混ぜ、トッピングのフルーツはラズベリーに決めた。試行錯誤を重ねた結果、茶葉はアールグレイを選ぶ。

定休日の今日、花は朝から母の恵とトライフルの試作品を作っていた。何度目かの試作でようやく味の微調整も終わり、二人はフロアに出て紅茶を飲みながら一休み中だ。

「花、夏の新メニューもいいけど、新しいお店の事、隼人くんに話したの？」

店内の各テーブルに小さな花を飾りながら、恵が花に話しかける。

「ううん、まだ……」

新しい店とは「チェリーブロッサム」の二号店の事だ。

一昨年《おととし》の冬、花の大伯父が亡くなり、古くから営んでいた銭湯「辰《たつ》の湯」が閉店した。そこは、東京の新興住宅地に近い位置にあるものの、まだまだ古い町並みが残っている場所だ。

大伯父夫婦には子供はおらず、わずかな財産と「辰の湯」及び土地家屋を花の父親が相続した。

当初そこは手放す予定で売りに出していたが、なかなか思うように売れない。

一方「チェリーブロッサム」は雑誌掲載をきっかけに売り上げを伸ばしている。それならいっそ「辰の湯」を建て替えて新しくカフェをオープンしたらどうかという話になり、両親は熟考した末に、それを実現させる事にした。

両親は、そこを花に任せると言ってくれ、花もその気になっていた。しかし、突然舞い込んだ隼人との結婚話で、それどころではなくなっていたのだ。

自分の店を持つとなると、それ相応の責任が生まれる。

両親も、果たして花に家庭と仕事の両立ができるかどうか、店をやる事に隼人の理解が得られるかどうかを気にかけている様子だ。花自身も、それが気になるところだし、今までにない挑戦をするわけだから、いろいろと不安もある。

　時期的に、そろそろどうするか決断しなければならないのだが、考えれば考えるほど迷いが生まれ、いまだ話し出せずにいたのだ。

　しかし、ここへきて花の意識が徐々に変わってきている。

　隼人との結びつきが強くなるにつれて、彼にふさわしい自分になりたい——彼の隣に自信をもって立てるようになりたいという思いが込み上げてきているのだ。

　そのために、新しい事にチャレンジしたい気持ちが強くなっていた。

　そうなると、できるだけ早く隼人に新店舗の事を伝え、彼の意見を聞かなくてはならない。

　花が二杯目の紅茶を淹《い》れようとした時、テーブルの上に置いたスマートフォンがメッセージの到着を知らせた。

「あ、隼人お兄ちゃんだ」

　二人きりの時は名前を呼び捨てにするよう言われているし、ようやくそれにも慣れてきたところだ。しかし、それ以外の時はいまだに〝お兄ちゃん〟のままだった。周囲にも、呼び捨てで呼んでいる事は秘密にしている。

「いつもの定期連絡？　相変わらず仲がいいわね。で、なんて書いてあるの？」

メッセージを読んでいた花は、突然カップを置いて立ち上がった。

「な、何？　どうしたの」

恵が驚いて目をパチクリする。

「私、ちょっと空港まで行ってくる！」

花は店を出ると、大通りまで急いで走った。通りすがりのタクシーをつかまえ、隼人のマンションに向かう。

メッセージには、隼人がちょっとしたアクシデントで愛用のサングラスを壊してしまったと書いてあった。あいにく予備のサングラスを持ってきておらず、仕方なく空港内で間に合わせの品を買う事になりそうだ、と――

パイロットにとって、サングラスは必需品だ。それがなければ、地上より強い紫外線から目を守る事ができない。

隼人が普段使っているサングラスは、海外のメーカーでオーダーした特注品だ。彼はもう十年もそれを愛用しており、他のサングラスを使う気にはならないと言っていた。

予備なら隼人のマンションにいくつか置いてあるし、置き場所も知っている。フライトは午後からだから、急げばサングラスの予備を彼に届けられるはず――とっさにそう考えた花は、とるものもとりあえず、店を飛び出したのだ。

もちろん、隼人は花にそうしてほしいなんて思っていないだろう。けれど、花のほうが居ても立ってもいられなくなってしまったのだ。

マンションに向かう車内で、隼人にはサングラスを届けに行くと連絡を入れる。

幸い道は比較的空《す》いており、花はタクシーに待っていてもらい、急いで隼人のマンションからサングラスの予備を持ち出した。

あとは空港に行って、これを渡すだけ。

そう思った時、ようやく自分が粉だらけのカフェエプロン姿である事に気づいた。

(うわ！　私ったらなんて格好……)

しかし、今さらどうにもならず、諦めてそのままタクシーを降りて、待ち合わせの場所に急ぐ。時計を確認すると、約束の時刻までには、まだ少し余裕があった。

(せめて、髪の毛くらい整えておこう)

花は途中、空港内の化粧室に立ち寄り、鏡の前でできる限りの身づくろいをする。外へ出ようとして、ふと洗面台の上に花柄のバッグが置かれているのに気づいた。

(あれって――)

ついさっきまで、花の右側には年配の外国人女性がいた。彼女は花がそこにいる間にやって来て、先に出ていった。彼女が来る前は、そこには何もなかったし、バッグが彼女の忘れ物である事は確かだ。

花が老婦人を追いかけるべくバッグへ手を伸ばすと、一瞬早く横から伸びてきた手に、バッグを持ち去られる。

「あっ……」

花が声を出して顔を上げると、バッグを持った女性はわき目もふらず化粧室から出ていくところだった。

もしかして、自分と同じように老婦人を追いかけようとしているのかも――

そう思ってあとを追うが、女性は化粧室を出るとすぐに自動販売機の陰に行ってバッグの中を探りはじめた。

「ちょっ……ちょっと、それってあなたのバッグじゃありませんよね？」

自分でも驚くほど大きな声でそう言うと、花は女性のそばに駆け寄って彼女の手を押さえた。

「は？　アンタ誰？　これ、アタシのなんですけど。ウザイからどっか行ってくんない？」

おそらく花よりも三つ四つ年下であろう女性は、眉を吊り上げて威嚇《いかく》してきた。

その剣幕に、花は一瞬ひるんだ。けれど、女性がバッグを勢いよく肩にかけようとした時、中から老婦人の写真がプリントされたパスポートケースが出てきて落ちそうになる。

花がケースを見て声を上げると、女性はあわててそれをバッグに押し込んで逃げようとした。

「待って！　それ、やっぱりあなたのじゃないでしょ！　ちゃんと持ち主に返さないと！」

とっさにバッグのショルダー部分を掴み、思い切り引っ張る。女性は、なおもバッグを持ち去ろうとしたが、周りに人が集まりはじめているのを見て、急にバッグを肩から外した。そして、真っ赤な唇から歯を剥《む》き出しにして、花めがけてバッグを思い切り投げつけてきた。

「バーカ！　チビガリブス！」

女性は花に捨て台詞《ぜりふ》を残し、一目散に近くの階段を駆け下りていく。

花はかろうじてバッグを受け取り、呆然とその場に立ち尽くした。

「すみません！　大丈夫ですか？」

突然背後から男性の声が聞こえてきて、花の正面に走り込んできた。

「これ、僕の祖母のバッグです。祖母は化粧室にバッグを忘れてしまって。戻ったけれど、もうバッグはありませんでした」

見ると、そこには金髪碧眼の外国人男性がいた。

しかも、ただの男性ではなく、まるで童話に出てくる王子様のようなイケメンだ。

普段、隼人というイケメンを見慣れている花だけど、さすがに驚いてたじろいでしまう。

「バッグを捜している途中、あなたともう一人の女性が言い争っているのを見ました。

祖母の忘れ物を守ってくれてありがとうございます！　とても助かりました」
男性は流暢《りゅうちょう》な日本語で花に礼を言った。ルイと名乗るその男性は、老婦人の孫である
らしい。
それからほどなくして老婦人本人がやって来て、ルイに状況を説明されたあと、花に
対して涙ながらに感謝の言葉を伝えてきた。
「祖母はイザベル・クリュニーといいます。そのパスポートケースは、とても大事なも
のなのです」
それは、彼女の夫からのプレゼントで、旅行好きの彼女のために彼自身が苦労して作
り上げた自作の品であるらしい。しかし、彼女の夫は去年亡くなってしまい、イザベル
はそれまで以上にパスポートケースを大事にしているという。
「ぜひ、何かお礼をさせてください。よければ、これからお食事でも」
ルイが言い、イザベルが花の手を握ってフランス語らしき言葉で話しかけてくる。
「いえ、せっかくですが、私、今とても急いでいるんです」
「でも、このままあなたとお別れするわけにはいきません」
「お気になさらないでください。じゃあ、私、本当にもう行かなければならなくって――」
花は、どうにか申し出を辞退し、一目散に隼人との待ち合わせ場所へ急いだ。
「花、ここだ！」

すでに到着していた隼人が、先に花を見つけて手を振ってきた。

フライト時刻が近いからか、彼はすでにパイロットの制服を着ている。隼人の両親に写真を見せてもらった事はあったけれど、実際に彼の制服姿を見るのははじめてだ。

(ちょっ……超絶かっこいいっ!)

花は隼人に駆け寄りながら、彼の凜々《りり》しい立ち姿に見惚れた。

なんとか約束の時刻に間に合い、彼に予備のサングラスを手渡す。

「遅くなってごめんね!」

「いや、まだ約束の時間になってないし本当に助かったよ。休みの日なのに、ごめんな。でも、その格好……店で何かしていたのか?」

「うん、夏の新作メニューの試作品を作ってたの。見た目も味もいい感じにできたから、きっとお客さまにも喜んでもらえると思う」

嬉々として話す花の様子を見て、隼人がにこやかな微笑みを浮かべる。

「そうか。そんな中、来てくれてありがとう。花は、カフェの仕事が本当に好きなんだな。見ていて、こっちまで笑顔になるよ」

隼人がチラリと周りを確認したあと、素早く花の唇にキスをしてきた。嬉しすぎる不意打ちを食らって、花は真っ赤になって棒立ちになる。

「続きは帰ってから、たっぷりと、な。じゃあ、行ってきます」

軽く頬を撫でられ、思わずその場にへたり込みそうになる。

「う……うん。いってらっしゃい」

手を振って去っていく隼人のうしろ姿を、花はポーッとなりながら見送った。

（かっこいい……。あんなにかっこいい人が私の旦那さまになるんだ……）

本来なら、花がどう頑張っても、手の届かない相手だった。

はじめこそ隼人との関係にまったく自信が持てなかった花だけど、この頃、少しずつ気持ちが落ち着いてきていた。

なぜなら、隼人が花のコンプレックスに思うところを、いいと言ってくれるから。

そのせいか、最近では前よりも自分の体形が気にならなくなってきた。それどころか、ありのままの自分を受け入れられるようになってきている。

花は遠ざかっていく隼人のうしろ姿を、見つめ続けた。

制服を着た彼は、いつにも増してかっこいい。きっとそれは、隼人がパイロットという仕事に誇りを持ち、日々心血を注《そそ》いで業務に取り組んでいるからなのだろう。

花は、そんな隼人を心から尊敬している。

できる事なら、自分も彼のように仕事でキラキラと輝けるようになりたい。

彼の背中を見送りながら、花は改めて新店舗オープンに向けて前向きに取り組もうと決意をするのだった。

それから四日後の木曜日。

花は隼人のマンションでダイニングテーブルを挟み、彼と向かい合わせになって座っている。

今日ここを訪ねたのは、隼人に新店舗の事について話をするためだ。

夕食は済ませたし、後片づけも終えた。普段なら、二人してソファにもたれかかってゆっくりするところだが、今日は何気ないふうを装《よそお》ってテーブルに戻るよう頼んでみた。

「は……隼人。実はちょっと話があるの。今度うちの両親が出そうとしてる新しいカフェについてなんだけど——」

「ああ、『チェリーブロッサム』の二号店の話か？」

新店舗の情報だけは、すでに彼にも伝わっているらしい。

「うん、実はね……うちの両親が、新しいお店を私に任せてもいいって言ってくれてるの。私、小さい頃からお母さんがお店をやってるのを見てきて、いつか自分もカフェをやりたい……自分だけのお店を持ちたいって思うようになって」

花は、ひとつひとつ言葉を選ぶように、ゆっくりと話をする。

「それで、私、やってみたいって思ってるの。まだ正社員になって一年目だし、夢が叶うって嬉しく思う反面、私には無理なんじゃないかって、うしろ向きになったりして——」

花は話しながら、隼人の顔を正面から見つめた。彼もまた、花をまっすぐに見つめてくれている。

「でも、隼人と一緒にいるうちに、私ももっと仕事を頑張りたいって思うようになったの。誇りをもって仕事に取り組んで、自信に満ち溢《あふ》れてる隼人を見て、私もそんなふうになりたいって……。もちろん、結婚しても隼人に迷惑をかけないようにする。だから、私に店長として新しいお店を、頑張らせてほしい……」

花の決意表明を聞いて、隼人が嬉しそうに口元をほころばせた。

「もちろん、いいに決まってるだろ？　すごくいい話だし、せっかくのチャンスだ。結婚するからって自分のやりたい事を諦める必要なんてないし、俺もできる限り後押しする。花は頑張り屋だから、きっと上手《うま》くいくよ」

「ほ、ほんとに？」

隼人の事だから、きっと反対はしないと思っていたけれど、二人の結婚生活が絡《から》む事だけに心配もあった。それに、本当に自分にできるかどうか、いまだ多少の不安も残っている。

「ああ、本当だよ。花、前に、もっといろいろな国のお茶を飲んで、お客さまにも提供したいと言ってたよな。新しい店で、それを実現させたらどうだ？　どうせやるなら、精いっぱい頑張って、花が胸を張って誇れる店を造り上げたらいい」

賛成してくれた上に、彼は花に新しい提案までしてくれた。

花は思わず立ち上がり、座っている隼人に駆け寄った。

「隼人、ありがとう！　私、隼人の言うような店を目指して努力する！　それで、少しでも隼人に近づけるように……隼人にふさわしい人になれるように、一生懸命頑張るから……」

両脚を踏ん張るようにして力説する花を、隼人が眩《まぶ》しそうに見上げる。彼の手が伸びてきて、花の腰をそっと抱き寄せた。

「俺のほうこそ、そんなふうに言ってくれてありがとう。花は、いい女だな……。また、ハートを射貫かれたよ」

隼人が自分の胸を掌《てのひら》で押さえて、にっこりと微笑んだ。そのしぐさに花は心臓を鷲掴《わしづか》みにされる。

「隼人……」

花は勇気を出して、自分から隼人の膝の上にのった。そして、彼の首にゆっくりと腕を巻き付けて、もう一度心からの感謝を伝えるのだった。

それから、新店舗をオープンさせる話は急ピッチで進んだ。

花は、これまで以上にカフェの仕事に熱心に取り組み、隼人との恋も順調そのもの。

忙しくはあるけれど、充実した毎日を送っていた。

七月の第三週の土曜日。

花はいつもより精力的にカフェの中を飛び回っていた。

三連休の初日である今日は、開店時から団体の予約が立て続けに入っており、花はほとんど休む暇もなくキッチンとフロアを行き来している。

先日の雑誌掲載をきっかけに、「チェリーブロッサム」は、また少し新規客が増えた。

グルメサイトでの評判も上々で、夏の新メニュー〝サマーフルーツのトライフル〟も概《おおむ》ね好評を得ている。

「ごめん、花。裏の冷凍庫からバニラアイス持ってきてくれる？」

恵がキッチンから顔を出した。花は頷き、持っていたトレイを置いてカウンターの中に向かう。そして、キッチンの奥に行って冷凍庫からバニラアイスを取り出す。

「はい、お待たせ」

「ああ、ありがとう」

花はバニラアイスを恵に手渡したあと、足早にテーブル席の片づけに戻った。別のテーブルに座る年配の女性客が、お水のお代わりがほしいと手を挙げる。

「はい、今すぐにお持ちしますね」

花はトレイに茶器を載せながら、笑顔で返事をした。そして、あわただしくカウンターのほうに戻りながら、ぐるりと店内を見回して思案する。

（やっぱり、長期でアルバイトの人を雇ったほうがいいかも）

これまでは、夏休みの時期など、忙しい時だけ臨時でアルバイトを雇っていた。けれど、ここのところの忙しさを考えると、一人くらい長期でお願いしてもいいかもしれない。

そんな事を考えつつ、どうにか忙しさのピークを過ぎて、一段落ついた。

恵と交代で休憩を取りながら、花はまた「チェリーブロッサム」の今後について考えはじめる。

（新店舗ができたら、私もいなくなるんだし……って事は、二人くらい募集かけといたほうがいいのかな）

ここのところ、忙しくてランチ休憩すらろくに取れない時がある。

今日だって、まかないのサンドイッチを摘《つ》まみながらメッセージを読んでいると、すぐにまた新しいお客さまが来て、フロアに呼び戻される事になった。

花がこうなのだから、恵は言わずもがな、だ。

嬉しい悲鳴とは、まさにこの事なのだろうけれど、早急に対策を講じなければどちらも身が持たなくなるだろう。

（せめて、忙しい時間帯だけでも誰かに来てもらわないとだよね……。あ、イザベルさんからメッセージだ）

握っていたスマートフォンの画面が明るくなり、ポップアップ画面が表示される。

差出人はイザベル・クリュニー。先日、花が空港でバッグを拾った老婦人だ。

あの時、食事の誘いを断った花だが、どうしてもと言われ、連絡先の交換だけはしていた。

もっとも、日本語を話せない彼女とメッセージのやり取りなどできるはずもない。

なので、このメッセージは空港で彼女と一緒にいた孫のルイが、イザベルの言葉を日本語に訳して送ってくれているのだ。

「うわぁ、美味《おい》しそうなクレープ！　こっちはマロンタルト？」

イザベルのメッセージには、いかにも美味《おい》しそうなスイーツの画像が添付されている。

昔からお菓子作りが好きだという彼女は、フランスで不定期にお菓子の教室を開いているらしい。

「いいなぁ、フランスのお菓子……。イギリスのもいいけど、フランスのお菓子って、なんとなく見た目が可愛らしくっていい感じだよね」

花はスイーツの画像を見ながら、ふと来春オープン予定の新店舗について思いを巡《めぐ》らせる。

あれこれと迷いすぎて、まだ店の名前はもちろん、コンセプトすら決まっていない。

なんだかんだと忙しくしていて、まだ新店舗の場所を見に行けていないのも方向性が決まらない一因となっているのかもしれない。

（近いうちに、ちゃんと行って見てこよう。せっかく自分の店を持てるチャンスなんだもの……）

何分《なにぶん》はじめての事ばかりで、いろいろな事が後手に回ってしまっていた。

（そういえばイザベルさん、日本にいる間に、一度「チェリーブロッサム」に来たいって言ってくれていたなぁ）

もし本当に来てくれるのなら、やっぱりそれなりにおもてなしをしてあげたいと思う花だった。

その日、花は店の前で掃き掃除をしていた。

「こんにちは。まだ入れますか？」

背後から声をかけられ、花はほうきを動かす手を止めて、うしろを振り返った。

見ると、ポロシャツとスラックス姿の、いかにも柔和そうな男性が立っている。

「いらっしゃいませ。はい、まだ大丈夫ですよ」

花は店のドアを開け、一歩下がって男性を店内に招き入れた。

店内には現在、女性グループが二組おり、それぞれが賑々《にぎにぎ》しくお喋《しゃべ》りを楽しんでいる。

花は男性を彼女達から離れた席に案内し、急いで掃除道具を片づけて、メニューと水を持って男性のところに向かった。

普段、圧倒的に女性客の多い「チェリーブロッサム」だが、時折、彼のように男性が一人でやって来る事がある。

たまたま通りすがって立ち寄ってくれた人や、紅茶が好きでわざわざここを探して来てくれた人など、来店の理由は様々だ。

金曜日の午後六時少し前にやって来た彼は、一見してサラリーマンには見えない。

穏やかに微笑んだ顔つきから想像できるのは、昔ながらの本屋さんといったところだろうか。

改めていらっしゃいませを言い、男性客にメニューを手渡す。

しかし彼は、メニューを開いたはいいが、しきりに首を傾《かし》げている。

「すみません。ちょっとお聞きしてもいいですか？　実は、最近紅茶を飲むようになったばかりの初心者で、あまり詳しくないんです。よければ、何を飲めばいいか、相談に乗ってくれませんか」

「はい、もちろんです。では――」

幸い、今はさほど忙しくはない。花はメニューを指さしながら、ひとつひとつ丁寧に茶葉の説明をした。

「うーん。じゃあ、これをお願いします」

男性はアッサムティーとサンドイッチのセットを注文した。そして、自《みずか》ら若林《わかばやし》と名乗り、花に丁寧に礼を言ってくる。

「えっと、あなたは……花さん、ですか？」

若林は、花が店名入りのエプロンにつけている名札を指で示した。

「はい、そうです」

「もしかして、ここの若きオーナーさんですか？」

「いいえ、オーナーはうちの母です。私はただの従業員ですよ。では、少々お待ちください」

花は一礼して、カウンターに向かった。中に入り、奥のキッチンにオーダーを通す。

その間に自分はアッサムティーの準備をする。

サンドイッチを作りながら、恵が花に話しかけてきた。

「今のお客さま、紅茶好きなの？」

「うん、そうみたい。でも、最近飲むようになったから、まだあまり詳しくないんだって。だから、オーダーの相談に乗ってほしいって言われたの」

「ふぅん。なぁんだ、お母さん、てっきりデートにでも誘われてるのかと思っちゃった」

「ち、違うってば！　紅茶の種類や味の説明をしてただけ！」

花はあわてて否定をする。

「あらそう。でも、最近の花ってば、キラキラの幸せオーラまとってて、眩《まぶ》しいくらいだもの。急にモテても不思議じゃないわよ」

恵が手際よくサンドイッチを切り分け、真っ白なプレートに盛りつける。

花は出来上がったオーダーの品をトレイに載せ、そそくさとカウンターの外に出た。

（まったく、何がモテても不思議じゃない、よ。そんな事言うの、お母さんだけだし）

頭の中で文句を言いつつも、花は足取り軽くフロアを横切る。

確かに今の自分は、キラキラの幸せオーラを幾重にもまとった、世界一の幸せ者に違いなかった。

「お待たせいたしました。アッサムティーとサンドイッチのセットです」

テーブルの上にポットを置き、サンドイッチのプレートを若林の目の前に置いた。

「うわ、美味《おい》しそうですね。紅茶はもうカップに注《つ》いでもいいんですか？」

「はい。よろしければ、私が」

花は若林の要望に従って、紅茶をカップに注《つ》いだ。ポットにカバーをかけて、二杯目を飲む時に使うホットウォータージャグの説明をする。

「へえ、二杯目の紅茶って、そうやってお湯で割って薄くして飲んでもいいんですね」

「渋いのがお好きな方や、味の変化を楽しみたい方もいらっしゃるので、こちらはお好みで使ってくださいね。では、ごゆっくりどうぞ」

用事を終えて若林のテーブルを離れようとした時、入り口のドアベルが鳴った。

「いらっしゃいませ」

顔を上げてドアのほうを見ると、隼人が店に入ってくるところだった。

（ふふっ、さすがパイロット。時間に正確だな）

花は、今日が休みの隼人と、ここで待ち合わせをしていた。

店が終わったら、二人でドライブデートに行く約束をしている。

「花」

隼人のほうに近寄っていくと、彼が二人にしか聞こえない声の大きさで名前を呼んだ。

「いらっしゃい。何か食べる？」

「うん、じゃあクランペットとお薦めの紅茶を」

隼人が、にっこりと笑った。クランペットとは、英国風のパンケーキの事だ。彼は、恵ではなく花がそれを作る担当だと知っていて、クランペットを頼んだに違いない。

「はい、じゃあ、少し待っててね」

にこやかに返事をすると、花は隼人をカウンターから一番近いテーブルに案内した。

カウンターの中に入り、クランペットを焼く。その間に、恵が紅茶を用意してくれた。

隼人に注文の品を持っていったついでに、若林のところへ行って、コップの水を追加する。

「ああ、ありがとうございます。二杯目の紅茶、このまま薄めずに飲もうと思います。今のままでも、十分美味《おい》しいので」

「そうですか。あ、そうだ。もしよろしければ、こちらをお持ちください」

花は、テーブルに常備してある小さな冊子を示した。恵の手作りであるそれには、ここで提供している茶葉の種類などが詳しく書かれている。

「これはいい。じゃあ、いただいて帰りますね。……あの、つかぬ事をお伺いしますが、先ほど入ってきた男性は、あなたの恋人か何かですか？」

「はいっ？　え……ええ、そうです」

予想外の質問に面食らって、花はつい本当の事を答えてしまった。すると若林は、妙に納得した様子で、隼人のほうを見ながら神妙な面持《おもも》ちで頷いている。

「すみません、特に他意はないんです。やはりそうですか。親しそうな様子でしたし……なんと言うか、お二人の雰囲気がとてもお似合いだったので、もしかしたら、と思っただけで。不躾《ぶしつけ》な事を聞いてすみません」

「いえ。どうか、お気になさらないでください」

花は笑顔で若林のテーブルを離れた。

（お似合い？　私と隼人が？）

花が能天気にそんな事を考えていると、ふと通りすがりに見た隼人が、こちらを見て目を細めた。

（あぁ……ああいうちょっとしたしぐさが、たまらないんだよね～）

花は密かに胸をときめかせながら、レジのほうへ急いだ。そして、割り勘で支払いを希望する女性グループに素早く対応する。

しばらくして、もう一組の女性グループも帰っていき、フロアにいる客は隼人と若林の二人だけになった。

若林が閉店五分前に席を立ち、レジに向かおうとする花に、にっこりと笑いかけてくる。

「ごちそうさま、花さん。とてもいい店で、気に入りました。家もさほど遠くないし、また来させてもらいますよ」

財布からカードを出しながら、若林が花をまっすぐに見つめてきた。

「ありがとうございます。ぜひ、またいらしてください。お待ちしています」

花は心からそう言うと、にっこりと微笑んでペコリとお辞儀をする。

若林もまた同じように笑みを浮かべ、静かにドアベルを鳴らして店の外に出ていった。

閉店時刻を迎えて、花は早々に店の後片づけに取りかかる。

「ああ、いいわよ、花。あとは私がやっておくから、早く隼人くんと出かけておいで」

「え、いいの？　一人じゃ大変じゃない？」

「いいから、いいから。……あ、そうだ。花がさっき外で掃き掃除している時、まどかから電話があってね。花に渡すサムシングニュー、手作りのハンカチでいいかって聞いてきたわよ」

欧米では、花嫁の幸せを願うサムシングフォーと呼ばれるおまじないがある。

サムシングフォーとは「何か新しいもの」「何か古いもの」「何か青いもの」「何か借りたもの」の四つ。そのうちの「何か新しいもの」を、まどかが担当してくれる事になっていた。

残りの三つは、花の両親と早紀がそれぞれ担当してくれる事になっている。

「わかった。あとで連絡しとくね」

「うん、そうして。さ、早く行きなさい」

恵が二人を追い立てるように店から追い出した。うしろを振り返ると、ドアガラスの向こうで恵が花に向かってVサインをして笑っている。

（もう、お母さんったら！）

花も恵に向かって小さくVサインをして、照れたように口元を緩《ゆる》めた。

せっかく気を利かせてくれたのだから、めいっぱい隼人とのデートを楽しもう——なにせ、彼の仕事が忙しくてなかなか時間が取れず、もう二週間近く会えていなかったのだ。

おまけに隼人は、明日の朝には、マドリードに向かって飛び立ってしまう。

店の横にある駐車場に行き、黒色のセダンに乗り込んだ。外はすっかり暗くなっており、空にはうっすらと雲も出てきている。

天気予報によれば、雨雲が近づいてきているらしい。しかし、ドライブデートだから、さほど影響はないだろう。

「お腹は？　何か食べるか？」

「ううん、私は大丈夫。隼人は？」

「俺も、さっきクランペットを食べたから大丈夫だ」

行き先は、車で約一時間の距離にある工場地帯だ。隼人からいくつか候補地を挙げられ、中でも一番行く機会がなさそうなそこを選んでみた。

「嬉しいな。ほんと、久しぶりだもんね。こうして二人きりで会えるのって」

花が微笑むと、隼人も同じように口元をほころばせる。

「そうだな。シートベルト、ちゃんと締めたか？」

確認のためか、隼人が助手席のほうへ身を乗り出してきた。

「うん、バッチリ――んっ……」

返事をする途中で、隼人が軽く唇を押し付けてくる。突然のキスに驚き、花はシートの上で腰が抜けたようになってしまう。

「とりあえず、今はここまで。じゃ、行こうか」

花が、うっとりと目を閉じる前に、あっけなくキスが終わる。車が発進し、大通りに入った。

(と、とりあえずって……!)

今の言い方だと、このあとで〝ここまで〟の先があるみたいに受け取れるが……

運転席のほうを見ると、隼人はもう何事もなかったようにハンドルを握っている。

(ま、いっか)

久々のキスに頬を染めつつ、花は改めて助手席に座り直す。車が緩《ゆる》やかなカーブを左に曲がる。

遠心力のせいで、花の身体が運転席のほうに傾き、隼人との距離が近くなった。たったそれだけでもウキウキして、花は小さく含み笑いをする。

隼人のハンドルさばきは、とても的確且つ丁寧だ。花は助手席から、こっそりと運転席を窺って彼の横顔に見惚れた。

花は自分が今、こうして隼人の隣にいる事に心からの幸せを感じている。

「どうした？　なんだか嬉しそうだな」

「え？　だって、こうしていられるだけで嬉しいんだもの」

つい、思った事をそのまま口に出してしまい、花はにわかに照れて頬を熱くした。

「そうか。俺も花と同じくらい嬉しいと思ってるよ。……花のそういうところ、すごくいいな。素直で裏表がなくて。花と一緒にいると、気持ちが楽になる感じがする」

急にそんな事を言われて、花はいっそう頬を熱くして隼人を見た。

花は、しどろもどろになりつつも、今の気持ちを隼人に伝えようとする。

「隼人が、そんなふうに思ってくれて、すごく、嬉しい。……やっぱり、今もたまに不安になったりするの。隼人みたいに素敵な人がどうして私を……って。だから、本当に嬉しい。ありがとう」

言い終わり、花は下を向いてもじもじする。

胸がドキドキしているし、なんだか、ものすごく気恥ずかしい。

「花」

「はいっ？」

隼人に呼ばれて、花は顔を上げて運転席を見た。

「今、運転中だから何もできないけど、今すぐ花を抱きしめてキスしたい気分だ。俺のほうこそ、ありがとう。花が俺を受け入れてくれて本当に嬉しく思うよ」

「ふぇっ？　そ、そんな……」

驚きすぎて、声が裏返ってしまった。隼人の言葉が、いちいち嬉しすぎる。

「ああ、そうだ。今度、一緒に指輪を見に行かないか？　俺の高校の時の友達がデザイナーをしてるジュエリーショップがあるんだ。一点もののいい品が揃ってるし、オーダーメイドもできるそうだから」

「ゆ、指輪っ？　そっ……それって、もしかして結婚指輪とか、そういう……」

「そう、結婚指輪と婚約指輪だ。もちろん、そこで気に入ったものがなければ、別のところで探せばいいいし」

隼人の話を聞くうちに、花は自分の顔の筋肉がゆるゆるになっていくのを感じた。嬉しすぎて、もう表情筋の制御ができなくなっている。

「行きます！　指輪、見に行きたいです」

思わず身を乗り出すようにして、返事をしていた。

普段アクセサリー類はあまり着けないほうだけれど、結婚にまつわる指輪はまた別の話だ。

「うん、じゃあ、そうしよう。友達とも話しておくよ」

隼人の顔には、にこやかな笑みが浮かんでいる。それを見た花は、いっそう嬉しくなり、目を閉じて今の幸せを噛みしめた。

式の日取りなどは、彼のフライトスケジュールの関係もあって、はっきりと決めるのはもう少し先になりそうだ。

しかし、準備するなら早いほうがいいし、来月の下旬には、花の叔母が経営している店にウェディングドレスを見に行く予定になっていた。

（なんだか、着々と進んでるなぁ）

指輪にしろウェディングドレスにしろ、花が言い出す前に、どんどん周りから提案される。

自分達の結婚が他の人からも歓迎されているのがわかり、この上なく嬉しかった。

「パイロットって、仕事中に指輪しても大丈夫なの？」

花は運転席の隼人を見て訊《たず》ねた。職業によっては、結婚指輪を含むアクセサリー類の着用が禁止される事もあるらしい。

「ああ、大丈夫だ」

「そっか。よかった」

それを聞いて、花は密かに別の意味でも安堵する。

実際はどうかわからないが、一般的に考えてパイロットは独身女性に人気のある職業のひとつだと思う。その上、イケメンで性格も申し分ない隼人だから、ぜったいにモテるに違いない。

職場には、才色兼備で独身の女性が多くいる事だろう。それを思うといつも、花は居ても立ってもいられない気持ちになる。

せめて結婚指輪が少しでもプロテクターの役割を果たしてくれれば――そんな期待が、無きにしも非《あら》ず、だったりする。

「そういえば、さっき店で男性客と話してただろう？　常連さんか？」

「ああ、若林さんの事？　ううん、今日はじめて来店してくれたご新規さんだよ。近所に住んでて、気に入ったからまた来るって言ってくれたの」

「ふぅん……」

「若林さんがどうかしたの？」

「いや、別にどうもしないけど、なんだかちょっと気になったから」

彼は、それきり何も言わない。

なんとなく歯切れの悪さを感じた花は、不思議に思って問いかける。

「気になるって、どんなところが？」

「いや……、新規客なのに、もう名前を知ってるんだな」

「ああ、若林さんが自分から名乗って教えてくれたの」

「へえ……。それだけ話が弾んだって事か。彼、帰り際に花を下の名前で呼んでたな」

「ああ、そうだったね。話してる時、店のカフェエプロンについてる名札を見て『花さん』って呼んでくれていたから」

車が赤信号で停車し、隼人が花のほうに顔を向けた。

「店のお客さんから、名前呼びされる事って、よくあるのか？」

「うーん、たまにあるかなぁ。お母さんが『花』って呼ぶし、常連さんとかは『花ちゃん』って呼んでくれてるし」

「なるほど……」

信号が青になり、隼人が正面に向き直った。車がふたたび動き出し、川沿いを走ったのちに高速道路のゲートを通過する。

一気に視界が開け、夜の街並みが遠くまで見えるようになった。

「わぁ、綺麗……」

花は感嘆の声を上げて外の景色に見入った。

そのまましばらく、色鮮やかな夜の街並みを眺めながらドライブデートを満喫する。

ほどなくして、車が高速道路を下りて湾岸道路に入った。途中トンネルを通り抜け、外に出ると風景が一変する。

車を走らせる道すがら、同じように夜景を楽しみに来ている車とすれ違う。

「そろそろ見えてくるぞ」

隼人に言われて、花はワクワクしながら助手席の窓に顔を近づける。

それから間もなく、大型のタンクやパイプが複雑に入り組んだ建物が立ち並ぶ、製油所が見えてきた。

灯りが、煌々《こうこう》と銀色に光る建造物を照らしている。それはまるで、近未来映画のセットを見ているようだ。

「うわぁ、すごい！　ものすごくかっこいいね！」

次々に見えてくる見慣れない風景を目にして、花は子供のような歓声を上げる。

色鮮やかな夜景もいいけれど、モノトーンで無機的な建物群も、不思議とロマンチックだ。

隼人の運転する車は、工場の壁沿いの道を離れ、港を挟んで対岸にある公園の駐車場に向かう。他にも何台か車が停まっているが、互いに距離があるから中に人がいるかどうか、まったくわからない。

「あ、雨だ」

「ああ、降り出したな」

天気予報で言っていたとおり、西からの雨雲がここまでやって来たみたいだ。

「ここからだと工場全体が見えるんだね。特にあの一角がすごく綺麗。あの建物はなんだろう？」

「あれは確か、スチールを扱う会社の鉄鋼所だ」

雨は、最初小雨《こさめ》だったが、すぐに結構な土砂降りになった。

視界は格段に悪くなったが、周囲が霧に包まれたような景観になり、別の趣《おもむき》が感じられる。

「なんだか幻想的だね。こういうのも、いいかも――んっ……ん……」

花が隼人のほうを振り向くと、彼がいきなり唇を重ねてきた。

ゆっくりとシートが倒れ、彼の右手がスカートの中に入ってくる。

「は……隼人っ……、ぁっ……ふぁ……」

ショーツの上から秘裂を撫でられ、いきなり強い快楽を感じた。

すぐに息が上がり、胸元が激しく上下する。両脚からスルリとショーツを抜き去られ、左足をダッシュボードの上に置かれた。

「んっ……隼人っ……外から……見え……」

「大丈夫だ。雨で車の中は見えにくくなってるし、そもそもここに来る人は、他の車の事なんか気にしてない」

話しながら、隼人が花のブラウスの前を開けてブラジャーをたくし上げる。いつになく強引な彼の様子に戸惑いつつも、花は同時に強い喜びを感じていた。

「隼人、待っ……ぁああっ！」

制止する暇さえ与えないまま、隼人が露出した乳房にむしゃぶりつく。車の中に、互いの息遣いと胸を愛撫《あいぶ》されている音ばかり聞こえてきて、雨音がまったく耳に入らない。

右の足先がハンドルの縁にかかり、両脚を大きく広げた格好になる。

「待てない。……嫌か？」

隼人が少しだけ顔を上げて、花を見た。彼の唇は、まだ花の濡れた乳先に触れたままだ。

そんな有様を見せつけられたら、嫌だなんて言えるはずもなかった。

「嫌じゃない。……隼人……もっと……、もっと、して――ぁあんっ！」

まるで、答えを予想していたかのように、隼人が花の乳房を強く吸い上げる。たちまち身体全体が熱くなり、花はもはやなすがままになって両手を頭上に置いた。

狭い車内の助手席の上で、隼人がジーンズの前を寛《くつろ》げる。

彼が挿入の準備をするまでの間に、花の秘裂はもう待ちきれないとばかりに、たっぷりと蜜を湛《たた》えていた。

「花、好きだ……何があっても、ぜったいに誰にも渡さない――」

「隼……ああっ……あああああっ……！」

キスからわずか五分後の挿入に、花は身を震わせて悦《よろこ》びに喘《あえ》いだ。いつになく激しい抽送《ちゅうそう》が、花の蜜窟を熱く掻き回している。

「隼人っ……」

いつもとは違う、まるで余裕のない彼の求め方に驚きつつも、花はこれまでにないほど気持ちを高ぶらせた。

隼人からあからさまな独占欲をぶつけられ、花の中がいっそう熱くなって悦《よろこ》びに震える。

「私は、ぜんぶ隼人のものだよ……。どんな事があっても、一生隼人のそばを離れない……」

花は隼人の身体にしっかりと腕を回した。そして、少しずつ両手を彼の腰のほうにずらしながら、自《みず》ら挿入が深くなるよう足の位置を変えていく

隼人のキスが執拗《しつよう》に花の唇を追いかけ、屹立《きつりつ》が蜜窟の中で硬く反《そ》り返った。

「花……」

貪《むさぼ》るようなセックスとは裏腹に、囁《ささや》きかけてくる隼人の声はこの上なく甘く優しい。彼から強く求められる至福が、花の身体を満たしている。視線を合わせてくる隼人を見つめながら、花は彼の首を掻き抱《いだ》いた。

「隼人……好き……。大好き……ぁ、あああっ！」

「花、好きだ……。言葉では言い尽くせないほど、好きだよ……」

抽送《ちゅうそう》がいっそう激しくなり、隼人の唇が花の首筋をせわしなく這《は》い回る。花は大きく息を弾ませながら、彼の背中に腕を回した。つま先がダストボックスを蹴り、抱えられた花の腰がビクビクと痙攣《けいれん》する。

頭の中に幾つものまばゆい光が弾け飛んだ時、花の中で屹立《きつりつ》が繰り返し拍動した。

二人の熱が、車のガラスを白く曇らせている。

隼人の両方の掌《てのひら》が、花の顔をすっぽりと包み込む。

「花、愛してるよ」

隼人がキスを通して花の唇に囁《ささや》きかけた。

彼を見る花の顔が、瞬時にくしゃりと歪《ゆが》んだ。涙がとめどなく溢《あふ》れ出し、瞬《まばた》きをしてもまた新しい涙が視界を歪《ゆが》ませてくる。

「わ……たしも……あ、愛してる……隼人、愛してる。愛してる……」

花は繰り返し「愛してる」と言い、言える限りは止めようとはしなかった。

そして、とうとう本格的に泣き出し、隼人にしがみついて言葉にならない声を上げ続けるのだった。

◇　◇　◇

八月になって最初の水曜日。

ロンドンからの復路フライトを前日に控えて、隼人は一人ホテルの周りを走っていた。

航空法により、パイロットは定期的に航空身体検査を受ける事が義務づけられている。各項目でひとつでも不合格があれば、当然乗務は不可。常に健康を保ち、体調を整えていなければ、パイロットとして勤務し続ける事はできない。

人一倍健康に気をつけている隼人は、渡航先でも身体を動かす事を欠かさない。走りながら、隼人はいつものように花の事を考える。

そして、花が作る料理の数々を思い浮かべては、腹の虫を鳴らす。

彼女が婚約者になり、頻繁《ひんぱん》に自宅に来てくれるようになってから、格段に体調がよくなった。

理由は、花が作ってくれる料理と、彼女自身がもたらしてくれる心の平穏のおかげだ。

（ああ……早く会いたいな……）

軽快なリズムで足を運びながら、隼人は自宅のキッチンに立つ花のうしろ姿を脳内に蘇《よみがえ》らせる。

隼人がフライトで不在の時も、花は頻繁《ひんぱん》に自宅を訪れては掃除をしたり、料理を作り置いてくれたりしていた。カフェの仕事で忙しい時でさえ、花は常に隼人の事を気にかけ、何くれとなく世話を焼いてくれる。

実際、花ほどいい女はいないと思う。どうやら近頃、それに気づく男が現れはじめているらしい。それが、今の隼人の最大の悩みだった。

ただでさえ、最近の花は前にも増して魅力的になってきているのだ。このまま何の策も講じないままでいると、悪い虫が寄ってこないとも限らない。

花が空港で会ったという金髪碧眼のイケメンしかり、「チェリーブロッサム」の新規顧客である若林という男しかり……

彼らの事を考えた途端、隼人の顔が一変して固い表情になる。

特に、若林については、あの日以来存在が気になって仕方がない。

花に聞いた話によると、若林はあれから毎日欠かさず店を訪れ、時には日に二度三度と顔を出して世間話などをして帰るらしい。

きちんとした風貌から無職ではないようだが、一体何をして食べているのか、まったくの謎だ。

(胡散《うさん》臭すぎる。だいたい、最初から気にくわなかったんだ)

彼の花に対する馴れ馴れしさ。

カフェエプロンについていた名札を見つける目ざとさ。

何より、一見人のよさそうな風貌が、どうにも気に入らない。

ワンブロック走り終え、隼人は足を止めて、早歩きに切り替える。

花によると、自分と花の様子を盗み見て、二人は恋人同士なのかと質問してきたらしい。

明らかに普通じゃない――自分の中の危険察知能力が、そう判断した。

もしかすると、あの男は花に対して特別な感情を抱《いだ》いているのではないだろうか。もしくは、他に別の理由があるのか。とにかく、若林の存在が不快極まりない事だけは確かだ。

だが、花のほうは若林の胡散《うさん》臭さに、まったく気づく気配がない。

花の、人を疑う事を知らない純真さ、誰にでも優しく接するおおらかさは、間違いなく彼女の美点だ。

しかし、今回に限っては、そんな悠長な事を言っていられないような気がする。

花に対する若林の態度は、どう考えても不自然だし、話を聞くだけで居ても立ってもいられないほどむかついてしまう。

(俺の花に近づくなんて、いい度胸だ……)

隼人は奥歯をギリギリと噛みしめ、眉間にこれ以上ないと言っていいほど深い皺《しわ》を刻む。

せっかく手に入れた幸せな日々を乱す奴は、誰であろうとも決して容赦しない。

それほどまでに、隼人は花が愛おしい。

花を想う気持ちは日に日に強くなり、時に自分でもコントロールしがたいほど会いたくてたまらなくなる。

会えばどうしてもほしくなるし、いくら抑えようとしても、結局は花がクタクタになるまで彼女を求めてしまう。

我ながら、少しは自重しろと思うものの、花が好きすぎて会えば触れずにいられないのだ。

花をもっと自分のものにしたい。

かくなる上は、できる限り結婚を早め、戸籍の上でも花を独占するしかないだろう。

幸い、花も自分と同じように結婚を望み、一生そばを離れないと言ってくれた。

（花……。愛してる……。今すぐに抱きしめてキスで窒息させてやりたいくらいだ）

ホテルまで、あと少し。隼人は呼吸を整えながら、歩調をゆっくりに切り替える。

そして、たった今抱《いだ》いた感情を、そのままメッセージにして遥《はる》か彼方《かなた》にいる花に向けて送信するのだった。

◇　◇　◇

八月第二週の土曜日。

花はいつもよりも早く起きて、出勤の準備をはじめた。

今日は、久々に隼人に会える。仕事中に数時間だけの逢瀬《おうせ》だけれど、せっかくの休日にわざわざ自分に会いに来てくれるだけでも嬉しすぎる。

前回会ったのは、ドライブデートをした時。

花は、あの日の事を思い出して、赤面する。

幻想的な工場の夜景を見ながら、だだっ広い駐車場で、思いがけないひと時を過ごした。

隼人に激しく求められ、狭い車内で夢中になって愛し合った。

あの時の隼人は、まるで自分の存在を花の中に刻み込むような、何かとても強い想いを込めていたような気がする。

事後、隼人から強引な行為を謝られたが、花にしてみれば嬉しく思うばかりだった。

そして、はじめての「愛してる」の言葉。

「好き」や「可愛い」は何度も言ってもらっていたけれど「愛してる」は、はじめてだった。言われた時は、特別に嬉しかったし、思わず泣いてしまったくらいだ。

心なしか、あれ以来、隼人がくれるメッセージの文面が一段と優しくなったように思う。

それに、以前よりもストレートに想いを伝えてくれるようになった。

（「花、愛してるよ。今すぐに抱きしめてキスで窒息させてやりたい」……だなんて、隼人ったらもう……嬉しくて踊り出しそうになったんだからね）

花は頬を膨らませながらも、顔に笑みが広がるのを抑える事ができない。

婚約、結婚、新店舗オープンと、花の人生において、今まさに幸福の絶頂期を迎えつつあるのをひしひしと感じていた。


「おはよう。ヘルプに来たわよ」

いつもどおり花が開店の準備をしていると、早紀が店の裏から入ってくる。

今日は仕事がオフの早紀が、手伝いに来てくれる事になっていた。

「チェリーブロッサム」の広告塔でもある早紀は、今や雑誌の表紙を飾るたびに売り上げを伸ばす人気モデルだ。それでも、予定が合えば、こうして月に何度か手伝いに来てくれている。

「はい、花。これ、私からのサムシングブルーよ」

早紀が小さな紙袋を花に手渡す。中を見ると、ブルーのガーターベルトが入っていた。

「わぁ、ありがとう！」

「どういたしまして。今日は、隼人くんと店内デートなんでしょ？　お母さんから聞いてるわよ」

早紀に言われ、花は嬉しそうに頷く。

「そうなの。久しぶりだし、なんだか朝からウキウキしちゃって」

「あらら、花ったら、変わったわね。前は隼人くんとの仲について、やたらと自信なさそうにしてたのに、自信たっぷりって感じ？」

早紀に指摘され、花はあわてて表情を引き締める。

「そ、そんなに変わった？」

「うん、変わった。隼人くんに、ちゃんと愛されてるからでしょうね。上手《うま》くいっているみたいでよかった」

妙に訳知り顔の早紀が、花のお尻をパチンと叩いた。

花は飛び上がって驚き、照れ笑いをする。

実のところ、自分でも驚くほどの気持ちの変化があった。最初は、その変化に気がつかなかったけれど、今では徐々に自覚するようになってきている。

きっかけは確かに隼人との事だった。けれど、今はそれだけじゃない。

以前の花は、何かと自分に自信がなくて、一歩踏み出すにも相当時間がかかったり、途中でやめてしまったりしていた。

けれど、隼人との関係を通して、花はありのままの自分を受け入れられるようになってきた。そして、もっと前向きに、積極的になろうと、少しずつ努力をはじめている。

こんなふうになれたのは、隼人のおかげだ。

好きだと言われ、自分に自信が持てるようになり、少しでも彼にふさわしい女性になりたいと思い、彼に愛されるために努力をするようになった。

新店舗の事もしかり。

はじめこそ尻込みしていたけれど、隼人をはじめ家族の協力のもとオープンに向けて順調に作業を進めている。最近では、だんだんとモチベーションもアップしてきて、隼人に相談しつつ経営セミナーに足を運んだり、各国のカフェメニューについて勉強したりしていた。

午後になり忙しさも一段落した頃、約束していたとおり隼人が店に立ち寄ってくれた。

「隼人、おまたせ」

テラス席に腰かけた隼人の前に、花は新メニューの〝サマーフルーツのトライフル〟を置いた。

「ああ、ありがとう。ふぅん、これは美味《おい》しそうだな」

彼は、さっそくスプーンを手に取り、最初のひと口を大きめにして口に入れた。

「うん、うまい。あまり甘くしてないところがいいな。これなら、結構な量があっても食べられると思うよ」

「そう？　よかった。最近は、甘さ控えめがいいっていう人が増えているから、この味に決めたの。でも、もっと甘さがほしい人もいるから、チョコシロップのトッピングも無料でプラスできるようにしてあるの」

世界各国を飛び回っている隼人だから、この頃では店で出すメニューに関して、ちょっとした相談などもしている。

「なるほど。チョコシロップもいいけど、蜂蜜も合うかもしれないね」

「蜂蜜かぁ……。うん、それ、いいかも。アイデア、いただいちゃおうかな」

花は席を立ち、キッチンに戻った。

二人の様子を微笑ましく見ていた早紀が、やって来た花にそっと耳打ちをする。

「隼人くん、最近ますます男っぷりを上げたって感じね。なんていうか、これまでのキリッとした感じに、包み込むような柔らかさが出たみたい。これって、花が〝許嫁《いいなずけ》〟になってからよねえ」

早紀に肩を突《つつ》かれ、花は照れて頬を染める。

「ちょっ……ちょっと、早紀お姉ちゃんったら……」

「だって、本当の事でしょう？　でも、これでますます隼人くん、モテちゃうんじゃないの？　花、ほら見て」

早紀が、隼人が座っているテラス席のほうを指す。庭を挟んで道路に面しているそこには、新しく買った大型のガーデンパラソルが設置してある。

「店の前を通りすがる女の人、たいてい隼人くんのほうを見て歩く速度を緩《ゆる》めてる。店内にいる人だってそう。さっき二人が話してる時も、ずーっと注目を浴びてたの、気がつかなかったの？」

「え？　ぜんぜん……」

「あんたって、隼人くんと一緒にいる時は、彼以外見えてないもんねぇ」

早紀がおかしそうに笑う。

「うちの店って、もともと女性客が多いし、私なんかより隼人くんを広告塔にしたほうがいいかもよ」

「そ、それはどうかな」

花が早紀の軽口を本気にして困っていると、店のドアベルが鳴った。

「あ、お客さまだ――いらっしゃいませ！」

花はカウンターを離れ、そそくさと入り口に急いだ。

「あれ？」

花が目を丸くして立ち止まる。

「イザベルさん！　ルイさんも！」

ドアを開けて入ってきたのは、間違いなくイザベルとルイだ。彼は、あの時と同じく、王子さま然とした柔らかな微笑みを浮かべている。

「ハナ！」

イザベルが一歩前に進み、大きく腕を広げて花を抱きしめてきた。そして、花の頬に軽くキスをしてくる。

「こんにちは、花さん！　遅くなりましたけれど、ようやくここに来られましたよ。祖母が、どうしてもきちんとお礼がしたいと言いましたし、僕もぜひもう一度あなたに会いたいと思っていました」

二人は何かしらフランス語で喋《しゃべ》り、また花のほうを向いて嬉しそうに微笑みを浮かべる。

花が突然の訪問に面食らっていると、早紀がやって来て二人を店の奥に案内してくれた。

そこは壁で仕切られてはいないものの、半個室のようになっている。ちょうど店も空《す》いているため、近くに他の客はいない。

早紀に言われて、花は二人とともにテーブルに着いた。四人がけの丸テーブルに、イザベルを真ん中にして三人が座る。

こうして改めて見ると、二人とも驚くほど整った顔立ちをしている。イザベルは、若い頃はたいそうな美人だったに違いないし、ルイに至っては、フランスでモデルをしていますと言われても不思議ではないくらいのイケメンだ。

「花さん、改めて先日のお礼を言わせてください。詳しくお伝えしていませんでしたが、届けていただいたバッグには、祖母の全財産と、パスポートなどの大事なものがぜんぶ入っていました。だから、本当に助かりました」

「いえいえ、どういたしまして。お役に立ててよかったです。せっかく日本に来たのに、悲しい思い出ができてしまうなんて、辛すぎますから」

「花さん、あなたは本当にいい人ですね。……ちょっと待ってください、今祖母に花さんが言った事を伝えますから」

ルイがイザベルのほうを向き、フランス語で話しかける。イザベルが深く頷き、右手で花の手を取るとそっと握りしめてきた。

「僕は前から日本人の女性は優しくて親切だと、祖母に言っていました。できれば、日本人の妻がほしいと思っているくらいです。祖母も、それに賛成してくれています」

ルイがイザベルと顔を見合わせ、にっこりと微笑み合う。イザベルが、左手でルイの手を取る。

そして、両側に座る二人の手を、自分の前でしっかりと重ね合わせた。

彼女はルイに何事か熱心に話しかけ、ルイは真剣な面持《おもも》ちで深く頷いている。すべてフランス語だから、花にはまるで理解できない。

花の手に重ねられたルイの手に、ぎゅっと力が入る。花は、一体どういう状況なのかわからず、ルイを見て首を傾《かし》げた。

「ルイさん、イザベルさんはなんて言っているんですか？」

「祖母はこう言っています。『あなた達は、結婚するべきです。この出会いは、きっと神の思し召《おぼめ》しに違いありません』——というわけで、花さん、僕と結婚してください。はじめて会った時から、僕はあなたこそ、僕の結婚相手にふさわしいと思っていました！」

「えっ⁉　け、結婚……けっ……け……」

思ってもみない事を言われ、花は驚きのあまり椅子から立ち上がった。

「む……無理です！　私は、あなたとは結婚できません」

きっぱりとそう言ったのとは裏腹に、花はヘナヘナと沈み込むようにして椅子にへたり込んだ。

「なぜ無理なのですか？　もしかして、恋人がいるのですか？」

ルイに聞かれて、花は繰り返し頷いた。

「そ、そうです。私には結婚を約束した婚約者がいるんです！　だから――」

「おぉ、なんて事でしょう……！　花さん、それでも僕はあなたと結婚したい。僕はきっと、その人よりもあなたを幸せにできます！」

騒ぎに気づいた早紀が、フロアを歩きながらチラチラとこちらを見ている。

ルイは花の手を、しっかりと握っていて放さない。

困り果てて立ち上がろうとした時、テラス席がある方向から隼人が歩いてくるのが見えた。

きっと、声を聞きつけて何事かと思ったのだろう。やや訝《いぶか》しそうな表情を浮かべた彼が、あっという間に花が座っているテーブルに近づいてきた。

背後から聞こえてくる足音に気づいたのか、ルイがうしろを振り返った。目が合うと、二人の男性が同時に驚きの声を上げる。

「ルイ？　一体こんなところで何をしているんだ？」

花の目の前で、二人のイケメンが対峙する。

「隼人こそ、ここで何を？　僕は、ほら――この間ちょっとだけ話した、親切な日本のマドモアゼルに会いに来たんだ。そして、たった今、彼女にプロポーズしたところで――」

「は？　プロポーズだって？」

　ルイから視線を移した隼人が、テーブルの上で重なっている花とルイの手を見た。彼が何か言おうとした時、イザベルが隼人に向かって両手を差し伸べる。

「ハヤト！」

　どうやら面識があるらしい二人は、フランス語で挨拶《あいさつ》をしはじめる。それが終わると、イザベルに誘われた隼人が、彼女の対面の席に座った。

「隼人、二人を知ってるの？」

　花は訳がわからないまま、隼人に質問をする。

「ああ。知ってるも何も、ルイは俺の親友であり、同じパイロット仲間だ」

「えっ!?　親友？　パ……パイロット！」

　意外すぎる繋がりに、花は仰天したまま固まる。

「花、この間話してくれた、空港でバッグを置き引きされそうになった老婦人って、イザベルの事だったのか？」

　隼人に訊《たず》ねられ、花は口を開けたまま頷く。

「そうか……。まさか、花が言っていた金髪碧眼のイケメンがルイだったとは……。とりあえず、ルイ。この手を放してもらおうか」

　イザベルを見て、にっこりと笑った隼人が、有無《うむ》を言わさず花とルイの手を引き離した。

花はといえば、ルイが隼人と知り合いだと知り、ホッとして肩の力を抜く。

「隼人、ちょっと待ってくれ。僕はまだ状況がよくわからない……。君は花さんを知っているのか？」

隼人を見るルイの顔には、当惑したような表情が浮かんでいる。

そんなルイに向かって、隼人がはっきりと首を縦に振った。

「ルイ、イザベルがいるから、落ち着いて話そう。いいか？」

「わかった」

「俺と花は結婚を約束した婚約者同士だ」

隼人が言うと、ルイは青い目を見開いて両手で頭を抱えた。

「だから、君は花とは結婚できない。君は俺の大事な親友であり仕事仲間だ。だけど、花に関する事だけは、一歩も引くわけにはいかない。花は俺のものだ。悪いが、きっぱりと諦めてくれ」

イザベルを気遣ってか、隼人の顔には穏やかな微笑みが浮かんでいる。しかし、明らかに目が笑っていない。

「おぉ……なんて事だ……。君の話はわかったよ、隼人。だけど、僕にはまだ理解できない。どうして君の結婚相手が花さんなんだい？　だって、花さんは君がこれまで付き合ってきたガールフレンドとは、ぜんぜんタイプが違うじゃないか。君の歴代の彼女は、スペイン人の女優、イギリス人のモデル、ドイツ人の美人数学者、……あと、ロシア人のバレエダンサーもいたね？　とにかく、君は並大抵の美女や才女ではダメだっていうくらい理想が高かったはずで――」

「ルイッ！」

隼人が、低い声で彼の名前を呼んだ。

今まで聞いた事もない隼人の元カノ情報を聞かされ、花は思わず唇をきつく結び、表情を硬くする。それに気がついたルイが、ハッとしたように口をつぐむ。

花が、突然突き付けられたモヤモヤの種をどうする事もできずにいると、隼人が、ふいに椅子から立ち上がり、花に身を寄せて唇にキスをした。

「んっ!?　……ん――ぷわっ！」

キスはすぐに終わったものの、花は突然の事になんの反応もできない。一方、ルイとイザベルは揃って大きく口を開け、そのまま固まってしまった。

「ごめん、ルイ」

何かしら察したらしいイザベルが、隼人に話しかける。

隼人が頷き、それをきっかけに、しばらく花を除く三人でフランス語の会話が交わされた。

すべてを理解したらしいイザベルが、花に向かって悲しそうな微笑みを浮かべる。そして、悲嘆に暮れているルイに何かしら話しかけた。

ルイが立ち上がり、隼人にハグを求めた。

花の目の前で、二人のイケメンががっちりと抱き合って互いの背中を叩き合っている。

「花、二人にはきちんと俺達の関係をわかってもらったから、もう大丈夫だ。せっかくのデートなのに、ゆっくりできなくてごめん。今度の土曜日、フライトから帰国したらすぐに連絡するから」

「う、うん、わかった」

一連の騒動が収束し、隼人が二人をともなって店をあとにする。

花は三人を笑顔で見送ったあと、モヤモヤを胸に抱えつつ、またカフェの仕事に戻っていくのだった。


隼人が店を訪ねてきた次の日の夜。

花は自室のベッドで横になっている。

明日は祝日で「チェリーブロッサム」も定休日だ。連休を利用して、両親は今朝から泊まりがけで温泉旅行に行っており、家には花一人だ。

花も誘われたけれど、いろいろと考える事がありすぎて、今回はやめておいた。

ルイの件は、昨日のうちに隼人から電話があり、おおよその説明を受けた。

それによると、ルイはフランスの航空会社に勤務するパイロットであり、八年前に仕事を通して隼人と知り合い、今では親友と呼べる仲であるらしい。

親日家のルイは、親しい親戚がしとやかな日本人女性と結婚したのをきっかけに、自分も大和撫子《やまとなでしこ》と結ばれたいと思うようになった。そして、本気で日本人の妻を探すべく結婚紹介所に登録までしたのだという。

だからといって、どうしてたった一度会っただけの自分に、いきなりプロポーズをしてきたのか……

それはさておき、今重要なのはルイが語った隼人の元カノの事だ。

「……ぜんぜんタイプが違う……。並大抵の美女や才女ではダメだっていうくらい理想が高かった……か……」

あれ以来、元カノの話が頭から離れない。花は、自分の胸に掌《てのひら》を当てた。

仰向けに寝そべっている今、胸の膨らみは、いっそ清々《すがすが》しいくらいペタンコだ。どんなに背伸びしても、グラマラスな外国人女性クラスにはなれそうもない。

「あああ～、もう～！」

花は、ベッドにうつぶせになって声を上げる。

隼人と〝許嫁《いいなずけ》〟関係になって以来、いろいろと思い悩む事もあったし、凹《へこ》んだり浮上したりを繰り返してきた。

しかし、この頃は、ようやく隼人の婚約者である自分を受け入れ、心の平穏を得られていたというのに――

（はぁ……。元カノの話とか、聞きたくなかったな……）

あれだけのイケメンパイロットなのだから、モテるだろうし恋愛経験が豊富なのもあたり前だ。

今さら何をグジグジ考える必要がある――そう思うものの、自分でも驚くくらいダメージを受けていた。

「しっかりしてよ、花！　隼人は私を好きだって言ってプロポーズしてくれたんだよ？　何を悩む事があるのよ」

花は両方の掌《てのひら》で自分の頬をパン、と叩いた。

そして、いつもどおり隼人にメッセージを送るべく、スマートフォンを手にする。

「あ、そういえば、郵便受け見るの忘れてた」

花はベッドから起き上がり、玄関に向かった。

祖父母の代から住み続けている自宅は、昔ながらの間取りで、縁側やちょっとした庭がある。

引き戸を開けて郵便受けを覗くと、チラシやダイレクトメールと一緒に、やけに分厚い茶封筒が入っていた。

「私宛てだ。なんだろう？」

花は封筒を見て首を傾《かし》げた。宛名をプリントしたシールが貼り付けられているだけで、差出人も何も書かれていない。

訝《いぶか》しく思いながらも部屋に戻り、封を開ける。中を確認してみると、手紙が一枚と十数枚の写真が入っていた。

「……これって……」

花は写真を見て絶句する。

そこに映っていたのは、隼人と見知らぬ美女のツーショット。それも、仲睦まじそうに顔を寄り添わせたり、どこかの部屋で抱き合ったりしている写真ばかりだ。

花は急いで手紙を見た。飾り気のない白い便箋には、女性のものと思われる綺麗な手書きの一文が。

『薄汚い泥棒猫へ　彼は私のもの。邪魔者は今すぐ消えろ！』

攻撃的で悪意に満ちた文面を読んだ花の手から、写真がバラバラと零れ落ちる。

花は、呆然と床にへたり込んだ。それから、どれだけ時間が過ぎたのだろうか。ふいに我に返った花は、散らばった写真を拾い集め、もう一度それらを見た。

「誰……？　元カノ？　……それとも……」

衝撃的な写真と、悪意ある言葉が、花の心を千々《ちぢ》に乱す。

一体、どういうつもりでこんなものを送ってきたのか？

それ以前に、どうやってここの住所を知ったのだろう。

花と隼人の婚約は、まだ公《おおやけ》にしておらず、彼の職場でもほんの一握りの人しか知らないと聞いていた。

（これって、どういう事？）

突然、理不尽な怒りをぶつけられ、心に鉄の楔《くさび》を打ち込まれたような衝撃を受けた。

隼人の事は、露《つゆ》ほども疑っていない。

あれほど誠実な人が、花を裏切るような事をするはずがなかった。

そう思うものの、写真の女性が花の心をズタズタに踏み荒らしてくる。

（隼人っ……）

花は彼の名前を何度も呼び、どうにか気持ちを落ち着けようとした。

しかし、動揺は静まるどころかどんどん広がっていき、花の気持ちをとことん落ち込ませる。

矢も盾もたまらず、花はベッドに置きっぱなしにしていたスマートフォンを手に取った。そして、隼人にメッセージを送るべくアプリを起動させる。

ふと時間を確認すると、彼はちょうどドバイに向かうフライト前だ。

「……っ！」

いくら自由にメッセージを送り合っているとはいえ、そんな大事な時間に今あった出来事を知らせるなんてできなかった。

こんな事で、フライト前の隼人を煩《わずら》わせてはいけない。

花は、この手紙と写真の事は、ひとまず自分の胸の中だけに収める事に決めた。

だけど、気分はさっきよりもさらに落ち込んでいるし、何もする気にならない。

かろうじて部屋の灯りを消し、服のままベッドに倒れ込む。

そして、一睡もできないまま、祝日の朝を迎えるのだった。

◇　◇　◇

今から二時間前、およそ十時間のフライトを経て、アラブ首長国連邦のドバイ空港に到着した。

隼人は、いち早く馴染みのホテルにチェックインして、部屋で寛《くつろ》いでいるところだ。

窓際に行き、眼下に見える早朝の街並みを眺める。

ふと、思い立ってスマートフォンをチェックするが、花からのメッセージは届いていなかった。

(変だな。いつもなら、日に最低五、六通は送ってくるのに)

窓から離れ、隼人はベッドに腰かける。そして、スマートフォンの待ち受けにしている花の写真を見つめた。

(どうした？　土曜日の事、まだ気にしてるのか？)

ルイの件は、その日のうちに説明してあった。

そのあと何度かメッセージを送って、できる限りフォローしたつもりだが、今ほど顔を見て話せない事を不便に思った事はない。

「まったく、ルイの奴、余計な事を……」

ルイはパイロットになってからできた無二の親友だし、明るくて裏表のないいい奴だ。しかし、少々思い込みの激しいところがあり、これだと思ったら周りも見ずに突っ走る傾向がある。花へのプロポーズなど、その最たるものだろう。

あまり言い訳がましいとかえって誤解を生みかねないと、花にはまだ話していないが……

実はルイが言った隼人の歴代の彼女達には、彼の知らない秘密があるのだ。

人懐《ひとなつ》っこく世話好きでもあるルイは、よく友人達を誘ってパーティを開いている。

その会場は、彼の自宅や行きつけのバーをはじめ、渡航先のレストランや公園なんて時もあった。

だが、このパーティというのが曲者《くせもの》で、出席者の大半は恋人募集中の男女なのだ。

日本でいうところの、合コンのような意味合いを持っており、出席者は本気でパートナーを探していた。

ここ何年か恋人のいなかった隼人は、さっそくルイのターゲットになってしまった。ルイは、断る隼人をなんだかんだと理由をつけてはパーティに呼び出し、次から次へと女性を紹介してくるのだ。

そのしつこさは、見合いを勧めてくる世話焼きばあさん並みだった。

さすがに辟易《へきえき》した隼人は、架空の彼女を作り出し、パーティから逃れる事を思いつく。

以来、ルイにパーティへ誘われるたびに、いもしない恋人を理由に参加を断るようになった。もちろん、ずっと同じ相手だと、突っ込まれてボロが出るから、すぐに新しい恋人に乗り換えた事にしていた。

そして、万が一にもルイが女性を薦めてこないよう、理想のタイプを世界に数パーセントいるかいないかというくらい高く設定したのだ。

ルイが先日カフェで並べ立てた歴代の彼女というのは、そうしてできた架空の彼女の事だった。

「……確か、グラマラスで知的。セクシーで清楚……とかなんとか言ったよな」

隼人は独り言を言いながら、ベッドの上に横になった。

そして、画面に映る花の顔を見つめるうち、はたと気がついて口元をほころばせる。

「――なんだ。それって、花の事じゃないか」

隼人は声を上げて、愉快そうに笑った。

一般的な意見とは多少の誤差はあるだろうが、隼人にとってのグラマラスは花のボリュームのあるヒップであり太ももだった。それに、花はああ見えて、客観的に物事を考えられる知的なところがあるし、控えめな胸は清楚でいてたまらなくセクシーだ。見ると必ずしゃぶりつきたくなるし、花に変だなんだと言われようと、好きなのだから仕方ない。

今の時刻は、午前六時を少し過ぎたところだ。

日本はここよりも五時間早いから、今は午前十一時過ぎ。今日は祝日だから、どこかに出かけている最中かもしれなかった。

このところの彼女は、新店舗オープンの準備に余念がない。

その邪魔をしたくないと思いつつも、隼人はスマートフォンのアプリを起動し、花宛てにメッセージを打ち込んでいく。

できるだけ、簡潔な文面にしようと思い悩んだあげく、短いメッセージを完成させる。

『帰国したら、話したい事がある』

これじゃあ、説明不足だろうか?

いや、大事な事だけに、面と向かってきちんと伝えたほうがいい。

そう思った隼人は、そのままメッセージを送信し、アプリを終了させる。

そして、画面を花の待ち受け画像に戻し、そこに映る彼女の唇にそっとキスをするのだった。

◇　◇　◇

謎の写真が花のもとに届いてから六日後の土曜日。

花はカフェの仕事を途中で抜けて、一人電車を乗り継ぎ繁華街に来ていた。

今日は、叔母が経営するウェディングドレスショップで、結婚式用の衣装を見る事になっている。姉達もそこでウェディングドレスを準備したし、花自身、いつか自分もそんな日がくればいいと願っていた。

今日という日を楽しみにしていた花だったけれど、その足取りは思いのほか重い。

それは当然、送られてきた写真のせいだが、それとは別に、もうひとつ気になってしかたがない事があった。

（……あれってどういう意味なんだろう？）

あれ、というのは、隼人が渡航先のドバイから送ってきたメッセージの事だ。

『帰国したら、話したい事がある』

たった十数文字の短い文面が、ずっと頭から離れない。

仕事中は忙しさで紛《まぎ》れているけれど、思い出すたびに一体どんな話をされるのかと戦々恐々《せんせんきょうきょう》としてしまう。

ただでさえ、ルイの発言やおかしな写真で思い悩んでいたところに、そんなメッセージをもらったのだ。考えれば考えるほど、思考がマイナスのほうに行ってしまうし、もしかするとものすごく悪い話なのではないかと思ってしまう。

まさか、別れ話なのでは――

そんな事を考えては、息ができなくなるほど心臓が痛くなる。

（悪いほうに考えちゃダメ！）

そうだ、別れ話であるはずがない。

積極的に結婚の準備を進めたがっているのは隼人のほうだし、今日だってフライトがなければドレスショップに同行したいと言っていた。

愛されている事に疑う余地なんかないのに、何をクヨクヨと思い悩む事があるだろうか。

（大丈夫！　直接会って話せば、こんな悩みなんてぜんぶ吹き飛んじゃうに決まってる）

花は、沈みがちな気持ちを無理矢理奮《ふる》い立たせた。

店に到着して入り口のドアを開ける。ほのかに漂《ただよ》う花の香りが、花のささくれだった心を少しだけ鎮めてくれた。

「ゆかりおばさん、こんにちは」

「花ちゃん、いらっしゃい。待ってたわよ」

わざわざ出迎えに来てくれたゆかりが、にっこりと笑みを浮かべた。

スレンダーで、スタイル抜群の彼女は、実年齢よりもずいぶん若く見える。

「じゃ、さっそくはじめましょうか。楽しみだわ、花ちゃんのウェディングドレス姿」

ゆかりに言われて、花ははにかんで頬を赤く染める。

彼女と一緒にらせん階段を上《のぼ》り、二階のフィッティングコーナーに向かう。そこは、壁の一面が鏡張りになっており、大型のソファを挟んだ反対側には、たくさんのウェディングドレスが飾られている。

「うわぁ……どれも素敵……」

花は感嘆の声を上げながら、純白のドレスに見惚れた。

「あ、これって、まどかお姉ちゃんが着たのと少し似てるかも」

花は、総レースのマーメイドドレスを指さす。

「ええ、そうね。そっちは、早紀ちゃんが着たのと同じタイプよ」

ゆかりがサラサラとしたサテンのドレスを示した。どちらも凝《こ》ったデザインで、長身でスタイルのいい姉達にとてもよく似合っていた。二人のようなドレスに憧れるものの、身長もスタイルも姉達と違う花には、とてもじゃないけれど着こなせないだろう。

「私に似合うドレス……あるかな……」

花が自信なげにしていると、ゆかりが華やかな笑みを見せて大きく頷く。

「もちろん！　ここには世界中の花嫁さんに似合うドレスが置いてあるのよ。さあ、こっちにお薦めのドレスをピックアップしておいたから見てみて」

ゆかりに促《うなが》され、花は鏡の横のスペースに立った。

「わ……素敵！　これは薔薇《ばら》の花みたいでゴージャス！　こっちは、まるで妖精が着るドレスみたいにフワフワ……」

「でしょう？」

桜井家と親しい間柄のゆかりは、花が以前から自分の容姿や体形にコンプレックスを持っている事を知っている。彼女はいろいろと考えた上でこれらのドレスを選び出してくれたみたいだ。

花はさっそく、ゆかりが用意してくれたドレスの試着をはじめた。

並べられているドレスは、いずれも胸元や腰回りにボリュームがあり、花のコンプレックスである胸やお尻を自然とカバーしてくれていた。

「ほんと、可愛いわ……。ねえ、ちょっとこれも着てみてくれる？　他のドレスより少し肌の露出が多いけど、花ちゃんに似合うと思うの」

ゆかりが持ってきたのは、透明感のあるチュール生地《きじ》のドレスだ。よく見ると、スカートの部分に大輪の百合《ゆり》の花がビーズで刺繍《ししゅう》されている。胸元と背中はすっきりとV字に開いており、腰回りはふんわりと膨らんでいた。

これだと、ペタンコの胸が強調されてしまうのではないか――

しかし、花の懸念は試着して鏡の前に立つと同時に、綺麗さっぱり消え去った。

「これ、すごくいい……。ゆかりさん、私、これにしようかな？」

このドレスだと平らな胸元は隠れない。しかし、それが逆に慎《つつ》ましさや清楚さを強調するというプラスのイメージに転じている。

「ええ、私もこれがいいと思うわ。とっても似合ってるし、コンプレックスなんて、逆《さか》手《て》にとって強みにすればいいのよ。実際に、まどかちゃんや早紀ちゃんだって、そうやってドレスを選んだのよ」

「え？　そうなの？」

花は知らなかったが、姉達はそれぞれ、いかり肩や高身長を気にしていたらしい。しかし、逆にそれを生かせるデザインのドレスを選び、結果、皆の視線を釘付けにしたのだ。

はじめて聞かされた話に、花は自分のコンプレックスについていつまでもグズグズと悩んでいるのが馬鹿らしくなった。

「コンプレックスを逆手《さかて》にとって強みに……。ゆかりおばさん、私、このドレスにします！」

「わかったわ。じゃあ、今度はそれに合うティアラやブーケを決めましょう。少しだけ待っていてくれる？　さっき届いたばかりの品があるから、それを持ってくるわね」

そう言って、ゆかりがいったん退室し、部屋には花だけが残された。

花は手袋をはめた手でドレスの胸元を撫でた。生地《きじ》は思ったよりも伸縮性があり、身体にほどよくフィットしている。

（これ、胸が大きい人だと、色っぽくなりすぎるよね。ふふっ、胸が小さくてよかった……なーんて——）

花がスカートを摘《つ》まんでクルリと一回転した時、階下のドアチャイムが鳴った。続いて、受付の女性スタッフが誰かと話している声が聞こえてくる。

このショップは完全予約制で、同じ時間帯に客が鉢合わせする事はない。おそらく飛び込みで入って来た人か何かだろう——花がそう思っていると、女性スタッフが足早に階段を上《のぼ》ってきた。

彼女は困ったような顔をしながら、小走りに花のほうへ近づいてくる。

「すみません。桜井さまは、今日ここでお友達と待ち合わせをしていらっしゃいますか？」

「え？　いえ——」

待ち合わせなど、していない。

花がそう答えようとした時、女性スタッフの背後に、一人の女性が悠然と階段を上《のぼ》ってくるのが見えた。

「桜井さん、お待たせ！　ごめんなさいね、遅くなっちゃって」

花の答えにかぶせるようにして声を上げると、女性はヒラヒラと手を振りながら満面の笑みを浮かべる。その顔を見た途端、花は彼女が誰であるか悟った。

緩《ゆる》やかな巻き毛に、はっきりとした目鼻立ち。今時の華やかな美人顔をした彼女は、間違いなく先日送られてきた写真に写っていた女性だ。

一体、なぜ彼女がここに？

突然の出来事に唖然となった花は、声も出せずに近づいてくる女性を見つめた。

「あの……桜井さま……」

「あっ……ああ、はい。待ち合わせ、してます。すみません、事前にお知らせするのを忘れてしまって」

気がつけば、とっさにそう答えてしまっていた。花の様子から何かしら感じ取ったのか、女性スタッフは曖昧《あいまい》な微笑みを浮かべる。

「そうでしたか。では、私は下におりますので、何かございましたらすぐにお呼びください」

女性スタッフは一礼して階段を下りていく。

写真の女性が、花の前に来て立ち止まった。その顔には、明らかにそれとわかるほどの作り笑顔が張り付いている。

花は、震えそうになる指先を強く握りしめた。そして、できる限り冷静でいようと努めながら女性に話しかける。

「あなたですよね？　私に写真を送ってきたのは」

「ええ、そうよ。はじめまして。私、山岸紗理奈《やまぎしさりな》。東条エアウェイでキャビンアテンダントをしてるの。彼とは、私が入社して以来の仲だから、もう五年になるわ」

彼女はバッグから身分証明書を取り出し、花の目の前にかざした。

そして、ふいにおかしそうに笑い声を上げる。

「ここって、ブライダル業界では超一流のドレスショップじゃないの。どうして、あなたみたいな庶民がこんなところにいるわけ？　そもそも、どうしてあなたなんかが隼人さんの〝許嫁《いいなずけ》〟になるのよ。ただ単に家が隣だからって理由なら、さっさと婚約を解消して、隼人さんを返してちょうだい」

花のドレス姿を見つめながら、紗理奈が忌々《いまいま》しそうな表情を浮かべる。

混乱を隠しきれず、花は呆然としてその場に立ちすくんだ。

紗理奈は花や隼人の自宅のみならず〝許嫁《いいなずけ》〟や婚約の件まで知っている！

花の様子に気づいたのか、紗理奈が含み笑いをした。

「隼人さん、私にはな～んでも話してくれるの。〝許嫁《いいなずけ》〟の事や、あなたがカフェで働いている事……。これ、見る？　ついこの間デートした時の写真よ」

紗理奈は、花の目の前に送ってきたものとは別の写真を見せつけてきた。そこに写っているのは、裸になってベッドに横たわる隼人と紗理奈だ。

「嘘っ……！」

花は思わず手で写真を振り払った。そして、信じられない思いで紗理奈を見る。

「嘘じゃないわ。そう思いたいのはわかるけど、本当の事なんだから仕方ないでしょう？」

写真に写っていたのは、どう見ても隼人だ。

だけど、自分の知る隼人は、ぜったいにそんな事をしない。そう思うものの「話したい事がある」というメッセージを思い出し、心に不安を感じた。

いや、ぜったいに違う！

そんな不安を打ち消すように、花は首を横に振り、嘘だと言い続けた。

「まったく、あなたも強情な人ね。いいわ、だったら、信じざるをえない事を言ってあげる。あなたは知らないでしょうけど、隼人さん、右の骨盤の下あたりに傷痕《きずあと》があるのよ。それって、私と一緒に行った旅行先でけがをした時のものなの」

紗理奈が自分の腰を指さす。そこは、かなり脚の付け根に近く、裸にならなければぜったいに知りえない場所だ。

「ね？　そういう事よ。もういいでしょ？　こんな花嫁ごっこなんかやめて、さっさと彼を私に返して」

花は懸命になって、服を脱いだ時の隼人を思い浮かべる。

確かに、右の骨盤の下に三センチくらいの傷痕《きずあと》があった。花はよろけそうになるのを、どうにか堪《こら》え、薄ら笑いを浮かべる紗理奈と対峙する。

「嫌です……！」

声を振り絞るようにしてそう言うと、紗理奈が眉を吊り上げて花を睨《にら》みつけてきた。

「は？　嫌ってどういう事？　私は、あなたとは違って、彼と――」

「違います」

花は紗理奈の言葉を遮《さえぎ》り、抑えた声を上げる。

「骨盤の下の傷、あれは彼が高校生の時、部活中にしたけがの痕《あと》です。あなたと旅行に行った時についたものじゃありません」

紗理奈が、服の下の傷痕《きずあと》を知っているのはショックだ。しかし、彼がけがをした経緯を知っている花にしてみれば、彼女の言う事が少なくとも半分は嘘だとわかる。

ここでひるんではいけない――そう思い、花は拳《こぶし》を強く握りしめて、自分を奮《ふる》い立たせた。

「な……なんであなたなんかが、そんな偉そうな口を利くのよ。だいたい、どうしてあなたがその傷痕《きずあと》を知っているの？　……まさかとは思うけど、あなた隼人さんと身体の関係があるわけ？」

　紗理奈が声を震わせて、そう訊《たず》ねてきた。

　花は唇をきつく結んだまま、こっくりと頷いて彼女を見る。

「この、泥棒猫っ！」

　紗理奈がそう叫ぶと同時に、右手を大きく振りかぶって花の頬を力任せに叩こうとした。

「きゃっ！」

　すんでのところで右に逃げて難は逃れた。しかし、彼女はすぐに追いついてきて、ドレスの胸元を思い切り引っ張ってくる。振り払う暇もなく、肩周りの生地《きじ》が大きく裂けてしまった。

「桜井さま、どうかなさいましたか？」

　異変に気づいた女性スタッフが、階段を駆け上がってきた。そして、破れたドレスを見て叫び声を上げる。

　その声を聞いてようやく我に返った花は、信じられないといった面持《おもも》ちで紗理奈を見た。

「何よ！　そんなドレス！　ぜんぜん似合ってないし、まるで学芸会みたい！　あなたみたいな貧相な女、彼にはぜったいに似合わないから！　隼人さんは私のものよ！　私達が結ばれるのは、運命なの！　あんたなんかに、ぜったい渡すもんですか！」

そう言い捨てると、紗理奈は止めようとするスタッフを押しのけて階段を駆け下りていく。

花は呆然として彼女のうしろ姿を見送っていたが、ハッと気がついて足元に落ちていた写真を拾い上げてバッグの中に押し込んだ。

遅れてやって来てきたゆかりが、花を見て驚いて駆け寄ってくる。

「花ちゃん！　大丈夫？」

彼女は花の肩を抱き寄せ、居合わせた女性スタッフに何事か指示を出した。

花はといえば、何が起こったのか、考えようとしても頭がついていかない状態だ。

「……ゆかりおばさん、迷惑かけてごめんなさい」

かろうじてそれだけ口にすると、花はゆかりに抱き寄せられたまま、床にへたり込んだ。そして、裂けたドレスの生地《きじ》を見つめながら、我知らずポロポロと涙を流すのだった。

紗理奈によって破られてしまったドレスは、すぐにかけつぎ専門店に託された。ゆかりが言うには裂け目すらわからなくなって返ってくるという事だ。

そもそも、破られたドレスは試着用のサンプル品だったので、花が結婚式で着るのは同じデザインの別のものになるらしい。

別室で着替えを済ませた花は、ゆかり自《みずか》ら淹《い》れてくれたお茶を飲み、どうにか落ち着きを取り戻していた。

「すみません、ゆかりおばさん。私が、もっと毅然《きぜん》とした態度を取っていたら……」

「大丈夫。ブライダル業界にいると、いろいろなアクシデントがあるものよ」

ゆかりは花を気遣いつつ、そう言って背中をさすり慰《なぐさ》めてくれた。そうはいっても、下手《へた》をすれば、他のドレスにも被害が及んでいたかもしれないのだ。

花は、必要と思われる事実を正直に伝え、ゆかりはそれを聞いた上で今回はとりあえず大事《おおごと》にせず様子を見ると言った。

花は礼を言い、後日改めて来店する事にして、ショップをあとにする。

大通りを歩き、やみくもに道を曲がってようやく人気《ひとけ》のない路地裏に出た。すぐ近くにあった神社に行き、お参りをしているうちに、また涙が込み上げてくる。

幸い、境内《けいだい》はさほど人もおらず、時折お参りにやって来る人が参道を歩くのみだ。気持ちが高ぶってどうしようもなくなり、花は木陰で声を抑えながら思いっきり涙を流す。

写真が送られてきてからの一週間、花の心はすっかり疲弊《ひへい》していた。

一緒に添えられていた悪意ある言葉が、花をかつてないほど不安にさせ、心の平穏を完全に奪い去ってしまったのだ。

そして、今日、その悪意を真っ向からぶつけられ、大切なドレスまで破られた。

一体、何が起こっているのだろう？

いろいろな事がありすぎて、何が本当で何が嘘なのかわからなくなってしまっていた。

ひとしきり泣いて少し落ち着きを取り戻したものの、泣き腫《は》らしたパンパンの顔では人前に出る事も憚《はばか》られる。

本当なら、家に帰って両親に事の顛末《てんまつ》を話したほうがいいのだろう。

だけど、今は一人になりたかったし、歩き出す気力すら残っていなかった。

そのまましばらくの間ぼんやりして、ふとスマートフォンを取り出すと、着信があった事に気づく。確認してみると、着信は何十件にも及び、それ以上の数のメッセージが届いていた。

そのほとんどが隼人からのもので、今どこにいるか、今すぐに会いたいと繰り返し呼びかけている。

大量のメッセージの中には家族からのものもあり、どうやらゆかりから恵にショップであった事が伝えられ、それが隼人にも回ったらしい。

隼人は、帰国するなりとるものもとりあえず花を捜し回っているようだ。

「隼人っ……」

花は、急いで神社を出て隣にある小さな公園に移動した。申し訳なさでいっぱいになり、とにかく彼に連絡しようとする。しかし焦るあまり、指先が震えて上手《うま》く画面を操作できない。ようやく隼人の電話番号を表示させて、通話ボタンを押した。

『もしもし、花？』

すぐに聞こえてきた隼人の声に、一度止まっていた涙がまた溢《あふ》れ出す。

「は……はやと……。ごめっ……心配、かけてごめんね……」

何をどう言えばいいのかわからず、花はただ彼に謝り続ける。

『花、謝らなくていいよ。今どこにいる？』

優しく話しかけられ、いっそう涙が溢《あふ》れてくる。泣きすぎたせいか、上手《うま》く声が出ない。どうにか居場所を伝えると、すぐに行くからそこで待っているようにと言われた。

そして電話から、十数分後。隼人が公園の中に駆け込んでくるのが見えた。

「あ、隼人……」

花は立ち上がり、思わず声を出した。

しゃがれていて、ほとんど自分にしか聞こえないような声だったけれど、隼人はハッとしたように花のほうへ顔を向ける。

そして、植え込みの横に佇《たたず》んでいる花を見つけるなり、必死の形相《ぎょうそう》で駆け寄ってきた。

「花……！」

隼人に抱き寄せられると同時に、花は彼の背中に腕を回した。

いろいろな感情でガチガチになっていた身体が、彼の腕の中で嘘のように柔らかくなる。

しがみつく花の背中を、隼人がゆっくりとさすってくれた。

「花……大丈夫か？ 俺がそばにいる。もう大丈夫だ、何も心配しなくていいからな」

花の頭上から、隼人の囁《ささや》きが繰り返し聞こえてきた。

花は小さく頷いて、ゆっくりと顔を上げる。隼人が、すぐに視線を合わせてきて、花の額《ひたい》に自分の唇を押し当てた。

「花、車まで歩けるか？ とりあえず、俺のマンションに行こう。恵おばさん達には、連絡しておいたから」

「うん、歩ける。隼人……来てくれてありがとう」

ようやくまともに声を出せるようになり、花はほんの少し口元に笑みを浮かべた。

「大事な花のためなら、どこにだって駆けつけるよ」

頭のてっぺんにキスをされて、心がふんわりと温かくなる。

花は隼人に肩を抱かれながら公園の駐車場に向かった。助手席のドアを開けてもらい、シートに腰かける。すぐに運転席に回り込んできた隼人が、席に着くなり花のほうに身を乗り出してきた。

キスで唇を塞《ふさ》がれ、大きな掌《てのひら》で頬を包み込まれた。小刻みに繰り返されるキスが、花の気持ちを少しずつほぐしていく。

「マンションまで、ここからだと三十分くらいかかるかな。花……ドレスショップであった事、だいたいは恵おばさんから聞いたよ。もし話せるようなら、ショップで何があったのか詳しく教えてくれるか？　無理だったら、落ち着いてからでも構わないし」

隼人が花を気遣いながら、じっと顔を覗き込んできた。

花は小さく頷いて、隼人の目を見つめ返す。動き出した車の中で、花は思案する。

一体、何から話せばいいのか……。

花は言葉を選びながらぽつぽつと語りはじめる。

「実は、隼人とルイさん達が『チェリーブロッサム』で鉢合わせした次の日、私宛てに差出人不明の郵便物が届いたの」

花は、封筒の中に入っていた写真と、手紙の文面について話した。

「なんだって？　花、その写真、今持っているか？」

隼人の顔に、激しい憤《いきどお》りの表情が浮かぶ。彼は努めて冷静に運転を続けながらも、懸命に怒りを抑え込んでいる様子だ。

「うん、持ってる……」

「じゃあ、マンションに着き次第見せてくれ。……花、心配するな。俺はぜったいに花を裏切るような行為はしていない。俺が愛しているのは花だけだし、花を悲しませるような事は、誓ってしないから」

きっぱりと言い切られ、花はホッと安堵してシートの背もたれに身体を預けた。

「うん。私も、隼人の事を信じてる。……本当は、すぐにでも隼人に相談したかったんだけど、フライトの前だったたし、帰ってくるのを待とうと思って」

「そうか。信じてくれてありがとう。花……一人で辛かっただろう？」

信号が赤になり、交差点で車が停車する。隼人が助手席を向き、花の頬を掌《てのひら》で包んだ。

花は、その手に頬をすり寄せる。彼はにっこりと微笑み、花の頬を指先で撫でさすった。

「花にそうされると、すごく幸せな気持ちになる。……そういえば、昔からそうだったな。まるで子猫みたいに俺の膝にのってきて、顔や頭……いや、身体ごと俺にすり寄ってきて、可愛いったらなかった」

隼人の手が名残惜《なごりお》しそうにハンドルに戻る。信号が青に変わり、車がまた動き出した。

彼の話をきっかけに、花は当時の事を頭の中に思い浮かべる。何の屈託《くったく》もなく彼にまとわりついていた時を懐《なつ》かしく感じると同時に、隼人の誠実で心優しい性質に、改めて感じ入った。

（やっぱり、そうだ……。隼人は、私をぜったいに裏切ったりしない）

助手席のシートは、少しだけうしろに倒してある。花はシートにゆったりと身体を預けて、運転する隼人を見つめた。

「それ、憶えてる。あの時は、とにかく隼人のそばに行きたくって、周りなんかぜんぜん見えてなかったなぁ。隼人が友達といても、お構いなしで膝の上にのったりして……。でも、一応は邪魔しないように、なるべく小さく丸くなったりしてたんだよ」

「そうだったな。その姿が、ほんと子猫みたいだった」

話すうちに、隼人のマンションに到着した。駐車場に車を停め、隼人に肩を抱かれたままエレベーターに乗る。

部屋に到着すると、隼人が花を抱え上げて、ソファまで移動した。

並んで腰を下ろすと、花は送られてきた封筒をバッグから取り出し、隼人に渡した。

その中には、ドレスショップで見せられたものも入っている。

彼はすぐに封筒を開けて写真を確認した。そして、厳しい表情を浮かべながら、ゆっくりと口を開く。

「ここに写っている女性は、うちで働いているキャビンアテンダントだ。名前は山岸紗理奈。彼女とは、何度もフライトで一緒になっているけど、間違っても写真のような関係になった事はない」

きっぱりと断言した隼人に、花はドレスショップであった事をすべて話した。

彼は黙って聞いていたが、聞き終わると同時に、花を強く抱き寄せる。そして、花の背中を優しく撫でながら、おもむろに話しはじめた。

「以前から、彼女の好意には気づいていた。もちろん、俺にはまったくその気はないし、同僚以上の態度を取った事はない。だけど、ここ最近あまりにもしつこく声をかけてくるから、婚約者がいる事を明かして、仕事以外の関わりをきっぱりと断ったんだ」

彼は持っていた写真に、チラリと視線を向ける。そして、花をいっそう強く抱き寄せた。

「今回の件は、おそらく俺が不用意にそんな事を言ったせいだ。こんなお粗末な合成写真まで用意して、俺と花の間を裂こうとしたんだろう」

「えっ、合成……？」

花は隼人が持っている写真を受け取り、今一度写真を見た。

「ああ、そうだ。パッと見じゃわかりにくいが、ほら、ここ……明らかに切り貼りしているし、手の位置や身体の角度がおかしいだろう？」

言われてみれば、そうだ。

光の具合などは上手《うま》く調整してあるが、そうとわかった上でよく見ると、写真は合成以外の何ものでもなかった。

「ほ、ほんとだ……。ごめん……私ったら、ちゃんと見てなくって……」

「無理もないよ。いきなりこんな写真を見せられたら、誰だって動転する。なんにせよ、花はぜんぜん悪くない。俺のほうこそ、花に謝らないといけない。俺のせいで、こんなにも花を不安にさせて、傷つけてしまった……」

隼人が改めて花を腕の中に包み込む。そして、花の足腰をすくい、自分の膝の上に抱き上げた。

「誓って言うが、彼女とは何もない。腰の傷痕《きずあと》については、たぶん誰かからのまた聞きだろう」

隼人が通うスポーツクラブには、彼の同僚も多く通っており、身体を動かしたあとは一緒にシャワー室で汗を流したりするのだという。おそらくは、そのうちの誰かから傷《きず》痕《あと》について聞き及んだのだろう。

「本当にごめん！　俺がもっと慎重になっていたら……。せめて、そばにいて花を守ってやれたらよかったのに――」

隼人が悔しそうに顔を歪《ゆが》めた。

花は首を横に振りながら、彼の肩にすがりついた。

「私なら、もう大丈夫！　それに、隼人はいつも十分すぎるくらい、私を守ってくれてるよ？　こうして一緒にいてくれるだけで、すごく安心する。もう、本当に大丈夫だから。ね？」

花が口元に笑みを浮かべると、隼人もぎこちなく笑う。

「山岸については、会社と、しかるべき機関に相談して、今後二度とあんな事が起こらないよう、きちんと対処する。……本当に、無事でよかった。花……」

隼人のキスが、花の唇を覆《おお》う。

彼の膝の上でキスをされて、花の心に残っていたモヤモヤが消えていく。

まだすべてが解決したわけではない。けれど、こうしているだけでじわじわと幸福感に包まれていき、昼間の出来事が遠い昔の事のように思えてくる。

「……そうだ。隼人、この間くれた『帰国したら、話したい事がある』ってメッセージ、あれって、なんの話なの？」

「ああ、その件だけど……」

花がそう言った途端、隼人の顔に多少の緊張が走った。

「花には、一度きちんと話しておかなきゃいけないと思っていたんだ」

隼人がいつになく真剣な表情を浮かべながら、居住まいを正した。

それを見た花は、同じように緊張して、我知らず表情を硬くする。

「俺と花が〝許嫁《いいなずけ》〟になって、もう四カ月とちょっとになる。その間、俺自身の花に対する気持ちがどんどん変化していった」

気持ちがどんどん変化？　それは、一体どんな変化なのか……

花は、いっそう顔をこわばらせて隼人の次の言葉を待つ。

「以前の花は、俺にとって妹のような、小さくて守るべき存在だった。それが、早紀の結婚式で久しぶりに会って、急に女性らしくなっている花に、ものすごく驚いたんだ」

隼人が、当時の事を思い出すみたいな表情を浮かべる。

「でも、相変わらずの泣き虫で、昔みたいに抱き寄せて頭を撫でて……その時、このまま離したくないって思った。花が他の男のものになるのを想像して、そんなのは我慢ならないって思った。会えば会うほど、どんどん花が愛おしくなって、ぜったいに誰にも渡したくなくて、結婚の話も積極的に進めたんだ」

隼人が、花の顔を覗き込む。花は、頬を染め、呆けたような顔で彼を見つめ返した。

「花がコンプレックスに思うところも、俺にとっては愛おしい美点でしかない。その辺は、もう十分わかってきてるだろう？」

彼の手が、花のヒップラインをなぞった。花はいっそう赤くなって、小さく頷く。

「あ……ありがとう。隼人がそんなふうに思ってくれていたなんて、すごく嬉しい。私、ずっとなんでだろうって思ってたの。隼人ほど素敵な人が、どうして私を選んでくれたのかなって」

「花は自分が思っているよりも、ずっと素敵な女性だ。だからこそ、ルイも花に惹かれたんだと思う」

『とにかく、君は並大抵の美女や才女ではダメだっていうくらい理想が高かったはずーー』

ルイの名前が出た途端、花の頭の中にカフェで聞かされた彼の言葉が蘇《よみがえ》る。

フワフワと天まで届きそうになっていた気持ちが、一瞬にして地上スレスレにまで落ち込む。それが地についてしまう前に、花は隼人に質問を投げかけた。

「でも、隼人の理想は、もっともっと高いはずでしょう？　この間ルイさんが言ってたよね？　だけど、隼人を想う気持ちなら誰にも負けないから。隼人の理想とは程遠いかもしれないけど、少しでもそれに近づけるよう一生懸命頑張るから！」

花はそう言って、めいっぱい力を込めて隼人に抱きついた。

「花――」

「だって私、隼人の事が大好きなんだもの。私、一生隼人と一緒にいたい！　ぜったいに離れたくないのっ……」

気持ちを伝えるうちに、花はいつしか目に涙を溜めて隼人にしがみついていた。

「花、ストップ！」

「んっ！　っ……ん……」

いきなり隼人に抱きすくめられ、強引にキスで唇を塞《ふさ》がれる。

抱きしめてくる腕が強くなり、花の身体から次第に力が抜けていった。

「花……俺の可愛い花。一体花は、何を言ってるんだ？　俺が言った事、ちゃんと聞いてたか？」

隼人が唇を離し、囁《ささや》くような声で訊《たず》ねてくる。

「き……聞いてた。……『とにかく、君は並大抵の美女や才女ではダメだっていうくらい理想が高かったはず――』」

「は？　なんだそれは？　――ああ、ルイが俺について言ったやつだな。それについても説明しようと思ってたんだ。いいか、花――」

　隼人が花を抱きしめたまま、ソファの背に寄りかかる。そして、まるで幼子をあやすようにユラユラと身体を揺らしてきた。

「ルイは根っからの世話好きで、よく恋人がいない人達を集めては合コンのようなパーティを開いていたんだ。実際、そこで何組ものカップルができたっていうし、パーティ自体は何の問題もない。だけど、俺に特定の人がいないと知ってからは、お前も俺のように理想の女性を探せ、ぜひ、パーティに参加しろ――とうるさくてね。ここまでは、わかったか？」

「……うん。ルイさんが、隼人をパーティに誘った……」

「そう。だけど、俺はそんな事したくなかったし、そもそも興味がなかった。だから、ルイの誘いを断る口実として、文句のつけようのない完璧な彼女を作り上げたんだ。嘘だとばれないように不定期に彼女を変えた事にしたりしてね。どうだ？　理解できた？」

「えっ……じゃあ、スペインの女優とかイギリスのモデルとか……、ルイさんの言っていた美女や才女っていうのは……」

「そう、ぜんぶ嘘だ」

隼人の膝の上で、花はあんぐりと口を開けたまま彼の顔に見入った。そして、これまで張りつめていた緊張の糸がプツンと切れて、がっくりと脱力する。

「よ……よかった……」

花は隼人の胸に寄りかかり、安堵のため息を吐く。

「私、改めて『話したい事がある』なんて言われたから、もしかして、別れようって言われるのかと思って……」

「別れる？　まさか、そんなわけないだろう！　俺にとって、花は正真正銘の『文句のつけようのない完璧な彼女』なんだぞ？　花……やっぱりこういう事はきちんとしておいたほうがいいと思うから、改めて言う――」

花を抱いたまま、隼人がおもむろに姿勢を正した。

「花、俺と結婚してほしい。俺には、花しかいない。花以外の人なんて考えられない。どうか、俺の妻になってください」

隼人の言葉を耳にした途端、黙り込んでいた花の唇から、ふいに嗚咽《おえつ》が漏れた。

視界が涙で歪《ゆが》み、息が苦しくなる。

「はい……」

花は、やっとの思いで返事をした。依然として涙は溢《あふ》れ続けるけれど、その向こうに笑っている隼人の顔が見える。

「隼人……私、隼人と結婚じます……。隼人のづ……妻になりまず……っ」

不明瞭な涙声ではあったけれど、花は懸命に隼人のプロポーズに応《こた》えた。

「そうか。ありがとう、花——」

花の涙だらけの頬に、隼人が唇を寄せる。花はいっそう喜びの涙を流しながら、自分からも「ありがとう」と言って、にっこりと笑みを浮かべた。

「よし、じゃあ今の言葉を身をもって証明してもらおうかな？　あと、俺がいかに花を愛し、求めてやまないかを証明しないと」

「きゃっ！」

ふいに屈《かが》み込んだ隼人に背中と膝裏をすくわれ、あっという間にお姫さま抱っこされてしまう。

「ちょっ……う、ん、んっ……」

ベッドルームに向かいながら、隼人が唇を合わせてきた。

ひとしきりキスをしてベッドの前で立ち止まる。顔をじっと見つめられて、花は気恥ずかしさに顔が赤くなるのを感じた。

「ね……ねえ、前々から思ってたんだけど、隼人って前はこんなふうじゃなかったよね？

真面目で仕事一筋で、堅物で……もちろん、今もそうだけど、時々急に別人みたいになるような？」

「そうか？　どんなふうに？」

「ど、どんなふうにって……今みたいに、いきなりエッチっぽくなるっていうか、オオカミになるっていうか……とにかく、男全開！　って感じになって、見てるとクラクラしちゃうっていう……うわわっ！」

隼人が花を抱いたままベッドに倒れ込んだ。

「言われてみれば、そうかもしれないな。で、俺なりに分析した結果、この現象は花ありき、だ。俺がエッチっぽくなるのは、花が相手だから。花とこんな関係にならなければ、たぶん一生出てこなかった部分じゃないかな」

隼人が上体を起こし、仰向けに横たわる花を見つめながらにんまりと笑った。そして、これまでにないほどセクシーなオーラを全開にして服を脱ぎ、ベッドの外にまき散らしていく。

すべて脱ぎ終えた彼が、花の上にゆっくりと覆《おお》いかぶさってきた。

目の前でイケメンのストリップショーを見せつけられた花は、うっとりと余韻に浸《ひた》る暇もなくブラウスの前を開かれ、一枚一枚丁寧に服を脱がされていく。

肌が露出するたびに、隼人がその場所にキスを落とす。

肩から腕。乳房から下腹、そして脚の間からつま先へ、と。秘裂を愛《め》でる隼人の舌は殊《こと》に執拗《しつよう》且つ巧みで、花は愛撫《あいぶ》されながら軽く二度も達してしまった。

「花、蜜が垂れて止まらないね」

隼人が秘裂の中に唇を忍び込ませ、淫《みだ》らな水音を立てて溢《あふ》れ出る蜜をすすった。

「やあああんっ……。あ……はや……とっ……、あぁ……」

リズミカルに花芽を舐《な》め上げられ、腰を浮かせて嬌声《きょうせい》を上げる。まるで鳥が木の実を啄《ついば》むように花芯を舌で突《つつ》かれ、あまりの気持ちよさに腰が抜けそうになった。

「花」

ようやく隼人のキスが花の全身を一回りすると、彼の指が花の前髪を梳《す》いた。

「今、花の全身にマーキングした。これから先何があっても、未来永劫《みらいえいごう》花は俺だけのものだ」

隼人が花の左手の小指に自分の右の小指を絡《から》めてくる。そして、じっと目を見つめながら、いつになく優しい声で問いかけてきた。

「花、俺にもっと触ってもらいたいところや、キスしてほしいところは、あるか？」

甘い声で囁《ささや》かれて、花は息を弾ませながら口を開いた。

「中っ……。隼人に、私の中に入ってほしい……。私の奥の奥を触って……隼人のもので、私の一番奥にキスしてほしい」

「いいよ。花……今の台詞《せりふ》、すごく扇情的《せんじょうてき》だな」

彼はそう言うが早いか、花の両方の脚を広げさせて、ゆったりと上にのしかかってきた。

「えっ？　違っ……そ、そんなつもりじゃ――んっ……」

彼の重みで身体がベッドに沈み込むと同時に、彼の舌が唇を割り入ってくる。舌が絡《から》み合う音に交じって、避妊具の袋が裂ける音が聞こえた。

隼人が唇を重ねたまま、熱い屹立《きつりつ》を花房に沿わせる。そして、何度か秘裂の間を行き来させた。

舌を愛撫《あいぶ》されながら挿入を焦《じ》らされ、花の頬が熱く火照《ほて》る。

次の瞬間、隼人のものが花の中に押し入ってきた。内壁をこすり上げながら、徐々に奥を目指していく。

「んっ……！　ん、ん……」

自然と脚が持ち上がり、彼の腰の上で足首を交差させる。挿入が一気に深くなり、腰の抽送《ちゅうそう》が少しずつ速くなっていった。

いつになくエロティックな表情を浮かべる彼を見て、花は全身をぶるりと震わせて恍《こう》惚《こつ》となる。

身体が持ち上がるほど激しく突き上げられ、強い快楽にだんだんと意識が遠のいていく。

「花」

名前を呼ばれ、閉じていた目蓋《まぶた》を上げる。

一定の速さで突かれている間に、何度もイキそうになってしまう。そうなるたびに腰の動きを緩《ゆる》められ、繰り返し絶頂の寸前まで追いやられた。

「キス、するよ。花の一番奥の奥に――」

花の腰が宙に浮くと同時に、これまでにないほど奥に圧迫を感じた。呼吸が途切れ、ゆるゆるになっていた身体が硬直する。

「あ……っ……」

彼の切っ先が、花の最奥《さいおう》にある小さな膨らみに達した。そこを何度も突かれ、切っ先で愛撫《あいぶ》される。

目の前が白く霞《かす》み、身体の内側から愉悦《ゆえつ》が溢《あふ》れ出す。

花は無意識に彼の背中に強くしがみついた。そうしなければ、身体がどこかへ飛んでいってしまいそうだ。

円を描くような腰の動きに、花は我を忘れて声を上げ、彼の肌に指先を食い込ませる。

「花、愛してるよ」

隼人に囁《ささや》かれ、花の内奥がビクビクと痙攣《けいれん》する。そして、隼人の屹立《きつりつ》が力強く精を放つのを感じながら、絶頂の波に全身をゆだねるのだった。

いつの間に眠っていたのか、花がベッドから飛び起きた時には、隣に隼人の姿はなかった。

ベッドから出ようとして、自分がまだ素っ裸でいる事に気づく。

（そっか……）

時刻を確認すると、午後六時を少し回っている。

花は、ほんの数時間前までの自分達を思い出し、薄く頬を染めた。そして、もう一度ベッドに倒れ込み、思い切り手足を伸ばす。

「起きた？」

ちょうどその時、ベッドルームのドアを開け、隼人が部屋の中に入ってきた。

シャワーを浴びてきたのか、彼は腰にバスタオルを巻いただけの格好でこちらに近づいてくる。

濡れた髪はタオルドライでクシャクシャになったままだ。

花の視線が、自然と隼人の半裸姿に釘付けになる。

「う、うん、ごめんね。私、いつの間にか寝ちゃって……」

「構わないよ。俺も一緒に寝てたしね。可愛かったよ、花の寝顔。もしかして、最近あまり眠れていなかったんじゃないか？　結構な大きさのいびきをかいてたぞ」

「えっ⁉　嘘っ！」

花は飛び上がるようにしてベッドから起き上がった。

「うん、嘘」

「へ？　もうっ！」

軽い感じでからかわれ、花は拳《こぶし》を握りしめて悔しそうな表情を浮かべる。膝立ちになっている花の身体を、近づいてきた隼人が立ったまま抱き寄せてきた。

「よかった。顔色もよくなったし、元気いっぱいだな」

花が上を向くと、隼人が額《ひたい》にキスをしてきた。彼は花の両方の頬にも唇を寄せ、ホッとしたように笑う。

「私、そんなに顔色悪かった？」

「うん、少しね。あんな事があったあとだから無理もないよ。だから、もう少しイチャイチャしたほうがいいかもしれないな」

「も、もう少しイチャイチャ？　あんっ！」

隼人が前屈《まえかが》みになって、花の右の乳房に唇を寄せる。そして、まるでソフトクリームを舐《な》めるように繰り返し舌を上下に動かしてきた。

花は途端に腰砕けになり、仰向けの状態でヘナヘナとベッドに倒れ込む。

「は……隼……ぁあんっ……」

引き続き左乳房も愛撫《あいぶ》され、花は腰を捻《ひね》りながら目を潤《うる》ませる。

「花……すごく色っぽいよ」

隼人が花を上から見下ろし、感嘆の声を上げる。彼は、もう一度花の乳房に唇を寄せ、左右交互に乳先を吸い上げた。

花は、たまらずに身体を仰《の》け反《ぞ》らせ、息を荒くする。

その間に、隼人の指が花の和毛《にこげ》の中に分け入ってきた。そして、すでに溢《あふ》れている蜜をすくって、花芽の頂《いただき》にそっと塗り込んでくる。

「あっ……！　あ……隼人っ……！」

まるでそこがスイッチであるかのように、花の全身にさざ波みたいな電流が走った。早くも意識が朦朧《もうろう》としてきて、息も絶え絶えといった感じだ。

花は胸を大きく上下させながら、彼を見上げた。彼は目を細め、満足そうな表情を浮かべている。

その視線が、花の身体をゆっくりと視姦《しかん》していく。

恥ずかしい――

肌が焼けるみたいにチクチクと痛む。

どうにか彼の視線から身体を隠したいと思っているのに、なぜか痺《しび》れたように指の一本すら動かせない。

胸の先が熱くなるとともに、下腹の奥がジンと痺《しび》れてきた。

隼人に見られているという事実が、花の息をいっそう荒くしている。そして、花の中にこれまでとは違う種類の陶酔《とうすい》を生じさせた。

どんどん高まっていく羞恥心《しゅうちしん》のせいで、蜜窟の中が不随意《ふずいい》に蠢《うごめ》き出す。頬が焼けるほど熱くなり、自然と目が潤《うる》んでくる。

隼人は、そんな花をじっと見つめたまま動こうとしない。

バスタオルの下で、彼自身が硬く盛り上がっているのがわかる。

花は、ますます頬を熱くしながら彼の視線を受け続けた。けれど、さすがにもう我慢できず、どうにか動くようになった手をおずおずと前に差し出す。

「隼人……」

隼人が花の手を取り、そのまま上に覆《おお》いかぶさってくる。

やっともらえたキスはこの上なく甘美で、花は身体を震わせて熱い吐息を零す。

彼の指が、ふたたび花の花芽を捕らえた。そして、膨らみの両側に指を当て、ゆっくりと押し込むように引き下げてくる。

「あ……」

花は小さく声を上げて、自分を見る隼人の目を見つめた。

頭の中で、プッツン、という音が聞こえると同時に、露出した花芯を指の腹で捏《こ》ね回される。

「ひぁっ！　あ、ああああっ！」

まるで、全身に雷が落ちたみたいだった。

身体に突き抜けるような電流が流れ、目の前が白く霞《かす》んだ。

しかし隼人は止まることなく、指を蜜窟の中に入れてきた。彼は、熱く腫《は》れ上がった花芯をゆるゆるといたぶりながら、下腹を内側からトントンと刺激してくる。

「は……やと……、ぁあ……あ、隼人っ……！」

ふいに身体が浮いたようになり、そのまま背中から落ちていくような感覚に襲われる。

花は言いようのない高揚感と快楽の波に揉まれ、夢中で隼人の身体にしがみついた。

「ごめん。ちょっと急ぎすぎたか？　花が、あんまり可愛いから……」

隼人が、花の唇にほんの少し触れるだけのキスをしてきた。

蜜窟の中の指がゆっくりとしたリズムで抽送《ちゅうそう》をはじめる。花は、身体をピクリと震わせて隼人と視線を合わせた。

「気持ちいい？」

囁《ささや》くように訊《たず》ねられて、花は唇を緩《ゆる》く開いたまま、こっくりと頷く。

「膝を立てて、もう少し脚を開いてみて」

言われたとおり体勢を変えると、彼の指が恥骨の内側にあたる内壁を掻いた。

「あんっ！」

途端に蜜窟の入り口が窄《すぼ》まり、中がヒクヒクと震え出す。

徐々に場所を変えながら中をなぞる彼の指が、さらに奥深い場所を強く押してきた。

全身が心臓になったみたいに強く脈打ち、肌が熱くざわめく。

高まっていく愉悦《ゆえつ》を味わいながら、花は唇を噛んで、快感に身を震わせる。しかし、あともう少しで達する、というところで、彼は指の動きを止め、違う場所を突いてくるのだ。

そんな事を繰り返されるうちに、花はすっかり隼人の愛撫《あいぶ》にとろけ、全身がふやけたようになっていた。

ずっと横になっているのに、あたかも百メートルを全力疾走したあとのように息が上がっている。

花が肩で息をしていると、隼人がそっと唇を重ねてきた。

それまでとは違う深く濃厚なキスをされて、花は全身を火照《ほて》らせながら、つま先でシーツを蹴る。

隼人にたっぷりと愛撫《あいぶ》を施《ほどこ》され、花は何度もイきそうになっていた。

その様子を、じっと見つめていた隼人が、花を抱き寄せてゆっくりと身体を反転させた。

体勢が入れ変わり、花は彼の身体の上に乗り上げる格好になった。

花は、隼人の逞《たくま》しい胸に頬をすり寄せる。そして、しばらくの間、彼の心臓の音に耳を澄ました。

髪の毛を撫でられ、ふと顔を上げて隼人の顔を見る。全身がポッポッと火照《ほて》り、時折下腹のあたりがキュッと引き攣《つ》る。

花は、そのたびに小さく身を震わせた。彼の指は、もうとっくに抜け出ているのに、蜜窟はいまだ愛撫《あいぶ》の余韻に浸《ひた》っているみたいだ。

「きゃっ……」

「疲れた？」

「うーん……疲れたっていうか、なんだか不思議な感じ。身体はずっしりと重いのに、フワフワ浮いてる感じっていうか……」

花は、感じるままを隼人に伝えた。隼人が花の額《ひたい》にかかる髪を丁寧に掻き上げ、ゆったりとした微笑みを浮かべる。

「そうか。こういうのもたまにはいいだろう？　花が何度もイキそうになるのを見てるのも、すごく興奮するし」

隼人が軽く笑い声を上げると、花の下で彼の腹筋が躍った。

「えっ……そ、そんなの見なくていいよ」

花は恥じらって彼の胸に顔を埋《うず》めた。隼人の手が、花の背中を緩《ゆる》く撫でる。

「ふっ……でも、見られてるって意識してる時の花は、すごく色っぽかったぞ。それに、いつもより感じてるみたいだったけど、違う？」

ズバリと指摘されて、花は唇を一文字に結んで頬を引き攣《つ》らせる。

彼はなんでもお見通しだ。まだまだ初心者の自分には、到底太刀《たち》打ちできそうにない。

花は観念して隼人の顔に視線を向けた。

「違わない……。恥ずかしかったけど、すごくドキドキした。それに……ちょ……ちょっとだけ、もっと見てって、思った」

花の告白を聞いて、隼人がニヤリと笑った。

「うん、それから？」

隼人が身体を揺すり、花の腰の位置をずらしてくる。少しだけ広げている脚の間に、隼人の屹立《きつりつ》が当たった。

「そ、それからって……。気持ちよくて、あともう少しで……ってところで隼人が止めるから、す……すごく中途半端なところで……ほ、放り出されたみたいになって……。でも、焦《じ》れったい感じも結構……ううん、かなりよくて、またイキそうになって、もう夢心地になっちゃって……」

話しながらも、太ももに当たるものが気になって仕方がない。

そのせいで気もそぞろになった花は、頭の中に思い浮かんだ事を、そのままペラペラと喋《しゃべ》ってしまった。

隼人が花の話を聞きながら、したり顔で頷く。

「そうか。確かに、相当焦《じ》れてたもんな。ほら……今だって、そうだろう？」

「あんっ！」

花が身体を震わせたタイミングで、隼人が屹立《きつりつ》を双臀の谷間にこすりつけてくる。彼の指先が額《ひたい》から耳の縁に移動し、うなじへ下りてきた。またしても花の息が上がって、瞳が潤《うる》んでくる。

「ん……。でも、隼人は？　結局、私ばっかり気持ちよくしてもらってるよね。せっかくいろいろと資料見たりしたのに……」

一度は頑張って屹立《きつりつ》を愛撫《あいぶ》したものの、はじめての事で彼が本当はどう思ったのか定かではない。

花がしょんぼりとしていると、隼人が身体を傾けて顔を覗き込んできた。

「花ばっかりじゃない。俺もちゃんと気持ちいいし、十分夢心地になってる」

「だけど、その……イって、ないでしょう？　やっぱり、そういうのがないと、物足りないんじゃないの？」

隼人が花の尻肉を左右に開き、屹立《きつりつ》を谷間に緩《ゆる》く挟み込んでくる。

「花、セックスは挿入や射精だけが目的じゃない。俺は、花がとろとろになっているのを見るのが大好きなんだ。それを見てるだけでイケるし、十分気持ちよくなってる」

　ゆっくりと腰を動かされて、花の身体が隼人の上で前後に揺れる。

「それに、花はすごく感じやすいし、すぐに濡れて声を出すだろう？　俺で感じてくれてるのがすごく伝わってくるから、男にしてみたら最高にいい女だと思う。少なくとも俺はそうだし、今も、これ以上ないってくらい勃起してる」

「ぁっ……は、ぁんっ……」

　谷間をこすられ、性的な単語を聞くたびに指先がピクリと反応する。呼気がそのまま小さな喘《あえ》ぎ声になり、じっとしていられなくなってしまう。

　花は隼人の肩に掴まりながら、もじもじと身体を動かして彼の腰の両脇に左右の膝をついた。

「でも、私だって、ちゃんと隼人を……。隼人みたいにはできないけど、私も隼人を気持ちいいと思わせたり、イかせたりしたい。もっと、隼人と上手《うま》くセックスができるようになりたいの」

「……そうか。じゃあ、少し待ってて」

　花は頷き、隼人が避妊具を着けるのを待った。

　そうしている間に、一気に高揚感が増して、身体の奥から蜜が滴《したた》り出るのを感じる。

「お待たせ。でも、無理はしなくていいんだぞ?」

隼人が言い、花の左手を導いて屹立《きつりつ》の先に置いた。

花は首を横に振りながら、猫のように背中を仰《の》け反《ぞ》らせ、双臀を高く持ち上げる。

「無理なんかしてない。本当に、そうしたいと思ってるの」

隼人の屹立《きつりつ》は、腹筋に突き刺さりそうなほど、硬く反《そ》り返っている。

花は上体を起こすと、腰を上げて屹立《きつりつ》の先を蜜窟の中に招き入れた。

「は……あ、あっ、あ……!」

蜜窟の壁を、強く押し込むようにして屹立《きつりつ》が奥へ進んでいく。

花は、仰向けに寝そべったままの隼人の上に跨《また》がり、上から彼の顔を見つめた。

自身の下腹に手を当て、中にいる先端の形をなぞる。唇を噛みしめ、込み上げてくる愉悦《ゆえつ》をどうにかやり過ごしつつ、腰を落として彼をすべて受け入れた。

記憶を辿《たど》りながら、うしろに双臀を突き出しては前に動かす事を繰り返す。そのうちに、みるみる息が上がり目の前がぼやけてきた。

このままでは、身体を支えられず倒れてしまう——

そう思った花は、隼人の胸に両手をついた。身体が安定したおかげで、腰が動かしやすくなった。

その分、よりいっそう快楽が深まり、花は顎《あご》を上げて喘《あえ》ぎ声を漏らす。

「花っ……」

名前を呼ばれ彼のほうを見ると、隼人もまた荒い息をして花のほうを見つめていた。

「気持ち……いい？」

そう訊《たず》ねると、彼は頷いて「すごくいい」と言った。

隼人が、花の両手に指を絡《から》めてくる。

掌《てのひら》を握り合わせて、そのまま動くよう導いてきた。胸に手を置くよりも不安定になったせいか、身体がぐらついて思わぬ場所を先端で突かれる。

そこは、さっき隼人の指に探られたところだ。

腰を動かし何度もそこを突いているうちに、突然身体中の皮膚が粟立《あわだ》ち、あっという間に絶頂の縁に追いやられる。

「ふぁっ……！　あ、あああぁっ！」

強く両手を握り合わせ、隼人に見つめられながら達する。それと同時に、花の中で屹《きつ》立《りつ》がビクリと震えた。

「隼人っ……！」

「花っ……！」

互いに名前を呼び、見つめ合いながらキスをする。

「最高に気持ちよかったよ、花……」

隼人がくぐもった声でそう呟き、花の身体に緩《ゆる》く手足を巻きつかせた。

「よかった……。私も、ものすごく気持ちよかった」

花の蜜窟が、嬉しさのあまりギュッと収縮する。

隼人が低く呻《うめ》いた。

二人は同時に微笑み合い、繰り返し唇を合わせるのだった。


次の日の日曜日、花は朝一で隼人とともに自宅に帰り、両方の両親が揃っているところで改めて事の顛末《てんまつ》を説明した。

あまり思い出したくない出来事だったけれど、隼人が適切にサポートしてくれたおかげで、気持ち的にはずいぶん楽だったように思う。

「そうだったのか……。事情も事情だし、会社としても動かないわけにはいかないな。山岸くんに対しては、人事部と相談して適切に対処しよう」

隼人の父であり「東条エアウェイ株式会社」の取締役社長である公一が、公《おおやけ》の立場からそう発言した。

「結婚はできるだけ早くしたほうがいいかもしれないわね」

礼子が言うと、花の両親もそれに同調する。

「僕もそのほうがいいと思います。花は?」

隼人に問われ、花は大きく頷いて皆に賛成する。

「わっ……私も、隼人さんと早く結婚したいです！」

その声が思っていた以上に大きくて、その場にいた全員が笑い出し、一気に場が和《なご》んだ。


そのあと、前々から予定していたとおり、二人は隼人の友達がデザイナーをしているジュエリーショップに向かった。都心から少し離れた場所にあるそこは、もともと住居として使っていた建物をリノベーションしてオープンさせた店だという。

「いらっしゃいませ」

入り口のドアを開けて中に入ると、ショートカットの優しそうな女性が声をかけてくれた。彼女は、隼人の友達の妻であり、この店のオーナーでもあるのだという。

「時間は、たっぷり取ってありますから、ゆっくりしていってくださいね」

デザインについては完全予約制であるこの店は、一階が通常の販売を行《おこな》うフロアで、二階はギャラリーとデザイン工房になっているらしい。

「よう、隼人。やっと来たか」

彼女の背後から、背が高くロングヘアをひとまとめにした男性が顔を出した。

「智樹《ともき》。ああ、やっと来たよ」

普通の家のように店の入り口で靴を脱ぎ、スリッパに履き替える。

花は改めて二人に挨拶《あいさつ》と自己紹介を済ませ、智樹に導かれて階段を上《のぼ》り、二階に行く。

そこは、奥の工房を除くフロア全体がギャラリーになっているものの、置かれているインテリアのせいか、アットホームな雰囲気に包まれている。

「花さん、改めてようこそ。隼人からさんざん惚気《のろけ》られてたから、会うのを楽しみにしていました」

「えっ、そ、そうなんですか？」

花が驚いた顔で隼人を見ると、彼は照れたように微笑んだあと、智樹を見てしかめっ面《つら》をする。

「おい、智樹。余計な事言わなくていいって！」

「別にいいだろ？　どうです？　隼人とは上手《うま》くいってますか？　何かあったら、俺のところに言いつけに来てくださいよ。俺は、こいつの弱みをいろいろと握ってるんで、電話一本もらえれば速攻で締め上げに行きますから」

「それ、お前が結婚した時に、俺がお前の奥さんに言った台詞《せりふ》じゃないか！」

「だからだろ？　俺はこの台詞《せりふ》を言い返すのを、ずーっと待ってたんだからな」

「俺は、お前と違って弱みなんかないぞ！」

花の目の前で、二人のイケメンが楽しそうに言い合いをはじめた。

（なんだか……二人とも、可愛い……）

普段、あまり目にしない隼人の一面を見て、花は一人笑いを噛み殺し、二人の様子を眺めた。

「さて、と。隼人の相手はこのくらいにして、花さん、まずはひととおり、うちのデザインをご覧になってください」

智樹はにこやかな笑顔を見せて、花達を連れて飾られているジュエリーについて説明してくれた。途中、隼人に電話が入り、植物がたくさん植えられたベランダに出て行く。

花は引き続き智樹とともにジュエリーを見て回り、彼の奥さんがお茶を持ってきてくれたタイミングで、フロアの隅にあるソファに腰を下ろした。

「ここ、とても素敵ですね。まるでお友達の家を訪ねたみたいに、すごく親しみを感じます」

花がフロア中を見回すと、智樹がにこやかに笑った。

「ありがとう。そう言ってもらえると嬉しいな。『友達の家を訪ねたみたいに親しみを感じる店』――それこそが、この店を開く時に決めたコンセプトなんですよ」

「へえ、そうだったんですか。実は、私も今度新しくカフェをオープンする予定なんです。だから、すごく参考になります」

それからしばらく、花は智樹からこの店のオープンにまつわる話を聞かせてもらった。

「それにしても、喜ばしいなぁ！　隼人とは、俺が中学の時にこっちに引っ越してからの仲なんですけどね」

　智樹曰《いわ》く、高校卒業後、美大に進学した彼は、当時からジュエリーデザイナーになる事を夢見ていたという。一方、隼人は幼少時からの目標であるパイロットを目指し、二人はそれぞれ夢を叶える過程で、ある約束をしたのだそうだ。

「もし結婚したら、隼人は、俺が新婚旅行に行く時の飛行機を操縦する。俺は、隼人と嫁さんの指輪をデザインする。あ、でも、これについては、花さんの意向もあるから、強制じゃありません」

　智樹が、あわてた様子で付け足すが、花はぜひ約束を果たしてくださいとお願いをした。

「結局、それぞれが夢を叶えて、俺は一昨年《おととし》、隼人がメインパイロットをしてる飛行機でヨーロッパに新婚旅行に行きました。そして、今日！　ようやくあいつが、俺のところに婚約者を連れて来たんです」

　智樹の話を聞き、花は嬉しさで胸がいっぱいになった。

　たぶん無意識に、とんでもなくにやけていたのだと思う。気がつけば、智樹が花を見て、笑いを堪《こら》えるような顔をしていた。

「あっ……ご、ごめんなさい！　話してる途中に――」

「いや、ぜんぜんいいですよ。っていうか、話してみてわかりました。こりゃあ、あいつがベタ惚れなのも納得ですよ」

「何が納得だって？」

電話を終えて帰ってきた隼人が、花の隣に腰を下ろす。

「おう、隼人。おかえり～。まぁ、詳しい事は、あとで花さんから聞いてくれ。じゃ、さっそく指輪のデザインについて話そうか」

智樹は、二人のためにいくつかのデザインを考えてくれていた。

どのデザインもそれぞれ素晴らしく、花は隼人と相談しながら、さんざん迷ったあげく桜の花びらをモチーフにしたものを選んだ。

「ああ、いいチョイスですね。実はこれ、この中で俺のイチオシです。少し波形になっているところがポイントで、指にはめるとしっくりと馴染むんですよ」

智樹はジュエリーデザイナーの顔で、このデザインについて細かく説明してくれた。

「隼人は？　これでいいと思う？」

花が小さな声で訊《たず》ねると、隼人がにっこりと笑って頷く。

「うん、いいと思うよ。唯一無二って感じだし、デザインも気に入った。さすが、売れっ子ジュエリーデザイナーの仕事は違うな」

隼人がチラリと智樹を見た。智樹は、少し照れたような微笑みを口元に浮かべる。

「じゃあ、これで決まりですね。では、心を込めて作らせていただきます」

必要な手続きを済ませた二人は、智樹達夫婦に見送られジュエリーショップをあとにする。

「素敵なお店だったね。それに、ご夫婦もすごくお似合いでいい感じだった。あ〜、出来上がりがすっごく楽しみ！」

店の駐車場に向かいながら、花ははしゃいだ声を上げる。

「ドレスに指輪。あとは式場の手配だな。ヘアメイクとかは大丈夫か？」

隼人が花の髪を撫でた。花は彼を見て、にっこりと笑う。

「うん。式場についてはまどかお姉ちゃんがやってくれるって。ヘアメイクも早紀お姉ちゃんの知り合いの人に頼む事になってるの」

結婚式の段取りについては、本人達が主体なのは言うまでもないが、花の姉達が必要な段取りを手伝うと宣言し、実際に動き回ってくれている。

車で帰る道すがら、隼人が花に質問をしてきた。

「智樹の事だから、おおかた俺がいない間に、いろいろと喋《しゃべ》ったんだろう？」

隼人に問われて、花はあの店のオープンにまつわる話と、二人が交わした約束について聞いた事を伝えた。

「智樹さん、隼人が操縦する飛行機で新婚旅行に行ったんだってね」

「ああ。ちょうど、俺がメインパイロットになった年に結婚したから、ギリギリ間に合ったな。あいつは副操縦士でもいいって言ってくれたけど、どうせなら、俺がメインで操縦する飛行機に乗ってほしかったからね。そういう目的もあったし、結構必死だったよ」

隼人が朗《ほが》らかに笑った。彼がパイロットとしての訓練を積み重ね、異例とも言える早さで機長になった陰には、そんな約束の存在もあったのだ。

「素敵だね。二人とも夢に向かって努力して。ちゃんとその夢を叶えて、友達との約束を実現させたんだから……」

花は改めて隼人を尊敬するとともに、彼の隣にいられる自分を心から嬉しく思った。

「まあ、俺はずいぶんとあいつを待たせてしまったけどな。だけど、ようやくこうして心から愛する人を連れて行けてよかった」

隼人にそう言われ、花は改めて頬の筋肉がユルユルになるのを感じた。

「そういえば、智樹が言ってた『納得』ってなんだったんだ?」

「ああ、それは……その……隼人が私にべ……ベタ惚れなのも納得だって言ってくれて……」

花は、しどろもどろになりつつ、なんとか返事をした。

「智樹のやつ、ほんとお喋《しゃべ》りだな。事実だから、別に構わないけど」

サラリと言ってのけられ、花はいっそう相好《そうごう》を崩さざるをえなくなる。

（ベタ惚れって……私のほうこそ、隼人にベタ惚れなのに……）

赤信号で車が停車し、目の前の交差点を大勢の人が行き交いはじめた。

「花、何をニヤニヤしているんだ？」

「はいっ？　んっ……」

問いかけられ、あわてて振り向くと同時に軽く唇にキスをされた。

「は、隼人ったら、こんなとこで……」

ふいを衝《つ》くキスに面食らっている花を見て、隼人が溢《あふ》れんばかりの笑みを浮かべる。

「可愛いな、花。そうやって嬉しそうにしてる顔を見たら、どうしてもキスしたくなった。花にベタ惚れなんだから、しょうがないだろう？　それに、みんな急いで渡るのに夢中で、俺達を見てる暇なんかないよ」

そう言われても、花は恥ずかしくて交差点のほうを見る事ができない。

その隙に、隼人がもう一度、花にキスをする。

結局、三度のキスを交わし、車がまた走り出した。それから隼人のマンションに着くまでの間、花はすっかり夢心地になって口元に笑みを浮かべ続けるのだった。


それから一週間後の日曜日。

昼食を食べ終えた花は、自室の丸テーブルの前に座り、眉間に皺《しわ》を寄せながらボールペンを握っていた。

「き……緊張するっ……」

今まさに書こうとしているのは、自分の名前。

滑らないように、左手で押さえている書類は、昨日もらってきたばかりの婚姻届だ。

書き損じた時の事を考え、一応二枚余分にもらってきたのに、残っているのはこの一枚だけ。

一枚目は、自分の名前を書き損じるというまさかの失態を演じ、二枚目は間違いなくぜんぶ書き切ったものの、最後に押した印鑑が上下逆になってしまうという残念な失敗をやらかしてしまった。

三枚目ともなると、さすがに力みすぎて手が震えてくる。

いったんリセットしてお茶でも飲もうと立ち上がった時、居間から花を呼ぶまどかの声が聞こえてきた。

花は大声で返事をしながら部屋を出て居間に向かう。

そこには、ノースリーブのワンピースを着たまどかが、トートバッグを肩から下ろしているところだった。

「まどかお姉ちゃん、いつ来たの？」

「ついさっき。声かけたのに、気がつかなかった？　お母さん達は？」

「朝から二人で買い物に出かけてる。ちょっと集中してたから、ぜんぜん気づかなかった」

花は、たった今婚姻届を二枚書き損じた事を、まどかに伝えた。

「あー、確かにあれは緊張するね。まあ、ちょうどよかった。はい、これ」

まどかがバッグから大判の封筒を取り出し、中に入っていたパンフレットを花に差し出してきた。

「これって――」

「うん、挙式の日取り、決まったから。約四カ月後の十二月二十二日。日曜日の、午後一時から。寒い時期だけど、きっと素敵な式になると思うよ。ほら、見て。ちょうどクリスマスの時期だから、式場にツリーが飾られるみたい」

まどかに連れられ、花は姉と並んで長椅子に座った。

パンフレットに掲載されているのは、かつて両親が結婚式を挙げた歴史ある教会だ。桜井家三姉妹の上の二人も同じ教会で式を挙げ、今から四カ月後には花がそこで隼人と愛を誓う。

「ウェディングドレスも指輪も手配済みでしょ？　あとは、招待する人を決めて、招待状送って――あ、これ、前に言ってたサムシングニューのハンカチ。花が結婚式で大泣きしても大丈夫なように作ったから」

まどかから小さな紙袋を手渡され、花は再度お礼を言う。

「ありがとう、まどかお姉ちゃん。仕事とか育児とかで忙しいのに、大変だったでしょう？」

「何言ってんのよ。可愛い妹のためだもの。これくらいさせてもらわないとね」

まどかがにっこりと笑い、花の肩をポンと叩いた。

「おおよそのスケジュールとか、中に詳しく書いてあるから、見ておいて。あ、それから、隼人と赤ちゃんについて話したりしてる？　結婚も間近だし、そういう話は早めにしておいたほうがいいわよ」

「え……えええっ⁉」

いきなり赤ちゃんなどと言われ、花は狼狽《うろた》えて椅子から落ちそうになる。

「家族としては、いつでもウェルカムだから。みんな、できる限りのサポートをするって言ってるし、産婦人科とか保育園とかの情報が必要なら私に任せといて。新店舗の事もあるし、いろいろと不安はあるだろうけど、コウノトリはそうそう都合よく来てくれるもんじゃないわよ」

結婚してすぐに子供を望んだまどか夫婦だったが、結局できたのはそれから一年後だった。

バリキャリのワーキングマザーであるまどかは、今後も引き続き花の憧れの存在であり、頼れる先輩であり続けてくれそうだ。

「じゃあね、また今度ゆっくり話そう」

用件を伝え終わると、まどかは子供達との約束があると言って早々に帰っていった。

その颯爽《さっそう》としたうしろ姿を見送りながら、花は心の中で拍手を送る。

「まどかお姉ちゃん、かっこいい……。私の周りってかっこいい人がたくさんいる」

花は改めて、自分を取り巻く人達の顔を思い浮かべた。

隼人や早紀は言わずもがなだし、両家の面々も、それぞれが責任を持って社会における自身の役割を立派に果たしている。むろん、香苗やカフェに来る常連の人達も。

「うん……、私も負けてられないよね」

花は椅子から勢いよく立ち上がった。

子供の件は、いずれ隼人と話し合う事になるのだろう。

花は、まだ見ぬ我が子に少しだけ思いを馳せた。そして、隼人に似た愛らしい赤ん坊の顔を想像して、一人ニコニコと笑みを浮かべるのだった。


八月も残すところ、あと数日になった。

花は「辰の湯」のリノベーション計画に本腰を入れはじめた。今日もその件で隼人と待ち合わせをしている。

時刻を確認すると、午後二時を少し回ったところだ。駅に向かい、電車に乗った花は、空《す》いている車両のドアのそばに立った。電車が動き出し、窓の外の景色が移り変わる。

父方の大伯父は、名前を桜井辰雄《たつお》といった。

さほど遠くない縁ではあるが、花は生前の辰雄に会った記憶がない。

父によると、一度赤ん坊の時に会った事があるそうだ。だけど、当然花はそれを覚えておらず、そのあと一度も会わないまま、大伯父は亡くなってしまった。

電車が目的の駅に到着し、花は電車を降りて改札を出る。

駅前の商店街を抜けて住宅街に入ると、ほどなくして「辰の湯」の煙突が見えてきた。

創業六十年を迎えたばかりだったというそこは、裏手に大伯父が夫婦で住んでいた家があり、敷地面積はぜんぶでおよそ百坪。現在は誰も住んでおらず、完全なる空《あ》き家となっている。

銭湯と言っても、イメージとしては町の小さなお風呂屋さんといった感じだ。

建物の壁は茶色のモルタルで、一見するとごく普通の平屋建ての一軒家に見える。

花は女湯の入り口の鍵を開け、建物の中に入った。

一歩足を踏み入れると、そこは脱衣所になっており、壁の一面に木製のロッカーが並んでいる。

白壁の脱衣所を奥に進み、突き当たりのガラス戸を開けた。

浴室は青色の玉石タイルがびっしりと敷かれており、浴槽と壁はすべて四角い白タイル張りになっている。天井はドーム型で、壁面との境目近くに天窓が見えた。

「あ～」

花は控えめに声を上げ、浴室に響く自分の声に耳を澄ます。

ここが営業している時に来る事はなかったけれど、何度か足を運ぶうちに、「辰の湯」に愛着を感じはじめていた。

入り口に戻り、男湯の向こうにある住居部分に続く廊下を行く。小さな中庭を突っ切り、裏手の住居部分に向かう。

隼人との待ち合わせの場所は、壁一面に辰雄の蔵書が並べられている書斎のような部屋だ。

「隼人、お待たせ！」

「ああ、花。早かったな」

相変わらず忙しいフライトスケジュールをこなしている隼人だが、最近は自《みず》ら望んで片づけを手伝ってくれている。

当初、住居部分の荷物はすべて処分する予定だった。

しかし、ある時ここに一緒に来た隼人が、辰雄の蔵書の内容がかなり充実していると気づいた。

書棚に並んでいるのは、著名な文学賞の第一回目からの受賞作品の初版本や、著者のサイン本。一見、雑然としているが、実はかなりこだわりを持って集められているものだとわかった。

花は隼人の横に陣取ると、彼とともに本の選別作業をはじめる。とはいえ、花は主に選別したものを整理して箱に入れる係だった。

手を動かしながら、思いつくままに話し、リノベーションの方向に関する考えを隼人と共有する。

「やっぱり、浴室の床はあのまま残す事にしたのか？」

「うん。脱衣所の床も、かなり丈夫でいいものらしいし。それと、あちこちに使われてる飾りガラスもどこかに付け替えられたらいいなって思ってる」

「それはいいね。古くてもいいものは残して大切に使ったほうがいい。ここには、辰雄さんの歴史があちこちに残ってるしね」

「うん。私、こうして何度も『辰の湯』に来るうちに、どんどんここが好きになってきてるの。こうなったら、なんとしてでも大おじさんが遺してくれた『辰の湯』を、いい形でカフェとして生まれ変わらせてあげたいと思う」

花は力強く語り、小さく拳《こぶし》を握った。

「そうか。ここは古くからの町だし、せっかくなら近所の人達も来てくれる店になればいいいな」

隼人の何気ない言葉に、花は動かしていた手を止めて、考えを巡《めぐ》らす。

「うん。そうだね……。六十年もここで親しまれてきた『辰の湯』だもの。できれば、近所の人にも愛されるお店にできたらいいな」

「花なら、きっとそんな店を作れる。花らしい、花みたいに愛される店を作れば、住む場所を問わず、たくさんの人が来てくれる素敵な場所になると思うよ」

「私らしい、私みたいに……？」

花は隼人の言葉を反芻《はんすう》する。そして、パッと顔を輝かせて、そばに立つ隼人の顔を見上げた。

「ありがとう、隼人！　今の言葉で、なんだか頭の中がスッキリした。前は漠然と、遠くからでも足を運びたくなるような魅力的なお店を……って考えてた。それでもまだどんなカフェにしようか迷いまくってたけど、まずは近所の人に愛される店――っていう方向で考えをまとめてみる」

花が明るい声を上げると、隼人がにこやかに頷いた。

店舗のリノベーションについては、隼人の友達を介して信用のおける業者に依頼する事になっているし、今後しばらくは「チェリーブロッサム」と、ここを忙しく行き来する日が続くだろう。

途中、恵が持たせてくれた夕食を食べ、午後九時まで作業を続けた。

「隼人、もうそろそろ終わりにしよう？　明日もフライトでしょう？」

彼のマンションからだと、ここは車で二十分足らずの距離だ。

「ああ、じゃあ、そうするか。今日はうちに泊まれるんだろう？」

「うん。あ、帰る前に『辰の湯』のほうに寄ってもいい？」

二人して書斎をあとにし、中庭を通り抜けると、今度は男湯の入り口を開けて「辰の湯」に入った。

ついこの間まで、ここには、花の両親が時々掃除をしにやって来るだけだった。そのせいか、はじめて来た時、「辰の湯」にはなんとなくもの悲しい雰囲気が漂《ただよ》っていた。しかし、リノベーションに向けて花達が頻繁《ひんぱん》に出入りするようになり、ずいぶん温かみが出てきたような気がする。

花は、浴室のガラス戸を開けて、隼人とともに中に入った。

隼人が声を上げ、自分の声が天井や壁に反響するのに耳を澄ます。

「ふふっ、私と同じ事やってる」

花が小さく笑うと、隼人が大袈裟《おおげさ》に驚いたふりをする。

「そうか。俺も花と付き合うようになってから、ずいぶん精神的に若返ったな」

「それって、私の精神年齢が低いって事？　もうっ！」

花は頬を膨らませて、笑う彼に掴みかかる真似をした。そこで花は、ふと足を止め、バッグから婚姻届を取り出す。

「隼人、これ……。書いてきました」

花が茶封筒に入れたそれを渡すと、隼人が中を確認して、口元に笑みを浮かべた。

「はい、確かに受け取りました。慎重に書かせてもらうよ」

二人の記入が終わったら、一緒に証人欄に署名をしてもらいに行く事になっている。

一人は、隼人の父であり上司でもある公一。もう一人は、花の母であり雇用主でもある恵に頼むつもりだ。

「花、幸せになろうな」

隼人にそう言われ、花は込み上げてきた涙を堪《こら》えながら、こっくりと頷いた。

「うん。幸せになろう。一生の約束ね」

花は、隼人に向かって右手の小指を差し出した。

隼人が、その指に自身の小指を絡《から》めると、二人同時に一歩前に進み、そっと唇を重ね合わせるのだった。


九月はじめの日曜日、花は朝早くから一人で「辰の湯」を訪れている。

先週、隼人とここで話している時、新店舗の方向性が決まった。

すでに業者の人達と具体的な話をする段取りも済ませたし、来月には本格的な工事をスタートさせる予定だ。

(「ご近所の人に愛される店」か……。それを実現させるためにも、この町の事をよく

知らないとね）

ここのところ頻繁《ひんぱん》に「辰の湯」に通い詰めているが、花はまだ近隣にどんな人が住んでいるのかすら知らない。

それは、来る時間が遅かったり、来てもほとんど屋内にばかりいるせいだが、工事がはじまる前に、ご近所の人達にきちんと挨拶《あいさつ》をしておきたいと思う。

「とりあえず、今度この辺りを歩き回ってみようかな？」

花がそう独り言を言った時、店の入り口のほうから誰かの声が聞こえてきた。

「こんにちは〜」

「は、はいっ！」

花はあわてて浴室を出て、脱衣所に向かった。すると、入り口から白い割烹着《かっぽうぎ》を着たおばあさんが顔を覗かせている。

「こ、こんにちは！　えっと……何か御用ですか？」

「いえいえ……そうじゃないんだけど、『辰の湯』の戸が開いてたから、どうしたのかと思って」

「あ……私ったら、引き戸を開けっぱなしにしてたんですね」

「たぶん、閉めた反動で開いちゃったんだと思うよ。ふふっ……懐《なつ》かしいわねぇ。『辰の湯』の引き戸……」

「辰の湯」の常連だったというおばあさんによると、女湯の引き戸は勢いよく閉めると建枠に当たった反動で開いてしまうらしい。

「そうだったんですね。知りませんでした……。あ、私、ここに住んでいた桜井辰雄の姪孫《てっそん》の桜井花といいます。今度、ここでカフェを開く事になっているんです」

「おやまあ！　辰雄さんの親族の方だったのねぇ。それはそれは……。私は近所に住んでる山田睦子《やまだむつこ》です。せっかくだから、うちでお茶でもご馳走させてくださいな」

ぜひにと誘われ、花は五軒先にある睦子の自宅にお邪魔した。そして、お茶を飲みながら「辰の湯」が繁盛《はんじょう》していた頃の話や、辰雄と先に亡くなった彼の妻・和歌子《わかこ》の話を聞く。

「辰雄さんは無愛想だけど世話好きないい人でね。明るくて気さくな和歌子さんとはいいご夫婦だったの。だけど、和歌子さんがまだ若い時に亡くなってからは、すっかり偏屈じいさんになってしまって――」

「辰の湯」をカフェにするという話が出た時、花も大伯父の話を少しだけ聞かされていた。

確か、和歌子が亡くなったのは今から二十年前で、彼女が五十歳の時だったそうだ。

それまでは、割と頻繁《ひんぱん》に親戚付き合いをしていたようだが、彼女が他界してからは、ほとんど交流がなくなったらしい。

「でも、今から十年前に、この辺一帯が何日も断水になった時があってね。近所は年寄りが多いし、水をもらいに公民館に行くのも大変で、かなり不自由したの。その時、辰雄さんが何をどうしたのか、私らにタンクで水を配ってくれて。その上、『辰の湯』を開けて、無料でお風呂まで入らせてくれてねぇ……。口下手《くちべた》だったけど、本当に、いい人だったよ」

そんな事もあってか「辰の湯」は、彼が亡くなるまで客足が途絶える事はなかったという。

そして、近所の人達は今でも、ここの前を通るたびに彼を偲《しの》んでいるのだと教えてもらった。

睦子に暇乞《いとまご》いをして、花は辰雄の事を思いながらふたたび「辰の湯」の前まで戻ってきた。

時刻を確認すると、十二時十五分前。

「さて、と。そろそろ香苗ちゃんと合流しないと」

今日花は、香苗と十二時に待ち合わせをしている。

少し前、花は彼女に新店舗の話をした。すると、ぜひ一度改装前の「辰の湯」を見てみたいと言われ、ランチがてら駅前のカフェレストランで落ち合う事になっているのだ。

駅に向かって歩きながら、花は周囲の町並みを眺めた。

（やっぱり「近所の人に愛される店」にしたいっていう方向性は間違っていなかったな）

花は睦子と話してみて、改めてそう確信した。あとは、花がどう「辰の湯」の味わいを残しつつ、まったく違う分野のカフェとして再生させるか、だ。

近所の人達に愛された「辰の湯」。今後、自分はそれをどう受け継いでいこうか?

かつて「辰の湯」の常連だった人達を惹きつけるようなカフェにするにはどうすればいい?

花は自分がオープンさせるカフェの全容について、改めて考えを巡《めぐ》らす。

駅に続く道を歩きながら、途中、近道となる裏路地に入った。カフェについて考えながら、細い道を足早に歩く。

「花さん、こんにちは」

ふいに背後から声をかけられ、驚いて振り返った。見ると、すぐそばに若林が立っている。

「あっ……わ、若林さん。こ、こんにちは」

一体、いつの間にこれほど近くに来ていたのだろう?

それも、こんな地元民でもめったに使わないような細い路地に、なんの用が?

とりあえず挨拶《あいさつ》を返したものの、こちらを見る彼の様子が、いつもと少し違って見える。

どこが、と言われるとはっきりと答えられない。だけど、どことなく、いつもとは違う不気味さを感じるのだ。

「こんなところで、どうされたんですか？」

花が訊《たず》ねると、若林はとってつけたような笑みを口元に浮かべた。しかし、目はまったく笑っていない。そのギャップのせいで、彼の不気味さが倍増する。

「いやぁ、ちょっとした散歩です。花さん、これからどこへ行くんです？　よかったら一緒にランチでも食べに行きませんか？」

急に一歩前に出ると同時に、彼は花の腕を掴んできた。

驚いた花は、腕を引いて若林から離れようとする。しかし、彼は花の腕を放さないばかりか、より強く腕を掴んで行かせまいとした。

「いい店を知ってるんです。もちろん、僕がおごりますから、一緒に行きましょう」

じりじりと近づいてくる若林の頬が、ピクピクと痙攣《けいれん》する。浮かんでいた微笑みが消えて、代わりに能面のような無表情になった。

ただならぬ気配を感じ取った花は、首を横に振って彼の申し出をきっぱりと拒絶する。

「いいえ、これから友人とランチの約束をしているので、遠慮します！」

「ええ～、そう言わずに」

食い下がってくる若林が、気味の悪い声を出した。もうこれ以上我慢できない。花は彼の手を振り払って、逃げようとした。

「若林さん、急いでいるので放してください――きゃっ！」

いきなり強く腕を引かれて、コンクリートの壁に背中を押し付けられた。勢いよく後頭部を壁にぶつけて、目の前がチカチカする。

そのまま建物の隙間に引きずり込まれ、無理矢理抱きすくめられた。

「いやぁっ！」

花は、どうにかして彼から逃げ出そうと、思い切り手足をばたつかせる。しかし、若林の脚が花の太ももをしっかりと挟み込んでおり、身動きが取れない。

若林が花の髪を撫で、顔を近づけてきた。

「は、放してっ！　どうしてこんな事をするんですか！」

花は頭を振って彼の手を振り払った。

花は、なおも逃げ出そうとして、必死になって手足をばたつかせる。けれど、若林は思いのほか力が強く、身体を壁に押さえ込まれてしまった。

「花さん、僕は学生時代柔道をやってたんです。だから、ちょっとやそっと暴れたくらいじゃ逃げられませんよ」

若林が、眉尻を下げながら、にんまりと笑う。花の首筋に、若林の生温かい息がかかる。彼は、クンクンと鼻を鳴らしながら花のうなじを嗅ぎ回ってきた。

「ひっ……」

ゾッとするような気味の悪さを感じて、花はできる限り身体を若林から離そうとした。

「花さんって、細いのにヒップは大きいですよね。そこが、妙に男心をそそるっていうか……。花さんのストーカーをやりはじめてから、僕、ちょっと変なんですよ」

「ス、ストーカー？」

慄《おのの》く花をよそに、若林はなおもうなじの匂いを嗅ぎ回っている。

「前はセクシーでグラマーな美人しか興味がなかったのに、今じゃ花さんみたいな清純で、セックスについて一から教えてあげなきゃいけないようなタイプもいいなって思うようになって……。あなたのカフェエプロン姿、何度も思い浮かべては……くっ……ふ……ふふふ……」

若林の忍び笑いが聞こえると同時に、彼の鼻面《づら》が首筋に触れ、全身に鳥肌が立つ。

「きゃ――」

大声を出そうとした口を掌《てのひら》で塞《ふさ》がれ、いっそう強く身体を押え込まれる。

「悪いけど、静かにしてもらえますか？　そうじゃないと、僕も困るんです。大丈夫、大人しくしていれば、さほど大きな危害を加えるつもりはありませんから」

〝危害〟と聞いて、花は恐ろしさに身を固くする。

彼はなぜこんな真似を？

「チェリーブロッサム」に来るようになったのは、ストーカーの一環だったのだろうか？

花が青ざめて身体を震わせていると、若林が亀のように首を伸ばしてキョロキョロと辺りを窺いはじめた。

「まだかな……。もうそろそろ来てもらわないと、さすがに人目が気になるんだがなぁ……。ねえ、花さん、僕だって好きでこんな事してるわけじゃないんですよ。だけど、やらなきゃヤラせないって言うビッチに頼まれて、仕方なくこんな犯罪まがいの事をやっているわけで――」

彼は、まるで花に愚痴《ぐち》を零すように、ペラペラと話し続ける。

「僕なんか、ほぼペットと同じ扱いですよ。はぁ……僕の気持ち、わかりますか？　好きな女にいいように使われて……。まあ、言う事を聞けば、それ相応のご褒美《ほうび》をもらえるんですけどね？　それが楽しみで今のクソみたいな関係をやめられないわけで……ふふっ」

若林が、引き攣《つ》った含み笑いをする。

一体彼は、なんの事を言っているのだろう？

花は、パニックに陥《おちい》りそうになりながらも、必死になって頭を働かせた。

（頼まれて仕方なくって……誰に？　どうしてこんなひどい事を――）

そこまで考えた花の頭の中に、ふと山岸紗理奈のヒステリックな顔が思い浮かぶ。

まさか、若林の背後に彼女が？

もし本当にそうだとしたら、何をされるかわかったものではない。

花は恐怖心に囚《とら》われて、やみくもに暴れた。なんとか若林から顔を背《そむ》け、大声を上げる。

「誰かぁっ！　助けてえぇっ！」

声を限りに叫び、身体を離そうと力任せに身を捩《よじ》った。

しかし、若林はいっそう強く花を押さえ付けて、またしても口を塞《ふさ》ごうとしてくる。

「静かにって、言ってるでしょう？　まあ、こういうのも嫌いじゃないです。ふぅ……なんだか興奮してきたな……。花さん、あなたはいい人だから、正直あまりひどい事をしたくないんです。僕だって心苦しいんですよ。そのあたりをわかってくれませんか？」

若林が、花に身体を押し付け、だんだんと息を荒くしていく。花の下腹に気味の悪い盛り上がりが当たり、頭の中に想像もしたくないような事が思い浮かぶ。

花は絶望的な気持ちになり、なりふり構わず大声を上げた。

「嫌あぁぁっ！　誰かあぁぁ！」

「ちょっともう、しぃぃぃっ！　静かに！　これ以上騒ぐと、花さんのためになりませんよ！　大人しくしてって言ってるのに！　――うがっ！　いったぁ……」

若林が突然うしろに仰《の》け反《ぞ》って、悲鳴を上げた。見ると、般若《はんにゃ》のような顔をした紗理奈がバッグで彼の頭を叩いている。

「静かにって、あんたが一番うるさいわよ！　見つかったらどうするの？　ほんと、使えない！」

紗理奈がバッグからスマートフォンを取り出して、前に構えた。

「ほら、さっさとやる事をやって退散するわよ！　服なんか、破いちゃいなさい。あんたも下を脱いで！　そうじゃなきゃ、この泥棒猫があんたに挿《い》れられてるところを撮りにくいでしょ！」

紗理奈の目的を知り、花は愕然《がくぜん》となりながらも懸命に抵抗する。

「山岸さん、やめてください！　どうしてこんな事をするんです？　お願いだから、放して！」

花の懇願を聞いて、紗理奈がおかしそうに笑った。

「は？　そんなの、今から撮る映像を、隼人さんに見てもらうために決まってるじゃない。そうすれば、さすがに彼も私を選ぶ気になるでしょう？」

当然のようにそう言う彼女の目は、ドレスショップで見た時よりも落ち窪《くぼ》み、明らかに異様な光を放っている。

彼女については、会社の呼び出しに応じる前に自主退社したと聞いていた。住んでいた会社契約のマンションも引き払っていた事から、実家に帰ったのだろうと言われていたが、そうではなかったのか――

「――ほら、早くヤッて！　グズグズしてたら、人が来ちゃうじゃない！　この馬鹿！　うすのろ！」

紗理奈が若林を罵倒《ばとう》し、彼は焦ってベルトを外そうとバックルを弄《いじ》りはじめる。

花は、その隙をついて若林を思い切り突き飛ばした。

しかし、建物の隙間に入り込んでいる花は、紗理奈と若林に出口を塞《ふさ》がれ、路地に出るのも容易ではない。

「もう！　何やってんのよ！」

紗理奈が地団太《じだんだ》を踏んで金切声を発した時、彼女の手からスマートフォンが弾け飛んだ。続いて、花の反撃にあって路地に出た若林が、壁の向こうに引きずられていなくなる。

花は、とっさに路地へ飛び出した。そして、若林の首根っこを掴み、仁王立ちになっている隼人を見て、あっと声を上げた。彼の背後には、ルイと香苗も控えている。

「貴様、花に何をした！　事と次第によっては、ただじゃ置かない」

隼人が鬼の形相《ぎょうそう》で若林を地面に押さえ付ける。彼は呻《うめ》き声を上げて、それきり動かなくなった。

「花っ！　大丈夫か？」

隼人が花のそばに駆け寄り、身体をしっかりと抱きしめてきた。花はホッとして泣きそうになるのを堪《こら》えながら、繰り返し頷いて隼人を見る。

彼は安心した様子で頷き、花をいっそう強く抱き寄せると、額《ひたい》に唇を押し付けた。

「いやぁっ！　その女から離れて！　隼人さんっ、私を見てえっ！」

突然、紗理奈が叫び声を上げ、フラフラと隼人のほうに近づいてきた。

そんな彼女を、ルイがうしろから羽交い締めにする。動きを止められた紗理奈は、ルイの手を振りほどこうと、やみくもに暴れ出した。

「放してったら！　ねえ、隼人さん！　私を見て？　私のほうが、そんなチビで貧相な女より何倍……いいえ、何億倍も美人でいい女でしょう？」

隼人が、ゆっくりと紗理奈を振り返った。そして、なおも彼に近づこうとする彼女を鋭く睨《にら》みつけて、口を開く。

「山岸さん。前も言ったはずだが、僕は君の気持ちに応《こた》える気はない。君には、まったく興味がないし、たとえ君がどんなに魅力的な女性だろうと、僕が愛しているのは桜井花だけだ。僕が花ではなく君を選ぶなんて事は、未来永劫《みらいえいごう》ありえない！」

隼人の声は、今までに聞いた事もないほど低く、怖いくらい迫力があった。

「……そんな……」

完膚《かんぷ》なきまでに拒絶され、紗理奈が泣き笑いのような表情を浮かべる。

彼女はルイに捕らえられたまま、ガクリと膝を折ってその場にへたり込んだ。

「ちょっと待ちなさいよ！」

その時、花の左側から香苗の鋭い声が聞こえてきた。見ると、地面に突っ伏していたはずの若林が、身を起こして逃げようとしている。

前のめりになって駆け出そうとする若林の背中に、香苗の渾身の蹴りが入った。ふたたび地面に倒れ込んだ若林の腰を、彼女が上から膝で押さえ付ける。そして、あっという間にどこからか取り出したベルトで彼の手足を縛り上げ、憤然として立ち上がった。

そのあと、隼人が警察に連絡をして、やって来た警官に紗理奈と若林を引き渡す。

花達はそれぞれに警察で事情を聞かれ、その後念のため隼人と病院に行き、けがの治療を受けるとともに診断書を交付してもらった。

幸い、傷は多少のすり傷と打ち身だけで済んだ。隼人はそのあと、一度花を自分のマンションに連れ帰り、ふたたび警察に必要な手続きを済ませに行った。

そうして今――花はソファで隼人の膝の上に抱き上げられ、ゆったりと身体を預けている。

「花」

隼人が、花の名前を呼ぶ。

彼は帰宅してから花のそばを片時も離れようとせず、目が合うたびに唇に長いキスを落としてくる。

「そういえば、どうして隼人はあの場所に来てくれたの？　今日はルイさんと会う約束があるって言ってたよね？」

「ああ、ルイと会って話すうちに彼が『辰の湯』を見たいって言い出したんだ。改装前に、ぜひ日本の古き良き文化を味わいたいって……。今日は花も『辰の湯』に来るとわかってたしね。だけど、香苗さんとランチをするって言ってたから、GPSで花の居場所を確認しながら向かったんだ」

「そうだったんだ……」

花は、己の幸運に感謝する。

それと同時に、隼人との間に目に見えない強い絆《きずな》を感じた。

「隼人、来てくれて本当にありがとう……。『辰の湯』を見たいって言ってくれたルイさんにも、お礼を言わなきゃ。それに、駆けつけてくれた香苗ちゃんにも」

「そうだな。二人には感謝してもし切れない」

隼人が、花の身体を改めてきつく腕に抱いた。そして、警察から聞かされた話を、ゆっくりと語りはじめる。

今回の件の首謀者は、やはり紗理奈だったようだ。退社後、彼女は帰郷せず若林の家にいた。

彼は彼女に命じられて合成写真を作り、ストーカーのように昼夜に渡り、花の動向を窺っていたらしい。若林が「チェリーブロッサム」に現れたのもそのためだった。

紗理奈が突然ドレスショップに現れたのも、彼が花のあとをつけていたから。花の個人情報を彼女が知り得たのも、すべて若林を使って調べさせたからだそうだ。

花は、今さらながら紗理奈の異常な執念深さに身震いをする。

ドレスショップでの花への暴力行為を理由に、彼女にはすでに弁護士からは法的措置に関する通知書が、警察からは警告書が出されていた。

今回の行為は明らかにそれに違反しており、今後、二人とも略式起訴されたのち、有罪判決が下ると思われる。

「若林をはじめて見た時、嫌な感じがしたんだ。それなのに対策を取らなかった俺が馬鹿だった。それに、ドレスショップに山岸が現れた時、もう二度とあんな事はさせないと言ったのに……どうしてもっと警戒しておかなかったのか……」

苦悶《くもん》の表情を浮かべる隼人の胸に、花が顔をすり寄せる。

「ううん、私がいけなかったの。隼人はあの人の事、なんだか気になるって言ってたのに、私は能天気に、新しいお客さまが増えたって喜んでた。だから隼人、そんなに悔やまないで……」

花が言うと、彼はようやく表情を緩《ゆる》めて小さく頷いた。

「本当に無事でよかった。今度こそ、約束する。花を二度と危険な目に遭わせたりしない。俺が一生、花を守る。全力で……守り抜いてみせる」

隼人が心の底から絞り出すような声で、そう言った。そして、花と唇を合わせてくる。

彼の並々ならぬ決意を感じて、花は安堵するとともに、隼人への想いをいっそう強くした。

そのままうっとりと目を閉じて、彼に身を預けたくなってしまう。

けれど、花は朝から何も食べていないし、おそらく隼人もそうだ。

「お腹空《す》いたでしょ？　簡単だけど、ご飯の用意できてるから」

花が努めて明るい声を出すと、隼人も笑顔で頷いた。

「そうか。どうりでいい匂いがすると思ったんだ。この匂いはしょうゆか？」

「そう。焼きおにぎりと玉子焼き。あとは、ワカメと油揚げのお味噌汁……きゃあっ！」

隼人がふいに花を左肩に担《かつ》ぎ上げ、窓際のテーブルへと歩いていく。その間、空《あ》いている右手で、肉厚な尻肉をまんべんなく撫で回す。

「やっ……隼人ったらっ……！」

隼人からの愛あるセクハラ行為に、花は頬を膨らませて抗議した。

そんな花の抗議をまったく意に介さず、隼人は悠然とテーブルに近寄り、花を床に下ろした。

「お、うまそうだな。さっそくいただこうか」

隼人が引いてくれた椅子に、花は素直に腰を下ろす。

同時にいただきますを言って食べはじめる。旺盛《おうせい》な食欲を見せた隼人は、ものの十分で皿を空《から》にしてしまった。

「は、早いね。もっと何か作ろうか？」

「いや、もう十分だ。花は、ゆっくり食べてていいよ」

花が食べている間中、隼人がじっとこちらを見つめてくる。

「……隼人ったら、そんなにジロジロ見られると、食べづらいんだけど」

「そうか？　じゃあ――」

彼はふいに立ち上がると、花のそばに来て身体を腕にすくい上げた。そして、花をうしろから抱きかかえて、椅子に腰かける。まるで、幼い頃に戻ったみたいで、花は我知らず頬を緩《ゆる》めた。

「これでどうだ？　花専用の椅子だ。愛情たっぷりだから、座り心地がいいだろう？」

隼人が言い、うしろからやんわりと抱きついてくる。

これなら同じ方向を向いているから、確かに視線は気にならない。

しかし、彼は横から顔を覗き込んできたり、ご飯粒がついていると言って、おにぎりを頬張ったままの唇にキスをしてきた。

途端にむせた花に、隼人がほどよく冷めたお茶を手渡してくる。おにぎりをお茶と一緒に飲み込むと、隼人が耳のうしろに囁《ささや》きかけてきた。

「ごめん。どうも最近、花が膝の上にのっていないと落ち着かなくて。それに、今夜は花から目を離したくないんだ。せっかくだから、俺が花に一口ずつ食べさせてやってもいいよ」

首筋に顔をこすりつけられ、花は、くすぐったさに思わず笑い声を上げた。

「ふふっ……もう、隼人ったら……！　そんなに甘やかさないで」

「いや、それは無理だ。俺は一生花を甘やかすし、花がおばあさんになっても、今と同じように愛して愛して愛し抜くよ――」

隼人にきっぱりと言い切られ、花は彼に向き直って対抗心を燃やす。

「私だって、隼人を愛する事にかけては、負けてないんだから。きっと一生、隼人を見るたびに恋をすると思う。……今だって、そうだもの――」

隼人が花を胸に抱き寄せ、花も彼の腰にそっと腕を回した。

「愛してる」

二人は同時にそう言うと、どちらからともなく唇を重ね合わせるのだった。


いつまでも残っていた暑さが、ようやく過ぎ去った九月最後の日曜日。

花は「辰の湯」の五軒先に住む睦子の家を訪れていた。

店舗のリノベーション工事をはじめるにあたり、今日は改めて近隣の人達に挨拶《あいさつ》に行く事になっている。

用意した手土産《てみやげ》は、洗剤と「チェリーブロッサム」で扱っている洋風の菓子折り。

もう何十回となく「辰の湯」に通っている花は、頻繁《ひんぱん》に睦子を訪ねていた。

この界隈の重鎮でもある彼女は、地域の情報を豊富に持っている。花は何か知りたいと思う時には睦子を訪ね、いろいろと相談に乗ってもらったりしていた。

「さあ、まずは自治会長のところへ行こうか」

「はい、よろしくお願いします！」

睦子に促《うなが》されて、花は手土産《てみやげ》入りの袋を持って睦子の家をあとにする。

「お時間取らせてしまって、すみません」

「いいのいいの。どうせ暇だし、ついでにご機嫌伺いもできるからね」

何度となく話をするうちに、すっかり花と親しくなった睦子は、今日は自《みずか》ら挨拶《あいさつ》に同行すると言ってくれた。

これまでに何度か話をした自治会長は、かつて駅前で居酒屋を経営していたという七十代のご隠居だ。彼は睦子同様「辰の湯」の常連であり、辰雄とも親しい間柄だったと聞く。

手土産《てみやげ》を渡し、ひとしきり昔話に花が咲いたところで、睦子とともに腰を上げて次の家に向かう。

睦子が事前に情報を流してくれていたおかげで、挨拶《あいさつ》回りは殊《こと》のほかスムーズにいき、何事もなく無事終了した。

睦子とともに「辰の湯」に戻り、改めて同行してくれた礼を言う。

「なんだかんだで、睦子さんにはお世話になりっぱなしですね。今日だって、本当におんぶにだっこ状態で……本当にありがとうございます！」

花は睦子に向かって深々と頭を下げた。

「いいんだって。好きでやってる事だし、気にしなくていいよ。それに、世話を焼いてやりたくなるのは、花ちゃんがそれだけいい子だからだよ」

睦子に促《うなが》されて、花は縁側に腰をかける。

「ああ、この子は一生懸命だなぁ、手助けしてやりたいなぁって思うのは、花ちゃんがそれだけ努力しているからだよ。自然と手を貸したくなるのは、花ちゃんの人柄ゆえだね。それは花ちゃんの強みだし、せいぜい利用したらいいと思うよ」

「はい……そう言っていただけて、本当に嬉しいです。これからも、よろしくお願いしますね、睦子さん！」

花は睦子の手を握り、真剣な表情で彼女の顔を見つめた。

「あらまあ、こちらこそ、これからもよろしく。カフェのオープンを楽しみに待ってるからね。きっと、辰雄さんも喜んでくれてるよ」

睦子がそう言った時、居間の壁掛け時計が鳴り、午後四時を知らせた。

「ほら、ね？」

睦子が花の手を握り返しながら笑った。

花もまたにっこりと笑い、心の中で辰雄にも礼を言うのだった。


それから十日経った十月第二週の水曜日。

花は「チェリーブロッサム」での仕事を終えて、隼人のマンションに来て留守番をしていた。

隼人は相変わらず忙しくしており、花も新店舗オープンに向けて精力的に動いている。

「あ～、今日もめいっぱい動き回ったなぁ。でも、人手が増えた分、かなり楽になったかも」

「チェリーブロッサム」では、今月から新しくアルバイトを一人雇っている。

そのおかげで、それまでフルタイムで働いていた花も、必要に応じて出退勤の時間を調整してもらえるようになった。

「それにしても……うーん……。やっぱり、いろいろとお金かかるなぁ……はぁ～」

ソファ前のラグの上で、花はうつ伏せに寝そべりながら、トントンと電卓を叩く。

「……住居部分の壁とかは、自分で塗っちゃう？　いやぁ……無理かなぁ……」

アルバイトの期間を入れると、「チェリーブロッサム」で働きはじめてから、今年で七年目だ。実家住まいという事もあり、それなりに貯金はあるほうだと思う。

しかし、リノベーションの見積額は、七桁に及ぶ。

それでも十分安く見積もってもらっているし、打ち合わせを重ねる中でデザイン面などかなりわがままを聞いてもらっている。

当初リノベーションの費用については、出店を決めた両親が全額負担してくれる事になっていた。

しかし、店長として今後すべての権限をもってやっていくのだから、多少なりとも自分でも費用の負担をしたいと思ったのだ。

「あ〜、もう一攫千金《いっかくせんきん》を狙って宝くじでも買おうかな〜」

花はごろりと寝返りを打ち、仰向けになって天井を見た。

「花」

突然視界が遮《さえぎ》られ、天井と自分との間に隼人がひょいと顔を覗かせる。

「わっ！　は、隼人、おかえりなさい！　ごめん、ぜんぜん気づかなかった！」

あわてて起き上がろうとする花を、隼人が上からやんわりと押し留《とど》める。

「いいよ。考え事をしていたんだろう？」

「う、うん……。お疲れさま、定期審査、どうだった？」

「ああ、結構大変だったけど、いい勉強になったよ」

多くの人命を預かって空を飛ぶパイロットは、定期的に技能を審査される。

それと同時に、飛行計器や操縦系統の故障、離陸時のエンジン停止、急減圧など、もしものトラブルに備えて、様々な訓練も受けなければならないらしい。

隼人は昨日から二日間、定期審査を受けに行っていた。どうやら無事に、すべての課程をクリアできたようだ。

「お風呂、用意してあるよ。ご飯の前に入る？」

「ああ、そうする」

「うん。……おっとと……」

花は、仰向けの体勢から腹筋だけで起き上がろうとした。しかし、日頃の運動不足がたたってか、あえなく失敗して横向きに倒れてしまう。

「大丈夫か？」

隼人が差し伸べてくれた手を取り、勢いよく立ち上がる。

「うん、ありがとう。着替え、出しておくね」

彼がバスルームに向かううしろ姿を見送ったあと、花は床に広げていた書類を片づけはじめた。

隼人の着替えを持って洗面所に向かい、チラリと鏡に映る自分を見る。

（あれ？　ちょっと太った？）

なんとなく前よりも顔が丸くなったような気がして、花はそっと体重計の上にのった。すぐに電子音が鳴り、文字盤に数字が表示される。

「えっ？」

思わず小さく叫んでしまい、あわてて口をつぐむ。

まさかの、二キロ増。

にわかに信じられず、もう一度量ろうとして一度床に下りる。

念のため、厚手の長袖《そで》Tシャツを脱ぎ、少し考えてからスウェットパンツも脱いだ。

さっきよりも慎重に体重計にのって、文字盤に数字が表示されるのをじっと待つ。そこで、いきなりバスルームのドアが開き、隼人が顔を出した。

「どうした？　そんな格好で。花も一緒に入りたい？」

「えっ？　そ、そうじゃなくて、体重――」

「いいから、おいで」

「きゃっ！　隼人、ふ、服っ……」

有無《うむ》を言わさず腕を取られ、あっという間にバスルームに引き込まれた。

「服？　もう着てないじゃないか。いけない子だな……帰ってきて早々、俺をその気にさせたりして」

「んっ……ん……。は……隼人っ……ふぁっ……！」

唇にキスをされ、ブラジャーをたくし上げるついでに、胸の先を指先で捏《こ》ねられる。

キスの合間に下着をぜんぶ脱がされ、双臀を両方の手で揉まれた。

「ああ、こうして花のお尻を触っていると、気持ちがすごく落ち着くよ」

まるでパン生地《きじ》を捏《こ》ねるように尻肉を揉まれて、思わず甘いため息が零れる。

「ん？　花、少し肉付きがよくなったか？」

隼人に指摘されて、花は渋い顔をして口ごもった。

「うん、実は……二キロ増えてた。最近『辰の湯』に行くたびにご近所さんのところで、お茶菓子をいただいたりしてるからかな」

しょんぼりと項垂《うなだ》れる花とは反対に、隼人がにんまりと笑い掌《てのひら》でヒップラインをなぞってきた。

「別にいいだろう？　もともと太ってるわけじゃないんだし、俺はいいと思うけどな」

「でも、増えた分、きっと下半身にいっちゃってるよ？　……ぁんっ！」

隼人の指が尻肉を掴み、ほんの少し左右に押し広げた。

閉じていた花房が割れ、彼の指先が秘裂の縁を丁寧になぞる。

「つまり、お尻が大きくなったってわけだな。それの何がいけないんだ？」

隼人が嬉しそうに相好《そうごう》を崩すのを、花は呆れた顔で見つめた。

「だって、ウェディングドレスのサイズとか、もう決まってるんだよ？　今さらワンサイズ上げてくださいなんて、恥ずかしくって言えるわけないでしょ！」

「ああ、そうか。ごめんごめん。それはそうと、さっき資金繰りの事で悩んでたみたいだけど、俺からひとつ提案があるんだ。どうせなら『辰の湯』の住居部分を、俺達二人の住まいにしないか？　ここも便利で快適だけど、あの家にいるとすごく落ち着くんだ。もし、花がいいと言ってくれるなら、不足分の資金を俺に負担させてほしい」

「えっ……それって、ここを売ってしまうって事？」

「それでもいいし、誰かに貸してもいいかな。ちょうどルイが物件を探してるんだ。どうやら、本格的に婚活をはじめるらしい」

思ってもみない提案に、花は戸惑いを隠せない。

「私も、あの家はすごく気に入ってる。……でも、住まいとして使うとなると、今の見積よりさらに高くなるし、決して安くない金額になるよ？　本当にそれでいいの？」

「ああ、いいよ。季節を感じながら生活したり、裸足で庭を歩き回ったりしたいんだよ」

「ほんと？　じゃあ、明日にでも業者さんに連絡——あんっ！」

抱き寄せられて、ぴったりと密着した腹に、彼の屹立《きつりつ》が当たった。

「は、隼人ったら、真面目な話をしてる時に……」

「そうだけど、こんな格好をしてるんだぞ？　最近、忙しくてできてなかったし、欲情しても仕方ないだろ？」

「よ、欲情って……は……ぁ、んっ……」

たっぷりと双臀を愛《め》でたあと、壁に背中がついた状態で、まっすぐに立たされる。

首筋から鎖骨まで舌を這《は》わされ、乳房を掌《てのひら》に包み込まれた。胸元に移動した隼人の唇が、乳暈《にゅううん》を下から弾《はじ》くように舐《な》める。だんだんと硬くなっていく乳先を唇の中に含まれ、強弱をつけてチュクチュクと吸われた。

「ひゃ……あ、あああんっ！　隼人っ……。あんっ……も……た、立ってられない……」

「もう少しだけ、我慢できるか？」

そう囁《ささや》いた隼人の唇が、下腹のほうに下がっていく。

閉じていた膝を割られて、右足をバスタブの縁にのせられた。あらわになった秘部に、隼人がそっと口づける。

「可愛いな、花のここ……」

ピチャピチャと音を立てて秘裂を舐《な》められ、一気に羞恥心《しゅうちしん》が込み上げてきた。

舌が花芽を押しつぶし、奥に潜《ひそ》む芯をコリコリと刺激してくる。

「やっ……あ、あっ……」

花は顔を上気させながら、隼人の肩に指先を食い込ませた。

「き……もち、い……っ……。隼人……イ……っちゃ……イ……あああっ！」

愛撫《あいぶ》され熱を持った花芯が、ぷっくりと膨れ上がるのがわかる。

花房を左右に押し広げられて、赤く熟《う》れた花芯を直《じか》に舌先でいたぶられた。

「はっ……あ、あああんっ！　も……ダ……、あ、ああっ！」

花の身体がビクリと痙攣《けいれん》し、ガクガク震えて前のめりになる。まるで、身体の中を電流が駆け巡《めぐ》り、中に留《とど》まって放電し続けているみたいだ。

一度達しても、一向に終わらない快楽に、花の意識が朦朧《もうろう》としてくる。

ハッと気づくと、隼人の腕に抱かれてリビングを移動しているところだった。

「花、大丈夫か？　もう、やめておく？　それとも――」

囁《ささや》くようにそう問われて、花はとっさに首を横に振った。

「嫌っ……やめないで。……お願い」

花は隼人の首に手を回して、夢中で彼にキスをした。

「わかった」

隼人が頷き、花を抱いたまま大股でベッドルームに移動する。

濡れたままの身体をベッドの上に横たえられ、キスで胸を愛撫《あいぶ》された。

「見えるか？　花……肌が綺麗な桜色に染まってる……。どこもかしこも、たまらないほど淫靡《いんび》で魅惑的だ。お尻は一生揉んでいたいほど弾力があるし、ここは、マシュマロよりも柔らかくて、舐《な》めると溶けてしまいそうだ」

指先で乳暈《にゅううん》の縁をなぞられ、乳先を指の腹でクリクリといたぶられる。

「やぁんっ……。隼人……、は……や……ぁああんっ！」

どうしてだか、いつにも増して気持ちがいいし、もっと彼に触れてほしいと思う。

そんな衝動に取り憑《つ》かれ、花は驚くと同時に心底困惑した。頬を赤く染めながら隼人を見つめ、唇を震わせる。

「花……今日の花は、特に感じやすいし、なんだかすごく色っぽいな」

花の身体の上に覆《おお》いかぶさると、隼人が花の両方の膝を胸の位置まで持ち上げた。そのまま膝を左右に広げられて、秘所にねっとりとした視線を注《そそ》がれる。

「ゃあんっ……み、見ちゃ……い、やぁっ……」

動かそうと思ってなどいないのに、見られている場所がヒクヒクと痙攣《けいれん》する。

まるで、挿入を催促しているみたいで、花は恥ずかしさのあまり目を開けていられなくなった。

「花、ちゃんと見てごらん。ほら、こうすれば、もっとよく見えるだろ？」

隼人が花の腰を持ち上げ、両方の太ももを自分の膝の上にのせた。

双臀が浮き上がり、秘裂が彼の目の前に晒《さら》される。

「こ……こんなエッチな格好……は、はずかし……」

いっそう恥ずかしさが増し、花は胸元で腕を交差させた。

だけど、言葉とは裏腹に、彼に見られている事に快感を覚えはじめている自分にも気づいている。

「エッチ？　誰が、かな？　ここをこんなに濡らしながら、そんなふうに胸を隠して、余計俺を煽《あお》ってくる花の事かな?」

隼人が前屈《まえかが》みになり、屹立《きつりつ》の先を花の恥骨の上に置いた。

そして、そこをゆるゆると撫で回し、先端を少しずつ下に移動させた。

「ち、ちがっ……あ……あ、あ……」

言葉とは裏腹に、花は頬を上気させながら小さく喘《あえ》いだ。

硬いのに弾力のある隼人の屹立《きつりつ》が、花の花芽をクルクルと捏《こ》ね回す。

「あぁ、花……すごいな……ほら、濡れすぎてお尻のほうまで垂れてきてる」

彼の先端が、花芽の上を滑るようにして秘裂を割り、蜜窟の縁に少しだけ触れて、また花芽に戻ってくる。

何度もそれを繰り返されるうちに、だんだんと中を抉《えぐ》る力が強くなり、今にも蜜窟の中に先端が入りそうになる。

「あんっ……隼人っ……。あ……ぁあっ……、んっ……ん……」

花は唇を噛んで、眉間に縦皺《たてじわ》を寄せる。

隼人はといえば、花が焦《じ》れている様《さま》を見て満足そうに舌なめずりしていた。

焦《じ》れったさがさらなる快楽を呼び、花の肌に熱いさざ波が起こる。

隼人が待ちきれないといったふうに、花の上に覆《おお》いかぶさってきた。

花もすぐに彼の肩に腕を巻きつけ、唇を寄せてくる隼人に自分からキスをする。隼人がベッド横のテーブルに手を伸ばし、避妊具の小袋を取った。

花は、彼が袋を破る姿をうっとりと見つめている。その顔には、いつしか笑みが浮かんでいた。

「花、どうしたんだ？　やけにニコニコして」

隼人に囁《ささや》かれ、花はハッとしたように視線を上げる。そして、自分の口元に指先を触れさせた。

「えっ？　わ、私？　ニコニコしてる？」

「ああ、すごくニコニコしてるよ。しかも、すごく幸せそうな顔で」

照れてもじもじする花の口角に、隼人がキスをする。

「えっと……わ、笑わないでね？　私、隼人が……その……避妊具を着けるところ、すごくセクシーだなって思ってて……」

「ふぅん？」

「変だよね？　でも、毎回そう思うし、それで、ついいつも見惚れちゃって……。なんて言うか、すごく大事にされてるなって感じがするし……、それを見るたびに胸がキュンッてなって――」

隼人が花の唇を食《は》むようにキスをしてきた。

お互いに気持ちが高ぶって、息が苦しくなるまでキスをしたあと、ようやく唇が離れる。

「そんなふうに思ってくれてたなんて、嬉しいよ。花は、俺にとって一番大事で大切な人だ――」

「あっ……隼人……はや……、あああっ……！」

屹立《きつりつ》が、蜜窟の中に沈み込むようにして入ってきた。

花は声を上げながら身を仰《の》け反《ぞ》らせる。急速にやってきた快感に全身が震え、熱の波がつま先から頭のてっぺんに向けて一瞬で駆け抜けていった。小刻みに中をこすられ、熱の波

花は繰り返しやってくる快楽の波に揺られながら、隼人の背中に指先を這《は》わせる。

「ぁっ……あああぁっ！　ふぁっ……あ、あああぁ……！」

「花……俺の、花……」

隼人が小さく呟きながら、前後に腰を動かしはじめる。中をまんべんなく掻き回されつつ、恥骨の裏を繰り返し引っかかれた。

そうしながら、彼に右手を取られ、指先を花芽の上に誘導される。

隼人が、花の指で強くそこを押し込んできた。

熱く滾《たぎ》った切っ先で最奥《さいおう》を暴かれながら、敏感な花芽を自《みずか》らの手で弄《いじ》られている。

その淫《みだ》らすぎる光景を目《ま》の当たりにして、花は一気に頂点まで上《のぼ》り詰めた。

「ひぁっ……ぁ……、あ……！　あ……」

背中を弓なりに浮き上がらせるのと同時に、隼人が花の上体を引き起こして向かい合

わせの格好になる。そのまま下から腰を突き上げるみたいに動かれ、目を閉じていた花は、一瞬、天地がわからなくなった。

次に目を開けた時には、上体を低くしてベッドのヘッドボードに掴まり、双臂を思い切りうしろに突き出していた。うしろを振り返ると、隼人が噛みつくようにして唇を押し付けてくる。

「花、奥がすごい……火傷《やけど》しそうに、熱くなってる」

「隼人っ……！」

二人の身体に同じタイミングで愉悦《ゆえつ》が込み上げ、同時に溢《あふ》れ出して絶頂を迎えた。

「隼人……」

花は身体を捻《ひね》り、隼人の唇を追ってベッドの上を転がり、彼の上に馬乗りになった。

「隼人が一緒だと、背中に羽が生えたみたいな気持ちになる。嬉しくて、いつも夢心地になって……。好き……もう、どうしようもないくらい、好きっ……！」

あまりにも感情が高ぶり、花は隼人にキスをして焦《じ》れったそうに身を揺すった。

すぐに隼人の腕が、花の身体をきつく抱きしめてくる。互いに見つめ合い、強く唇を重ねた。

「俺もだよ、花。……晩ご飯の前に、もう少しだけ花を味わいたい。いいか？」

隼人に言われ、花はこっくりと頷く。彼が嬉しそうに笑った。その顔を見た花は、同じように嬉しくなり、子猫のように隼人の首筋に顔をすり寄せるのだった。

そして迎えた十二月二十二日。花と隼人の結婚式当日は、冬らしい寒さではあるが、空は雲ひとつなく晴れ渡っている。

桜井家、東条家の面々が、続々と式場となる教会に到着した。

結局、招待客は両家合わせて五十人余り。

式のあとは、これまでもそうだったように、近くにあるホテルで食事会を開く段取りになっている。

「隼人、今さらなんだけど、本当にこんなこぢんまりした結婚式でよかったの?」

教会で最後のリハーサルをしながら、花は隼人にこっそりと訊《たず》ねた。

なにせ、花婿は「東条エアウェイ株式会社」の御曹司であり、将来はそのトップに立つ男だ。

呼ぼうと思えば招待客だけで何百人にもなるだろうし、関係者もそれを心待ちにしていたかもしれない。

「もちろん。むしろ、こぢんまりとした式のほうが都合がいいんだ」

隼人曰《いわ》く、招待客の数を増やせば増やすほど、揉め事の種も増えるのだという。

「そっか。それならいいんだけど。じゃあ、今日一日、よろしくお願いします」

花は、隼人に向かって丁寧に頭を下げた。

「こちらこそ、どうぞよろしく。今度顔を合わせるのは、写真撮影か。その時は、もうウェディングドレス姿なんだな」

このあと、ヘアメイクを済ませ、隼人の友達でもあるプロカメラマンに写真撮影をお願いしている。

「うん、すごく素敵なドレスを選んだから、楽しみにしててね。自分で言うのもなんだけど、結構似合ってるんだから」

花は冗談交じりにそう言って、おどけたように肩をすくめた。

「ああ、楽しみにしてる」

どちらからともなく手を繋ぎ、双方の控室に向かう。

結婚式がはじまるまで、あと三時間だ。

花が桜井家の控室に入ると、親戚や友達が思い思いに歓談していた。

「あ、花ちゃんだ！　本日の主役のおでまし～！」

母方の叔父が、立ち上がって手を叩いた。

それを合図にして、その場にいる全員が口々に祝いの言葉をかけながら、拍手をする。

ひとしきり、皆と挨拶《あいさつ》を交わすと、花は早紀とともに窓際のソファに座っている香苗のところに行った。

「香苗ちゃん、今日は来てくれてどうもありがとう！」

「いえ、こちらこそ招待していただいて、ありがとうございます！」

「今日の香苗ちゃん、すごく素敵だね。なんだか見違えちゃった」

香苗は、空色のワンピースドレス姿だ。いつもはひとつに束ねている髪の毛も、華やかな編み込みヘアになっている。

「これ、ぜんぶ姉からの借りものなんですよ」

香苗が照れたように笑う。

そして、座ったまま背筋をピンと伸ばしたかと思うと、急に真面目な顔で花の顔を見つめてきた。

「花さん、ご結婚おめでとうございます。素敵な旦那さまと、どうぞ末永くお幸せに。……そして、ぜひ勉強の成果として、可愛い赤ちゃんを産んでください！」

「か、香苗ちゃんったら、声が大きいし！」

隣にいた早紀が、にんまりと笑って花の腕を突《つつ》いてくる。

「勉強の成果って、なんの事？　花、あんたいつの間にそんな事を……」

あわてて誤魔化すものの、早紀の追及から逃れられるはずもなく。

花は、着替えの時間が来たのをいい事に、説明をすべて香苗に丸投げして花嫁の控室に向かった。

早紀の友人であるプロのヘアメイクの女性に、手際よくヘアメイクを施《ほどこ》され、最後に壁に飾られていたウェディングドレスを身にまとう。鏡の前に立ち、全体を眺めた。

やっぱり、プロの仕事は違う――

どんなに努力しても化粧映えしなかった童顔が、清楚で華やかな花嫁の顔に仕上がっている。さらに、白い生花をあしらった編み込みのヘアスタイルが可憐さを添えていた。

すべての準備を終え、花は鏡の前に置いた姉達からの贈り物を手に取った。

早紀からもらったブルーのガーターベルトを着け、胸元にまどかお手製のハンカチを忍ばせる。

ドアがノックされ、黒留袖《くろとめそで》を着た恵と、フォーマルなドレス姿のゆかりが顔を出した。

「あ、お母さん。ゆかりおばさんも。今、ちょうど準備が終わったところ。……どうかな？」

花は二人に向かって、両手を広げた。

「うん、すごく素敵！　中身もドレスもヘアメイクも最高！　本当に、綺麗……。さすが、桜井家の末娘――私の自慢の娘だわ」

恵が嬉しそうに微笑み、花の手を取る。

「ほんと、なんて可愛らしい花嫁かしら。花ちゃん、今日は本当におめでとう！」

「ありがとう、ゆかりおばさん」

花は二人から祝福され、ほんのりと頬を染めた。

「花。これ、お母さんからのサムシンググオールド。昔、私がお父さんと結婚する時に、おばあちゃんからもらったネックレスよ」

恵が差し出してきたのは、真っ白なパールのネックレスだ。花はうしろを向き、恵にそれをつけてもらった。上品でベーシックなデザインのそれは、恵が様々な祝いの席に着けていたものだ。

「これ、もらっちゃっていいの？　お母さん、ないと困らない？」

「大丈夫よ。これは、花が生まれた時に、いつか花に渡そうって決めていたものなの。……花、本当におめでとう。いい人に巡《めぐ》り合って、本当によかった。隼人くんと一緒なら、花が幸せになる事、間違いなしね」

「ありがとう、お母さん」

恵が花をゆったりと抱き寄せ、背中をそっと撫でてくれた。二人とも嬉しそうな顔をしながらも、うっすらと目に涙を浮かべている。

結婚式開始まで、あと三十分。

花は座っていた椅子から立ち上がり、写真撮影のために教会横のポプラ並木に向かう。あらかじめ、撮影の協力を頼んでいた香苗が、先に来ていた。

「花さん！　とっても素敵です！」

花に駆け寄るなり、香苗が感じ入ったような表情を浮かべた。

「ありがとう。一生に一度の晴れ舞台だもの。やっぱり気合も入るでしょ？」

花が照れ笑いを浮かべていると、隼人が同じく撮影の手助けを頼んだルイとともに、こちらに向かって歩いてきた。

彼は花の正面に来て立ち止まると、小さく感嘆の声を上げる。

「花……すごく綺麗だ」

「隼人も、すごく素敵……」

純白のウェディングドレスを着ている花に対して、隼人もまた白のタキシード姿だ。

すでにカメラをセッティングして待っていた隼人の友達が、少し先にあるガゼボの前から手招きをする。

「おーい、花嫁さんと花婿さん、こっちこっち！」

呼びかけられ、花は隼人とともにガゼボに向かって歩き出す。

「花、転ばないように気をつけろよ」

隼人が花に向かって手を差し出し、花は彼の手を握って、にっこりと笑った。

「ありがとう、隼人」

今日という日を迎えるまで、本当にいろいろな事があった。

はじめて彼に恋心を抱《いだ》いてから、もう二十年近くになる。

『花は隼人お兄ちゃんと結婚する』

そう言って、幼いながらも本気で彼の花嫁になる事を夢見ていた。

まさか、初恋が実って、本当に隼人の花嫁になれる日がくるなんて――

花は、気を抜くと溢《あふ》れ出しそうになる涙を堪《こら》えながら、世界で一番、幸せな二人の姿をカメラに収めてもらった。

撮影が済んで、それぞれの控室に戻る。

中に入ると、黒のモーニングを着た父の修三が、にこやかに花を迎えてくれた。

「花、お父さんは本当に幸せ者だ。小さくて泣き虫だった花が、こんなに立派に育ってくれて……。隼人くんという素晴らしい伴侶を得て……おお、いかんいかん……」

修三が、あわてたように上を向いて目頭を押さえる。

穏やかで、どちらかといえば無口な修三だが、いつも家族を第一に考えてくれる心優しい「お父さん」だ。

「ありがとう、お父さん。私、隼人さんと幸せになるからね。今だって、すごく幸せ。私、お父さんの娘で、本当によかっ……とと……」

あやうく花まで泣きそうになり、急いで深呼吸をして気持ちを整える。

父娘は、お互いの様子を見て、どちらからともなく声を上げて笑い出した。

「さあ、花。お父さんの腕をとって。これがお父さんからのサムシングボロウだ」

修三が、花に腕を差し出した。花は、にっこりと微笑んで彼の腕に手をかける。

特別な品を借りる訳ではない。

これから結婚式を挙げる花嫁として、最後に父親の腕を借りてヴァージンロードを歩く――

それこそが、まどか、早紀、花と続く桜井家三姉妹が望む、最高のサムシングボロウなのだ。

「うん。ありがとう、お父さん」

花は、心からの笑顔を見せて修三にお礼を言う。これで、花嫁が幸せになるおまじないのサムシングフォーがすべて揃った。

花は、またしても込み上げてくる涙を堪《こら》えながら、修三の腕を借りて教会の扉の前まで行く。

鳴り響くオルガンの調べに合わせ、教会の扉が開いた。

花は、修三とともにゆっくりと、赤いヴァージンロードの上に歩を進める。

招待客に見守られながら、一歩一歩、祭壇へと近づいていく。

「隼人くん、花をよろしく頼むよ」

修三が言い、隼人が微笑みを浮かべながら「はい」と返事をする。

花の手が修三から隼人に手渡された。

二人は微笑みを交わしながら、牧師の前に進んだ。

牧師の問いに答え、厳《おごそ》かに結婚を宣誓する。指輪の交換をし、誓いのキスを交わした。

牧師が列席者全員の前で、高らかに二人が夫婦になった事を宣言する。

教会の中が拍手と祝福の声で溢《あふ》れた。花は感動で胸をいっぱいにしながら、隼人と腕を組んでヴァージンロードを歩き、教会の外へ出る。

いつの間にか嬉し涙を流していた花の頬を、隼人がまどかの手作りハンカチで拭いてくれた。

列席者の祝福の声の中、色とりどりの花びらが舞い、真っ白なハトが空に向かって羽ばたく。

花はこの上なく幸せな微笑みを浮かべ、隼人とともに列席者全員に感謝の言葉を述べた。

しばらくして、花の前に華やかなドレスを着た女性達が並んだ。その中には、照れたような顔をした香苗も交じっている。

「花、今度は花が花嫁のブーケを投げる番だな」

隼人が、そう言って花に笑いかける。

今年の春、花は目の前に見えるあの場所で、花嫁のブーケを受け取ったのだ。花は、その時の事を思い出し、ほんの少しの間感慨に浸《ひた》った。

「じゃあ、いきま～す！」

花はその場で、くるりとうしろを向く。

そして、受け取る人の幸せを願いながら、花嫁のブーケを空高く放り投げるのだった。

一夜明け、花は見送りの家族とともにホテルから直接空港に向かった。

花はこれから、隼人の操縦する飛行機でハネムーンに行く事になっている。

行き先は、隼人のスケジュールに合わせてパリに決めた。

隼人はといえば、一足早く空港に向かい、今頃はフライトに向けて準備を進めているだろう。

家族に見送られながら、花は、はじめてのファーストクラスに向かう。

隣り合わせに座れないのは少し寂しいが、コックピットにいる隼人を思い、花は一人ワクワクと胸を躍らせて席に着いた。

（うわぁ、隼人が操縦する飛行機に乗るの、はじめて……！）

事情を知る客室乗務員達は、笑顔で花にお祝いの言葉を述べ、終始最高のおもてなしをしてくれた。およそ十三時間の空の旅を経て、夕方にパリのドゴール空港に到着する。

花はメモを片手に、彼と待ち合わせている空港内のカフェに行き、隼人が来るのを待つ。

（わぁ……みんな背が高くておしゃれ！）

やって来たプラチナブロンドのウエイターに、あらかじめ決めておいた、エスプレッソにホットミルクが入ったカフェ・クレムを注文する。

拙《つたな》いフランス語にもかかわらず、彼は終始笑顔で対応してくれた。

見るものすべてにテンションが上がりつつ、花は店内の様子をくまなく観察する。

クリスマスイブ直前だけあって、至るところに煌《きら》びやかな装飾が施《ほどこ》してあった。空港の中ですらそうなのだから、街中は一体どれほどなのだろうか……

はじめてのパリに感動していると、ほどなくしてカジュアルな服装に着替えた隼人がやって来た。

「お待たせ。お、一人でちゃんと注文できたんだな。偉い偉い。……新婚旅行なのに、一緒にいてやれなくてごめんな」

隼人がすまなそうな顔をすると、花は首を横に振ってニコニコと笑う。

「ううん、乗務員の方達にすごくよくしてもらったし、東条エアウェイ最高！　って思っちゃった。それに、隼人が操縦する飛行機で新婚旅行に行けるなんて、すごく嬉しかった！　なんだか、隼人に包まれて空を飛んでるっていうか、守られてるって感じながら過ごせたよ」

花がそう言うと、彼は席に着くなり花の唇にキスをした。

「わっ……は、隼人ったら……」

「ここじゃ普通だからね。なんなら、もっと濃厚なキスをしてもよかったんだけど」

隼人が軽やかに笑った。

一瞬焦ったものの、なるほど、周りの人達は、ごく普通に頬を寄せ合い、中には堂々と唇を合わせている人達もいた。

「さあ、ここからが本格的な新婚旅行だ。行こう、俺の最高に可愛い奥さん」

「え？　お、奥っ……」

真っ赤になる花にもう一度キスをすると、隼人が花をカフェの外に連れ出した。

空港から事前にチャーターしたタクシーに乗って、街中に出る。外はもうすっかり暗くなっており、ライトアップされた街並みが、いっそうクリスマスムードを際立たせていた。

「せっかくだから、少し夜のパリを堪能してからホテルに向かおう」

目指す五つ星のホテルは、パリの七区にある。

隼人が少し道を迂回《うかい》するようドライバーに伝えると、タクシーは夜のセーヌ川を渡り、凱旋門《がいせんもん》を横に見ながらオペラ座に向かった。

花は、パリの街並みの美しさに目を見張り、子供のようにはしゃいだ。

「すごいね！　どこも夢みたいにキラキラしてるし、お城みたいな建物がたくさんある！」

我ながら小学生並みの感想だと思いつつ、花は繋いでいる隼人の手を強く握りしめた。

「パリにはおしゃれなカフェがたくさんあるし、明日は実際に歩いてみようか」

窓の外を見る花に、隼人が寄り添って囁《ささや》く。

「これから、一緒にいろんなところに行こう。日本はもちろん、世界中の街を花と一緒に歩きたい」

隼人の唇が、花の頬に触れる。

優しい目で見つめられて、花はこっくりと頷いたあと、彼と唇を合わせた。

「これからは、ずっと隼人と一緒なんだね。なんだか、夢を見ているみたい……」

日常では味わえない雰囲気に包まれ、花は改めて今の幸せを実感する。

「夢じゃないよ、花。花は、これからずっと俺と一緒に、幸せな時間を過ごすんだ」

「うん」

タクシーの中で、ぴったりと身体を寄り添わせ、何度もキスをしながらパリの街並みを眺めた。

遠回りして宿泊先のホテルに到着し、タクシーを降りる。

ホテル内に足を踏み入れた途端、花はその格式の高さに圧倒されて声を失う。

瞬《まばた》きをするのも忘れて固まっていると、隼人が花の腰を抱いてエスコートしてくれた。

エレベーターで五階に上がり、案内してくれた係員について部屋の中に入る。

室内はまるでお城の一室のように広々としており、あちこちに色とりどりの花が飾られている。

窓の向こうにはバルコニーが見えた。

花は、隼人が係員と話している間に、部屋を突っ切って窓の外に出る。

「わぁっ……！　すごい！　エッフェル塔が目の前に見える！」

花は思わず歓声を上げた。すると、係員との話を終えた隼人がやって来て、花をやんわりとうしろから抱きしめてくる。

「ハネムーンスイートとして、特別に部屋を用意してもらったんだ。パリ市街やセーヌ川が見えるだろう？」

隼人が示した方角に、煌《きら》びやかな光に満ちたパリの街が広がっている。

「うん……隼人……幸せすぎて……もう、何も言えない……」

花が声を震わせると、隼人が屈《かが》み込むようにして唇を重ねてくる。

「花、これはまだまだ序の口だよ。俺達は、これからもっと幸せになるんだから」

「うん――」

花はうしろを向いて、隼人の肩にしっかりと腕を回した。

二人は繰り返しキスをし、ライトアップされたエッフェル塔が見守る中、改めて永遠の愛を誓い合うのだった。

年が明け、季節も移り変わった三月の金曜日。

祝日である今日は、花が店長を務める「かふぇ・ど・どらごん」のプレ・オープンの日だ。

店の前には、色鮮やかなお祝いの花が飾られ、店内には焼き上がったシフォンケーキの甘い香りが漂《ただよ》っている。

店のネーミングについては、周囲の人と相談の上「辰の湯」から一文字もらってアレンジした。

ひらがなにしたのは、年齢に関係なくここに親しんでもらいたいと願っての事だ。

営業時間は午前十時から午後六時まで。定休日は水曜日と日曜祝日に決めた。

店の営業に携《たずさ》わるのは、花の他に、日替わりで来てくれるアルバイトの主婦と大学生。いずれも睦子をとおして紹介してもらったご近所さんだ。

「チェリーブロッサム」とは違って「かふぇ・ど・どらごん」には、特別なコンセプトは、ない。

あえて言うなら、年代や性別に関係なく、いろいろな人が気軽に立ち寄れる憩《いこ》いの場所といった感じだろうか。

メニューに載っているのは、花がチョイスしたコーヒーや紅茶に加え、抹茶やハーブティーといったドリンク類。各種ケーキはもとより、日替わりで和菓子や世界各国の菓子を入れていく予定だ。

今日用意したのは、紅茶のシフォンケーキとフルーツタルト。和菓子は、水まんじゅうと抹茶だんご。いずれも花が恵とともに研究を重ね、納得の上で作り上げた手作りの品だ。

「コンセプトがないって、花も思い切った事するわね」

オープン祝いに駆けつけたまどかが、おかしそうに笑った。

花達は、今、店の真ん中にあるタイル製のテーブルの前に立っている。そして、忙しく飛び回りながら、これからやって来る人達を迎える準備を整えていた。

店内のテーブルはすべてかつて浴槽として使われていたもので、綺麗に洗浄した上で専門の業者にテーブルにリメイクしてもらった。

「でもね、ほんと～にいろいろと迷ったんだよ？　やっぱり英国風は捨てがたいとか、フランスにこだわってみようとか。でも、選択肢がありすぎて、結局は自分のやりたいようにやるしかないって割り切る事にしたの……。で、地域の客層も考慮して、こんな感じでスタートしたわけ。和洋折衷《せっちゅう》、年齢も関係ないメニューを用意すれば、それだけ老若男女《ろうにゃくなんにょ》問わずに、喜んでもらえる確率が高くなるでしょ？」

「へぇ……。花、あんたって実はやり手だったのね。内装もいい感じだし、この店、ぜったいに上手《うま》くいくと思う」

恵が、感心した様子で花の顔をまじまじと見つめた。

最近になって、さらにもう一人アルバイトを増やした「チェリーブロッサム」は、今日は臨時休業になっている。

「お母さん、ありがとう。そう言ってもらえると、すごく自信がつく」

店の内装は、かつての「辰の湯」のいいところを残しつつ、必要に応じて壁を張り替え、色の塗り替えをした。

当初の予定通り、タイル張りの床や壁は健在だし、天窓もペンキを塗り替えるだけで済ませた。

ロッカーは一部増設して、辰雄の蔵書を置けるようにしている。

そこには、辰雄の本だけでなく、新しく買ったものや、近所の人達が持ち込んだ本も入っていた。

水風呂用だった浴槽は、そのまま水槽となり、今や金魚やメダカ達の住まいになっている。

「ふぅん、いいと思うな。レトロでもありポップでもあり……。今度、雑誌の撮影に使わせてもらってもいい？」

早紀が店内を見回しながら言うと、花はあわてて両手をバタバタと振った。

「それは、すごくありがたい話なんだけど、せめてもう少しお店が落ち着いてからにしてもらえると助かる……！」

「わかってるわよ。頃合いを見て、使わせてもらうね。そういえば、隼人くんは？」

「うん、今お客様を迎えに行ってる。二人とも忙しいから、無理しなくてもいいって言ったんだけど……あ、帰ってきた」

以前女湯だった入り口から、隼人とルイが入ってきた。

隼人が花を見つけて軽く手を振る。花もそれに応《こた》えて、こっちに来て座るよう手招きをした。

一方のルイはといえば、店に入るなりきょろきょろと辺りを見回しはじめる。

「ちょっとキッチンに行ってくるね」

花は席を立ち、フロア奥のキッチンに向かった。そして、中で焼き立てのケーキを切り分けている香苗に声をかける。

「香苗ちゃん、ルイさんが来たよ！　香苗ちゃんの事、探してるみたい」

「えっ……こ、困りますっ！　私、フランス人男性に免疫とかありませんからっ。しかも、あんなにイケメンとか……。何を話していいかわからないです」

花が若林に襲われた日、香苗は待ち合わせ場所に来ない花を心配して「辰の湯」近くまで捜しに来てくれていた。

そして、運よくあの場に遭遇し、逃げようとする若林に蹴りを入れてベルトで縛り上げたのだ。

その様子をそばで見ていたルイは、すっかり香苗に惚れ込んでしまったらしい。それ以来、彼女こそ理想の花嫁だと言って、隼人と花経由でカードやプレゼントを贈るなど、香苗にアプローチをし続けているのだ。

「でも、逃げたところで、これからも顔を合わせることになっちゃうよね。だって、イザベルさんがここに来る時は、通訳としてルイさんも来るわけだし」

かつてイザベルのクレープとマロンタルトを食べた花は、すっかりその味の虜《とりこ》になってしまった。

それは恵も同様で、今後頻繁《ひんぱん》に日本を訪れるというイザベルに頼み込んで、時折ここでスイーツ教室を開いてもらう事になったのだ。

そして、時間が空《あ》いている時のみだが、香苗もここでアルバイトをしてくれる事になっていた。

「それにルイさん、三つ先の駅に引っ越してきたから、これからちょくちょく、ここに来るつもりみたいよ」

隼人の申し出により、「辰の湯」をカフェにするリノベーション計画は、家屋部分も大々的にリフォームする形に変更していた。

工事は一月末日に無事終了し、それを機に花と隼人はこの家に移り住んだ。

そして、ルイは隼人所有のマンションを借り受け、今現在そこに住んでいる。

それと同時に「東条エアウェイ」からのオファーを受け、同社への転職も果たしたのだった。

「ルイさん、優しいし、いいと思うけどなぁ。それに、香苗ちゃん、真面目でいい子だもの。文武両道で、ルイさんが理想とするしとやかな大和撫子《やまとなでしこ》そのものだよね」

「は、花さんったら！　私の事より、花さんはどうなんです？　結婚したんですから、もう遠慮なく避妊具なしでヤッ……いえ、行為に及んでもいいんですよ？　隼人さんとの赤ちゃん、ほしいと思いませんか？」

「えっ!?　あ、赤ちゃん？　そ、そりゃあ、もちろんほしいよ。だって『二人の愛の結晶』って言うくらいだし……」

「な……なるほど。そりゃあ、そうですよね」

花が顔を赤くすると、香苗にもそれが伝染してしまう。

そんなふうに二人で秘密のガールズトークをしていると、ふと背後に人の気配がした。振り返ると、隼人が口元を手で押さえて笑いを堪《こら》えている。その横では、ルイが感じ入ったような顔をして香苗を見つめていた。

「ひっ！」

花と香苗は、二人同時に声を上げた。

無駄とわかりつつ場を取り繕《つくろ》い「じゃあ、またあとで」と言って、そそくさと解散する。

「花、睦子さんや自治会長さん達が来てくれたぞ。そろそろはじめようか？」

「あ、はいっ！」

花は出来上がったケーキのワゴンを押しながら、店に戻った。

うしろを振り返ると、香苗が顔を真っ赤にしながら迫るルイを振り切ろうとしている。

前を見ると、近所に住む人達が手を振ってくれているのが見えた。

花は手を振り返し、にっこりと笑みを浮かべる。

（これからここを、もっともっと私らしいお店にする）

そう思いながら、花は以前は番台だったキャッシャーの前に立った。

そして、すぐそばで隼人が見守る中、集まってくれた人達に「かふぇ・ど・どらごん」オープンの挨拶《あいさつ》をするのだった。


その日の夜、花は店で明日の準備を済ませたあと、隼人の待つ自宅に帰り着いた。

リフォームにより新しく生まれ変わった住居部分は、書斎や縁側など趣《おもむき》のある場所はそのままに、二人の希望どおり和風モダンな家に生まれ変わっている。

「花、今日はお疲れさま」

「隼人こそ、お疲れさま。お休みの日に手伝ってくれてありがとう。一緒にいてくれて、すごく心強かった――ぁんっ！」

ソファに座る隼人に腕を取られて、花は彼の胸に倒れ込んだ。

「じゃあ、さっそく、そのお礼をしてもらおうかな？」

隼人が花の唇にキスをする。そして、ソファの上に組み敷いて花の下腹に腰を押し付けてきた。

「んっ……隼人……はや……と……」

彼の硬い屹立《きつりつ》を感じて、花は早くも肌を熱く火照《ほて》らせる。

いつになく性急な彼の手が、あっという間に花の着ている服を脱がせていく。

「今日の花は、すごくかっこよかったよ。凛《りん》として綺麗で、可愛くて色っぽかった」

隼人の指が、秘裂を割って蜜窟の中に入ってくる。まだ少ししか触れ合っていないのに、中はもうたっぷりとした蜜を含み、彼自身が入ってくるのを待ち望んでいるみたいだった。

「あっ……ん、んっ……！　は、ぁ……あんっ！　……そこっ……ダメッ……！」

彼の長い指が、花が気持ちいいと思う場所を的確に突いてくる。あやうく果ててしまいそうになり、花は無意識に腰を浮かせた。

一瞬、指が蜜窟の外に出そうになるものの、すぐに追い付いてきて、執拗《しつよう》に蜜壁の奥を捏《こ》ね回す。

「花……今すぐ花の中に入りたい。ものすごく花がほしい。……いいか？」

花自身も、待ちきれなかった。

こくこくと頷くと、花は両手を隼人の首に絡《から》みつかせる。

隼人が、花を腕に抱えて立ち上がった。そのまま寝室に向かい、広々としたダブルベッドに二人して倒れ込む。

繰り返しキスをしながら、残っていた衣服を脱ぎ去る。

抱き合っている肌が、すごく熱い――

花は、のしかかってくる隼人の腰に両脚を絡《から》みつかせた。

「花、昼間言ってたよな？　俺達の赤ちゃん――『二人の愛の結晶』がほしいって」

「あっ……、や、やっぱり聞こえてたの？」

「ばっちり、ぜんぶ聞こえてたよ。作ろうか？　俺達の赤ちゃん……」

隼人の指が花の花芽に触れた。

そして、ゆるゆるとそこを撫でながら、時折爪の先で弾《はじ》くようにして強い刺激を与えてくる。

「は……隼人との、あ……かちゃん……。ぁ、ふぁっ……」

かつて、花がまだ隼人と結ばれるなんて思ってもみなかった頃、一度ならずそんな夢を描いた事があった。

二人の赤ちゃん――ほしいに決まっている。

花は大きく頷いて、隼人の目を見つめた。

赤ちゃんについては、結婚前に一度二人で話し合い、お互いが望んでいる事は確認済みだ。

しかしその時は、新店舗に向けてまだやる事が山積みだったし、双方の家族が育児に全面協力すると確認しただけに終わっていた。

ベッドサイドには常に避妊具が置いてあるし、これまで、それなしでセックスをする事もなかった。

隼人が、これ見よがしに手に取った避妊具の小箱を部屋の隅に放り投げる。

ただでさえ隼人に抱かれる事に、至上の悦《よろこ》びを感じている花だ。何もない状態で彼を受け入れるなんて、考えただけで胸が痛いほどときめいて泣きそうになる。

花は彼の顔を見つめ、瞳を潤《うる》ませながら挿入の時を待ち望んだ。

「花っ……」

隼人のものが花の蜜窟に押し入り、メリメリと中を押し広げながら奥へと進んでくる。

ゆっくりと抽送《ちゅうそう》をはじめた彼は、中をきつくこすり上げながら、花を蜜のように甘い愉悦《ゆえつ》の中にどっぷりと沈み込ませていく。

今までと同じようで、まるで違う――

文字通り二人の身体が混じり合い、すっかり溶け合ってひとつになったように感じる。

「花、愛してるよ……愛してる……」

「隼人っ……あ、あああああっ……ああ……っ、ふあぁっ！」

目の前が、ぱあっと明るくなり、まるで光の玉をぶつけられたみたいな眩《まぶ》しさを感じた。

内奥が収縮すると同時に、隼人の屹立《きつりつ》が大きく爆《は》ぜて花の中に大量の精を放つ。

花は、いつの間にか途切れていた呼吸を取り戻し、喘《あえ》ぎながら深呼吸をする。

びりびりと震えている身体を、隼人が優しく腕の中に包み込んだ。顔中にキスを落とされるうちに、愛しさが募《つの》り自然と涙が零れてくる。

花は隼人の唇にキスを返した。そして、彼の胸に頬をすり寄せ、静かに幸せな涙を流し続けた。

気がつけば、ベッドで仰向けになった隼人の腕を枕にしていた。

「隼人……」

「うん？　大丈夫か？」

頷いて背伸びをし、彼の唇にキスをしようとして失敗する。

軽く笑われ、身体ごと引き寄せられて唇を合わせた。

花は隼人をうっとりと見つめながら、彼の分身がいまだ自分の体内に留《とど》まっている事を実感する。

「私、ちょっと寝ちゃってた？」

「ほんの少しね。ものすごく気持ちいいって顔して、そのままコトンと」

隼人が、目を閉じて花が眠る様子を再現した。

「な……なんだか恥ずかしい……！」

花が下を向くと、隼人がおかしそうに笑いながら、額《ひたい》に唇を押し付ける。

彼は花を抱いたまま身体を起こし、ベッドのヘッドボードにもたれかかった。そして、花の背中を撫でさすりながら、視線を合わせてくる。

「赤ちゃんができたら、できる限り、花が気持ちよく暮らせるように全力を尽くすよ。生まれたら、それまで以上に努力する。家事も育児も、俺達二人と両方の家族で協力し合ってやっていこうな。さすがにパパじゃおっぱいはあげられないけど、愛するママと赤ちゃんのためなら、なんだってするよ。うちの会社は、男性の育児休暇制度も充実してるからね」

子供の頃から大好きで、ずっと憧れ続けていた人は、これ以上望めないというくらい素敵なイクメン候補生でもあったようだ。

「隼人、ありがとう。すごく嬉しい……。隼人と結婚して、今が幸せのピークだと思ってたけど、そうじゃなかったみたい……」

「当たり前だろ？　そのために、もう一度……いいか？」

二人の幸せは、永遠に終わらない。
花は恥じらいながら頷いて、隼人に心からのキスをするのだった。

書き下ろし番外編

極甘マタニティライフ

近所の公園では、八重桜がたくさんの蕾《つぼみ》をつけ始めている。

三月も下旬を迎えた日曜日の午後、花は自宅二階の窓ガラスを拭きながら、頬に心地よい春風を感じた。

(う～ん、気持ちいいなぁ。天気もいいし、まさに春到来、って感じ)

まだ肌寒い時はあるが、日差しはポカポカとして暖かい。

花は、開け放した窓を閉め、階段を注意深く下りて一階に向かった。

結婚と同時に引っ越した新居は、今ではもうすっかり住み慣れて、普段なら目を瞑《つむ》っていても上り下りできる。

けれど、お腹がせり出して自分のつま先が見えなくなっている今は、手すりを使いながら一段ずつ着実に、が絶対条件だ。

「ふぅ、やっと下りれた！　掃除も階段の上り下りも、いい運動になるよね」

階段を下りきって一階の床を踏みしめると、花は手すりから手を放して、にっこりする。

「かふぇ・ど・どらごん」がオープンして半年が経った頃、花の妊娠がわかった。

はじめての妊娠の兆候は、地球最強の貧乳が、ほんの少しだけ大きくなった事。そのほかにも、やけに眠くていくら寝ても寝足りないという症状もあった。

来るはずの生理も遅れており、もしやと思って妊娠検査薬でチェックすると、見事陽性反応が出た。

それから一週間後、隼人とともに実家近くの産婦人科を訪ね、めでたく医師から「ご懐妊です」の言葉をもらった。

結婚してから一年と経たないうちに、二人の「愛の結晶」を授かった！

その時の嬉しさといったら、言葉では到底言い表せないほどだった。夫婦で話し合い、安定期に入るまでは内緒にしておこうと決めたのに、つい喜びが溢れすぎて周りに即バレしてしまったくらいだ。

「さっそく育休の手続きを進めないとな」

隼人は早々に育児休暇取得の準備をはじめ、さすがに早すぎるのでは、と花をあわてさせた。

「東条エアウェイ株式会社」では男性の育児休暇取得を奨励している。

企業努力のおかげもあって取得率は年々上がっており、子育て世代に優しい会社としてつい先日マスコミに取り上げられたばかりだ。しかし、地上勤務とは違い、パイロットは一定期間以上乗務がないと、復帰するための訓練が必要になる。

そのため、男性パイロットのほとんどが期間内に休暇を終えており、そうでなくても二回に分けての取得が大半だった。

「私は会社勤めじゃないし、店の皆も協力的だから、隼人はあまり無理をしないで」

花が気遣うが、隼人のやる気は衰えることを知らない。

「はじめての子育ては何かと大変だぞ。俺は育児休暇をフル活用して、花と二人でベビーの世話をして成長を見守りたいんだ。それに、俺のあとに育休を取るパイロットのためにも、しっかりと道筋をつくっておかないとな」

将来「東条《みずか》エアウェイ株式会社」の社長になる隼人だ。

ここは自らが手本となって、育児休暇を取得し、社員にとってより働きやすい会社を目指すという目的もあるのだろう。

優しい隼人の愛情に包まれ、妊婦になった花はそれまで以上に幸せな日々を送っている。

しかし、妊娠して以来、花の身体には大きな変化が起き、初期の頃は思いのほかきついつわりや貧血に悩まされた。

その苦しさは、妊婦だった頃のまどかを見てある程度知っているつもりだった。けれど、実際に自分がそうなってみると、我が身でありながらまったくコントロールがきかず、戸惑う事ばかりだ。

『妊娠って、こんなにたいへんなものだったの？』

そんな泣き言を言いながらも、隼人をはじめとする家族や仕事仲間に支えられて、どうにか乗り越える事ができた。

そして今ようやく妊娠八カ月を迎え、身体の不調もだいぶ治まって、お腹のベビーも順調に育っている。

出産予定は来年の五月で、エコー検査の結果、ベビーは男の子であるらしい。

桜井家にとっては、およそ四年ぶり。

東条家にとってははじめての孫の誕生になり、両家はもうじき生まれてくるベビーを待ちわびて上を下への大騒ぎ中だ。

「花、ただいま。イザベルお手製のカヌレ、受け取って来たぞ」

ルイのマンションまでお使いに行ってくれていた隼人が、帰宅するなり花のそばに駆け寄ってきた。そして、花と見つめ合いキスをしたあと、跪《ひざまず》いてそっとお腹に語りかける。

「ただいま、ベビーちゃん。いい子にしてたかな？」

「は～い、してましたよ～」

隼人がお腹に向かって訊《たず》ね、花がベビーに代わって返事をした。

「ついさっきまで元気よく動いてたんだけど、今は眠っちゃったみたい」

胎児は、数十分ごとに寝たり起きたりを繰り返しているというから、じきに動き出すだろう。

しばらくの間、様子を伺っていたが、ベビーが動く気配はない。隼人はお腹にキスをすると、名残惜しそうに立ち上がった。

「カヌレ、できたてだぞ。せっかくだから、いただこうか」

カヌレは正式名称を「カヌレ・ド・ボルドー」といい、その名のとおりフランスのボルドー地方で伝統的に作られているお菓子だ。形も可愛らしく、外側のカリカリとした食感と中のもっちりとした生地のコントラストが楽しい。

以前から大のスイーツ好きだった花だが、妊娠を機になぜか猛烈にカヌレが食べたくなった。しかし、カヌレにはラム酒が使われており、妊娠中の花はアルコールを使ったお菓子は食べられない。

それを隼人に零したところ、ルイを介してイザベルの耳に入った。そして、自《みずか》らが考案したラム酒抜きでカロリーも抑えた妊婦用カヌレを作り、花に食べさせてくれるようになったのだ。

「うん！　じゃあ、私お茶を淹《い》れるね」

この頃のイザベルは、毎月のように来日してルイの家に泊まり込んでおり、ほぼ同居状態だ。そのおかげで、花は定期的に彼女特製のカヌレにありつけている。

「花は、さっきまで掃除をしてたんだろう？　俺が淹《い》れるから、座ってて」

「ありがとう」

キッチンに向かう隼人を見送り、花はリビングのソファに腰を下ろした。縁側に面したそこからは、庭に植えられたモクレンや色とりどりに咲いたチューリップの花が見える。それらが綺麗に咲いているのは、お腹が大きくなった花に代わって、二人の両親が庭の手入れをしてくれたおかげだ。

「ルイが言ってたけど、昨日とうとう香苗さんとデートをする約束をしたそうだ。逃げる香苗さんを、さんざん追いかけ回した甲斐があったって喜んでたよ」

「ほんとに？　うわぁ、ルイさん、ついにやったね！　香苗ちゃんも、ようやく素直になる決心がついたんだね。ふふっ……あの二人、きっとうまくいくと思うの。これからが楽しみだなぁ」

花はニヤニヤと笑いながら、いつの日か香苗とルイがウェディングベルを鳴らす時のことを想像する。

現在も大学に通っている香苗は、半年前に長年勤めていたインターネットカフェを辞めて「かふぇ・ど・どらごん」のみでアルバイトをする事になった。

自称・コミュ障で人間嫌いだった彼女だが、今ではそれもかなり改善されて、笑顔で接客できるようになっている。

嬉しい事は続くもので、早紀のお腹にも、つい先日新しい命が宿っていることがわかった。

これからもっと幸せは続き、さらに広がっていく事だろう。

花はウキウキとした気分になり、満面の笑みを浮かべながら大きく伸びをした。

「お待たせ。俺の愛情がこもったノンカフェインの紅茶と、イザベルの優しさが詰まったカヌレだ」

隼人が花の隣に腰かけ、湯気の立つティーカップとカヌレを載せた皿をソファ前のテーブルの上に置いた。

「ありがとう、隼人。じゃあ、さっそくいただくね」

待ちに待ったカヌレをひと口齧《かじ》り、ふうふうと息を拭きかけながら熱い紅茶を飲む。

それぞれの香りが口の中で交じり合い、絶妙な味わいを感じさせる。

「お〜いしい〜！」

思わず声が漏れ、口の中のものを飲み込むと同時に、残りのカヌレを口いっぱいに頬張る。

「おいおい、花。そんなにあわてると、喉に詰まるぞ」

隼人に笑われ、花は頷きながらもぐもぐとカヌレを咀嚼《そしゃく》した。

「これ、『かふぇ・ど・どらごん』でも出せないかってイザベルさんに相談してみようかな。

忙しいと思うから、妊婦用の特別メニューって事で予約制で出すとか」

「かふぇ・ど・どらごん」は、最近妊婦のお客さまが増えた。それというのも、花が産婦人科で知り合ったプレママ達を招待したところ、すっかり気に入って常連になってくれたからだ。

「いいね。今度ルイに会う時に、そう伝えとくよ」

「お願いね。妊婦だからって食べるものを制限してばかりじゃあストレスが溜まっちゃうもの」

幸い、花は今のところ妊婦としての理想的な体重を保っている。

もうちょっとくらい胸が膨らんでもいいのではないかと思ったりもするが、まどか曰《いわ》く、産んだらバレーボールみたいに大きくなるらしい。貧乳がどれくらい大きくなるかは予想できないが、もしそうなったらこっそり写真の一枚でも撮っておこうかと目論《もくろ》んでいる。

美味《おい》しいカヌレと紅茶で心と胃袋を満たされ、花はすっかり満足してお腹を両方の掌《てのひら》でさすった。

「ああ、美味《おい》しかった！　あとでイザベルさんにお礼の電話をしなきゃ」

以前はまったく日本語が話せなかったイザベルだが、ルイが「東条エアウェイ株式会社」で働くようになったのを機に勉強を始め、多少ではあるが意思の疎通ができるようになっているのだ。

「花が美味《おい》しく食べたり飲んだりすると、お腹のベビーも喜んでいそうだな」

「きっとそうだね」

花が同意すると、隼人がソファから立ち上がって花の前に跪《ひざまず》いた。そして、花の手の上に自分の掌《てのひら》を重ねて、膨らんだお腹に頬を寄せる。

「ベビーちゃん、起きてるかな？　ママが今、美味《おい》しいものを食べたり飲んだりしたの、わかったかな？」

隼人がそう話しかけると、それと同じタイミングでベビーがポコンとお腹を蹴《け》った。

「わっ！　今、俺のほっぺたを蹴《け》ったぞ。俺の声が聞こえたのかな？　花もベビーが蹴《け》ったのがわかっただろう？」

隼人が、ぱあっと顔を輝かせながら花の顔を見上げた。

彼は、今までも何度となくお腹のベビーに話しかけていた。けれど、隼人の呼びかけに対して、ベビーがこれほどはっきりとした反応を見せたのは今回がはじめてだ。

興奮気味に話す隼人を、花は頷きながらニコニコ顔で見つめた。

「うん！　確かに隼人の声に応《こた》えたみたいに、お腹を蹴《け》ったね」

「やっぱり、そうか。ベビーちゃん、パパの声が聞こえたんだな？　いい子だね～。なんて賢くて可愛いんだ。よしよし、あと少ししたら会えるからね。ママとパパはベビーちゃんのことが大好きだよ～」

花の腰にゆったりと手を回すと、隼人がデレデレと目尻を下げながら再度お腹に頬をすり寄せる。

結婚前から花を甘やかすのが常だった隼人だが、今や対象はお腹のベビーにまで及んでいた。話しかける時の声はワンオクターブ上がるし、若干赤ちゃん言葉になる。

何度となくお腹にキスをして抱きつく姿は、父親らしくもあり実に微笑ましい。

（ふふっ、隼人ったら、なんだか可愛いな）

いつもかっこよくて頼りがいのある隼人に対して〝可愛い〟と思うなんて……

そんな自分の感情を不思議に思うが、それが正直な気持ちだし、きっとこれも妊娠して以来急速に感じ始めている母性愛の一種なのだろう。

「花、今すごくいい顔をしてるよ。まるで聖母さまみたいに穏やかだし、とても綺麗だ」

隼人が花を見上げて、この上なく優しい表情を浮かべる。

それを見た花の顔に、微笑みが零れた。

「お腹のベビーに話しかける隼人を見てたら、なんだかものすごく愛おしくなったの。隼人とベビーだけじゃない。家族や仲間、この家や『かふぇ・ど・どらごん』、『チェリーブロッサム』も、ぜんぶ愛おしくて……」

隼人が膝立ちになり、花の頬を両手で包み込んだ。そして、コツンと額《ひたい》を合わせてから唇にキスをしてきた。

「よくわかるよ。だって俺も今、花と同じ気持ちだから――」

二人の心が深く通じ合っているのがわかったのか、ベビーがポコポコとお腹を蹴《け》る。

花は隼人の温もりと胎動を感じながら、我知らず幸せな涙を流すのだった。

家族ぐるみで仲のいい桜井《さくらい》家と東条《とうじょう》家。桜井家の三女・花《はな》は東条家の一人息子・隼《はや》人《と》に長らく想いを寄せていた。

しかし、彼は姉の許嫁で——。

時は巡り、それぞれ別の相手と結婚した二人の姉に代わりなんと三女の花に隼人の許嫁が繰り下がってきて!?

姉の許嫁であり、絶対に叶わない恋の相手でもあった隼人と、思いがけず想いを通わせることになった花。

そんな彼女に待っていたのは、心も身体も愛され尽くす夢のような日々で——!?

B6判　定価：704円（10%税込）　ISBN：978-4-434-31336-3

本書は、2019年12月当社より単行本として刊行されたものに、書き下ろしを加えて文庫化したものです。


この作品に対する皆様のご意見・ご感想をお待ちしております。

おハガキ・お手紙は以下の宛先にお送りください。

【宛先】

〒150-6008 東京都渋谷区恵比寿4-20-3 恵比寿ｶﾞｰﾃﾞﾝﾌﾟﾚｲｽﾀﾜｰ 8F
（株）アルファポリス　書籍感想係

メールフォームでのご意見・ご感想は右のＱＲコードから、
あるいは以下のワードで検索をかけてください。

アルファポリス　書籍の感想　検索

ご感想はこちらから

エタニティ文庫

極甘《ごくあま》マリアージュ～桜《さくら》井《い》家《け》三女《さんじょ》の結婚《けっこん》事情《じじょう》～

有允《ゆういん》ひろみ

2023年1月15日初版発行

文庫編集－熊澤菜々子
編集長－倉持真理
発行者－梶本雄介
発行所－株式会社アルファポリス
〒150-6008 東京都渋谷区恵比寿4-20-3 恵比寿ｶﾞｰﾃﾞﾝﾌﾟﾚｲｽﾀﾜｰ8F
TEL 03-6277-1601（営業）　03-6277-1602（編集）
URL https://www.alphapolis.co.jp/
発売元－株式会社星雲社（共同出版社・流通責任出版社）
〒112-0005 東京都文京区水道1-3-30
TEL 03-3868-3275
装丁イラスト－ワカツキ
装丁デザイン－AFTERGLOW
（レーベルフォーマットデザイン－ansyyqdesign）
印刷－株式会社暁印刷

価格はカバーに表示されてあります。

落丁乱丁の場合はアルファポリスまでご連絡ください。

送料は小社負担でお取り替えします。


ISBN978-4-434-31475-9 C0193